诗词格律三十三讲

SHICI GELÜ SANSHISAN JIANG

申忠信◎著

商務印書館国际有限公司

中国·北京

图书在版编目（CIP）数据

诗词格律三十三讲 / 申忠信著. — 北京：商务印书馆国际有限公司，2017.1（2025.10 重印）
ISBN 978-7-5176-0374-0

Ⅰ. ①诗… Ⅱ. ①申… Ⅲ. ①诗词格律－基本知识－中国 Ⅳ. ① I207.21

中国版本图书馆 CIP 数据核字 (2016) 第 288044 号

SHICI GELÜ SANSHISAN JIANG

诗词格律三十三讲

著　　者	申忠信
出版发行	商务印书馆国际有限公司
地　　址	北京市丰台区右外西路 2 号院 中国国际出版交流中心 5 号楼 8 层
邮　　编	100069
电　　话	010-65592876（编校部） 010-65598498（市场营销部）
网　　址	www.cpi1993.com
印　　刷	三河市紫恒印装有限公司
开　　本	880mm×1230mm　1/32
字　　数	330 千字
印　　张	12
版　　次	2025 年 10 月第 1 版第 11 次印刷
书　　号	ISBN 978-7-5176-0374-0
定　　价	38.00 元

前 言

应出版社之约，我将几十年学习、研究诗词格律的体会写成了这本《诗词格律三十三讲》。这是一本针对初学者的通俗、普及型读物。本书的读者对象定位在初学者，特别是那些爱好诗词格律，但对格律又未完全掌握，或知之甚少，同时又苦于没有时间对诗词格律及相关知识进行全面、系统地学习的读者。所以，本书无论是在结构安排上，重点内容的选择上，还是内容的阐述上，都从便于理解、方便记忆、适应初学者需要出发。有针对性地突出了格律知识这一重点，不涉及其他更多的相关知识。着重帮助读者学习诗词的基本格律，使所讲的知识更便于初学者理解和接受。

本书在诗词格律的讲解中着重突出了以下特点：

一、在结构安排上，为了使初学者更好地掌握诗词的基本格律，本书把诗词格律的基本知识分成了三十三个章节，每个章节作为一讲，着重讲一到两个知识点，结构脉络清晰明了，知识点明确精准，让读者在一开始学习时就做到心中有数。

二、在内容选择上，以基本知识为重点，不涉及其他更多的相关知识，比如诗的格律，主要讲解五大要素以及五大要素在不同形式如绝句、律诗中的运用。这样就把复杂的格律变得简单化，淡化了它在人们印象中的神秘性，解决了读者在学习中觉得格律复杂、难学的畏难情绪。

三、在内容阐述上，一是尽量运用通俗易懂的语言，减少或尽量不用那些艰涩难懂的专业性词语。二是把一些知识点，采取句型、格式、公式的方式展示出来，使之好理解、好记忆、好运用。也就是说，初学者在掌握了这些之后，抛开书本，也可以灵活运用了。

本书还单独安排了一讲，把学过的格律诗的平仄基本句型和格式集中在一起，通过对比，可以让读者清楚地看到不同格式的平仄变化。在这些格式中，还标注了可平可仄、黏对以及律诗对仗的位置。还没有熟练掌握这些知识的读者，可以在这里直接查阅应用。

另外，本书在阐述自己不同观点的同时，也简单介绍了历史上所沿用的观点，使读者对诗词格律的发展变化也有一个更深层次的了解。

笔者近年来编选辑录的《诗韵》《词韵》《常用词谱精选》收入拙作《诗韵词韵速查手册》。为与其他版本区别，将《诗韵》更名为《诗韵精选》，《词韵》更名为《词林十七部韵》，《常用词谱精选》名称不变，与《中华新韵》一并附录于本书之后，以方便读者查阅。

近年来，喜欢诗词格律的读者越来越多。本书如果能够对他们学习诗词格律有所帮助，则不胜荣幸，也算对这一中华国粹的振兴做一点贡献吧。

感谢出版社的同志为本书所付出的心血。

申忠信

二〇一七年元月于休斯敦

目　录

第一讲　古体诗与近体诗　/ 1
第二讲　诗的篇幅　/ 5
第三讲　四声与平仄　/ 11
第四讲　平仄的排列与句型　/ 15
第五讲　联与黏对　/ 18
第六讲　失对与失黏　/ 26
第七讲　非格律搭配与可平可仄　/ 31
第八讲　拗救与拗救的方法　/ 39
第九讲　用韵的要求与韵的宽窄　/ 47
第十讲　旧诗韵与新诗韵　/ 53
第十一讲　对仗的基本规则与特殊要求　/ 57
第十二讲　对仗的常用类型　/ 65
第十三讲　绝句（一）篇幅与格式　/ 76
第十四讲　绝句（二）黏对公式　/ 85
第十五讲　绝句（三）用韵与对仗　/ 92
第十六讲　律诗（一）篇幅与格式　/ 99
第十七讲　律诗（二）黏对公式　/ 111

第十八讲　律诗（三）用韵与对仗　/ 117
第十九讲　排律（一）篇幅、格式与黏对　/ 126
第二十讲　排律（二）用韵与对仗　/ 132
第二十一讲　格律诗句型、格式一览　/ 137
第二十二讲　古　绝　/ 149
第二十三讲　古　风　/ 154
第二十四讲　乐府诗　/ 168
第二十五讲　词的特点与分类　/ 176
第二十六讲　词牌与词谱　/ 183
第二十七讲　词的句式与平仄　/ 189
第二十八讲　词韵与押韵格式　/ 194
第二十九讲　词的特殊押韵形态与限韵　/ 202
第三十讲　词的对仗与特殊对仗形态　/ 207
第三十一讲　诗韵通押与词韵通押　/ 218
第三十二讲　唱和（一）和韵与和诗　/ 226
第三十三讲　唱和（二）联句与赠酬　/ 233

附录：
诗韵精选　/ 239
词林十七部韵　/ 258
中华新韵（十四韵）简表　/ 280
常用词谱精选　/ 294

第一讲　古体诗与近体诗

中国是一个诗的国度，古典诗歌一直以不同的内容、形式呈现着百花争妍、姹紫嫣红的局面。如果把古典诗歌分类的话，从不同的角度，可以有不同的分类。比如从内容上可以划分为抒情诗和叙事诗，从体裁形式上可以分为自由诗、格律诗，从题材上可以分为田园诗、山水诗，从风格特点上还可以分为现实主义和浪漫主义等等。因为要讲的是格律，所以我们从古典诗歌发展和格律特点的角度，对古典诗歌进行分类。这样可以把它分为两大类，即古体诗和近体诗。这是因为中国古典诗歌发展到唐代，格律诗开始发展成熟。于是，人们把唐代格律诗形成以前的诗歌称之为古体诗，把唐代以后遵循一定格律的诗称之为近体诗。

近体诗出现后，得到了当时人们的广泛喜爱。这种句式整齐又有严格的格律限制的文学体裁，作为一种新的艺术形式备受欢迎。但是，人们在喜爱近体诗的同时，也没有抛弃古体诗。在近体诗的形成、发展和兴盛的同时，古体诗仍然受到人们的青睐。在唐代及其以后，仍然有大量的优秀古体诗涌现出来，就是一个很好的证明。比如，李白、杜甫、白居易等大家都有大量古体诗的得力之作。李白的《古风五十九首》《蜀道难》《将进酒》，杜甫的“三吏”“三别”《茅屋为秋风所破歌》等优秀篇章，至今为人们所传唱。所以，在中国古典诗歌领域中，古体诗所占据的地位仍然是不可忽视的。

因为近体诗有严格的格律限制，所以我们常说的格律诗即指近体诗。一般来讲，诗的格律都是针对格律诗即近体诗来讲的。虽然，古体诗没有什么格律上的限制，但是，古体诗在不同的发展阶段都有着各自的特点和规律。它的这些特点和规律，是随着它的发展而形成的，体现了那个时代的诗的特征。所以，在讲诗的格律时，不能摒弃对古体诗的介绍。如果缺失了古体诗这一部分，那么，诗的格律是不完整的。

下面我们就先看一下古体诗的特点：

古体诗包括的范围很广。一是它把格律诗形成以前的所有诗歌几乎都包括在内了，比如《诗经》《楚辞》、两汉乐府以及魏晋六朝诗歌等。不过，也有人把《楚辞》排除在外，这里不采取这种观点。二是唐代格律诗形成以后，诗人按照古体诗形式写的诗，也叫作古体诗。这样的古体诗数量也并不在少数，不但唐代涌现出大量的优秀作品，唐代以后也有大量的优秀作品问世。

古体诗在字数、句式、平仄、押韵、对仗等方面都没有严格的要求，所以也可以把它说成是古代的自由诗。它在篇幅上既可以是几句，也可以是鸿篇巨制。比如《大风歌》，只有短短的几句。而描写刘兰芝与焦仲卿坚贞不渝的爱情故事的《焦仲卿妻》（即《孔雀东南飞》），则多达三百五十七句，一千七百八十五字。

古体诗的句式有三言、四言、五言、六言、七言等多种。通篇三言的，称为三言诗；通篇四言的，称为四言诗。依此类推。不同句式混杂的，称为杂言。三言诗、六言诗较为少见。四言诗源于《诗经》，曹操的《观沧海》和《龟虽寿》就是四言诗中的名篇。在四言诗和六言诗之后，五言诗、七言诗开始发展起来。在古体诗中，每首只有四句的为绝句。为了与律绝相区别，不把它直接称为绝句，而是把它叫作古绝。五言的叫作五言古绝，七言的叫作七言古绝。每首超过四句的，为古风，也称古诗。

古体诗在平仄和押韵上都没有限制，但还是有一定规律可循的。平仄上多以拗句为主。唐代以后的一些古体诗常常故意用拗句以与格律诗区别。在押韵上，因为诗歌都是要押韵的，这是诗歌的一个必备条件，所以古体诗也不例外。但是古体诗的押韵灵活多样，既可以隔句押韵，也可以句句押韵，还可以换韵。它以押仄声韵为多，但也可以押平声韵。至于对仗，在古体诗中可以用，但却没有限制。也就是说，在古体诗中，对仗不是古体诗的必须要求，而是修辞的需要。

接下来我们再看一下近体诗的特点及近体诗与古体诗的区别。

近体诗也称今体诗，又称格律诗。近体诗或今体诗这个名称是唐代把格律诗与古体诗相对而言的，这种名称一直沿用至今。我们所讲的诗的格律，主要就是针对近体诗即格律诗来说的。

格律诗主要包括绝句、律诗和排律。

格律诗一般为五言和七言。六言格律诗也有，但很少。每首只有四句的为绝句，也称律绝。五言的称五言绝句，简称五绝；七言的称七言绝句，简称七绝。每首八句的为律诗。五言的称五言律诗，简称五律；七言的称七言律诗，简称七律。每首超过八句的为长律，也叫排律。

近体诗与古体诗的最大不同，就是它有严格的格律限制，所以它又叫格律诗。格律诗格律的核心是它的五个基本要素，即篇幅（包括句数、字数与句式）、平仄、黏对、押韵、对仗五个方面。具体说来，就是诗有定句，句有定式，平仄有规，押韵有位，对仗有别。

诗有定句，就是在格律诗当中，都有固定的句数。比如，绝句只能是四句，律诗只能是八句。长律虽然没有句数的要求，但它必须是双数。

句有定式，就是每一句诗的字数是固定的。在一首诗中，每一句的字数都是相同的。比如，五言近体诗，每句都是五言；七言近体诗，每句都是七言。这体现了格律诗的整齐美。

平仄有规，就是每句诗的平仄都要在一定的规则、规律范围内变化。这样的变化，产生了格律诗的句型和格式。这样的变化，也使格律诗在声律、节奏上达到更加和谐、更加美妙的境界。

押韵有位，就是格律诗的押韵有固定位置的要求。不管是绝句、律诗，还是排律，都是隔句押韵。也就是说，押韵要押在偶数句的韵脚位置。同时，还要求押平声韵，一韵到底。

对仗有别，是指格律诗中的绝句、律诗、长律在对仗上的要求有所不同。绝句不要求对仗，也就是说，在绝句中，对仗可用可不用。而在律诗和排律中，除首联和尾联外，中间各联则要求必须使用对仗。

首联和尾联不要求对仗，所以，也属于可用可不用。

以上就是古体诗和近体诗的基本特点和区别。我们通过这些对比，对古体诗和近体诗有了一个大体的了解。在掌握了它们各自的基本特点和区别之后，再去学习诗词的格律就会方便多了。

第二讲　诗的篇幅

格律诗的格律主要体现在它的篇幅、平仄、黏对、押韵、对仗五个方面。我把这五个方面叫作格律诗格律的五大基本要素。其中篇幅包括了句数、字数和句式，它是格律诗格律中的第一大要素。但是，在说到篇幅的时候，我们常常直接说句数、字数和句式，就是强调篇幅中的这三项中的每一项对格律诗来说都是非常重要的，并且在格律中都有着严格的要求。

在介绍格律诗的篇幅之前，我们还是先通过一些实例来看一下古体诗在篇幅上的特点。

前面说过，古体诗的最大特点就是它没有格律的限制，其中也包含了篇幅。篇幅指的就是句数、字数和句式。在古体诗中，只有古绝与众不同。古绝在句数、字数和句式上都与律绝相同。也就是说，它有固定的句数，固定的字数，也有固定的句式。除了古绝之外的古体诗，在句数、字数和句式上都没有限制。也就是说，篇幅可长可短，每句的字数也可多可少。

佳期期未归，望望下鸣机。
徘徊东陌上，月出行人稀。
——谢朓《同王主簿有所思》

涉江采芙蓉，兰泽多芳草。
采之欲遗谁，所思在远道。
还顾望旧乡，长路漫浩浩。

同心而离居，忧伤以终老。

——古诗十九首之《涉江采芙蓉》

弃我去者，昨日之日不可留；
乱我心者，今日之日多烦忧。
长风万里送秋雁，对此可以酣高楼。
蓬莱文章建安骨，中间小谢又清发。
俱怀逸兴壮思飞，欲上青天揽明月。
抽刀断水水更流，举杯销愁愁更愁。
人生在世不称意，明朝散发弄扁舟。

——李白《宣州谢朓楼饯别校书叔云》

上面的三首诗中，第一首，谢朓的《同王主簿有所思》，五言四句，只有二十字，它很像格律诗中的五言绝句，我们把它叫作五言古绝。第二首，古诗十九首中的《涉江采芙蓉》，五言八句，四十字，它很像格律诗中的五言律诗。在古体诗中，这样比较短的诗篇并不少见，许多诗篇还都为人们所熟知。第三首，李白的《宣州谢朓楼饯别校书叔云》，比前两首稍长一点儿，诗中以七言句子为主，也夹杂着四言的句子。从上面的三首诗中，我们看到，它们的篇幅各不相同，而第三首诗中的句式也是不完全相同的。

《焦仲卿妻》在篇幅较长的古体诗中最具代表性，它长达三百五十七句，一千七百八十五字。可以说是古体诗中的鸿篇巨制。蔡琰的《悲愤诗》（五言古体）每句五字，共一百零八句，也是中国古典诗歌中得以千古传唱的杰出作品。

边荒与华异，人俗少义理。
处所多霜雪，胡风春夏起。
翩翩吹我衣，肃肃入我耳。
感时念父母，哀叹无穷已。
有客从外来，闻之常欢喜。

迎问其消息，辄复非乡里。
邂逅徼时愿，骨肉来迎己。
己得自解免，当复弃儿子。
天属缀人心，念别无会期。
存亡永乖隔，不忍与之辞。
儿前抱我颈，问母欲何之。
人言母当去，岂复有还时。
阿母常仁恻，今何更不慈。
我尚未成人，奈何不顾思。
见此崩五内，恍惚生狂痴。
号泣手抚摩，当发复回疑。
兼有同时辈，相送告离别。
慕我独得归，哀叫声摧裂。
马为立踟蹰，车为不转辙。
观者皆嘘唏，行路亦呜咽。

——蔡琰《悲愤诗》（节选）

在一首古体诗当中，句式也可以不同。也就是说，在一首古体诗中，三言、四言、五言、六言、七言等多种句式可以同时存在。除了上面提到的李白的《宣州谢朓楼饯别校书叔云》之外，我们再看下面这首：

海客谈瀛洲，烟涛微茫信难求。
越人语天姥，云霓明灭或可睹。
天姥连天向天横，势拔五岳掩赤城。
天台四万八千丈，对此欲倒东南倾。
我欲因之梦吴越，一夜飞度镜湖月。
湖月照我影，送我至剡溪。
谢公宿处今尚在，渌水荡漾清猿啼，
脚著谢公屐，身登青云梯。

半壁见海日，空中闻天鸡。
千岩万转路不定，迷花倚石忽已暝。
熊咆龙吟殷岩泉，栗深林兮惊层巅。
云青青兮欲雨，水澹澹兮生烟。
列缺霹雳，丘峦崩摧。
洞天石扉，訇然中开。
青冥浩荡不见底，日月照耀金银台。
霓为衣兮风为马，云之君兮纷纷而来下。
虎鼓瑟兮鸾回车，仙之人兮列如麻。
忽魂悸以魄动，恍惊起而长嗟。
惟觉时之枕席，失向来之烟霞。
世间行乐亦如此，古来万事东流水。
别君去兮何时还？且放白鹿青崖间，须行即骑访名山。
安能摧眉折腰事权贵，使我不得开心颜！

——李白《梦游天姥吟留别》

李白的这首《梦游天姥吟留别》就是一首典型的多种句式混杂的古体诗。在这首诗中，既有四言、五言、六言，也有七言、九言。多种句式的混用，是表现内容的需要。正因为作者采用了这样一个表现形式，才使这首诗的诗句犹如信手拈来，诗的意境从诗句中奔腾而出，全诗呈现出浓厚的浪漫主义色彩。

近体诗的句数、字数和句式相对于古体诗来讲，就更为重要。近体诗之所以也叫格律诗，就是因为它有格律限制。这种限制，首先就是篇幅的限制，即句数、字数和句式的限制，它是格律诗的五大要素之一。

格律诗的句式以五言、七言为主，不可混用。如果混用了，那就不是格律诗了。在绝句中，也有六言绝句。六言绝句中虽然不乏佳作，但很少。相对来说，也只不过算是凤毛麟角而已。所以，我们不把它包括在内，只说格律诗的句式以五言、七言为主。在后面讲诗的格律的时候，同样理由，只讲五言和七言。这里仅举几首六言绝句的例子，以供欣赏。

河桥酒旆风软，候馆梅花雪娇。
宛陵楼上春晚，我郎何处情饶。

绣领任垂蓬髻，丁香闲结春梢。
剩肯新年归否，江南绿草迢迢。
——杜牧《代人寄远六言二首》

珍重绣衣直指，远烦白绢斜封。
惊破卢仝幽梦，北窗起看云龙。
——苏轼《马子约送茶，作六言谢之》

老去转无饱计，醉来暂豁忧端。
双鬓多年作雪，寸心至死如丹。
——陆游《感事六言八首》其一

在格律诗中，除排律外，绝句、律诗的句数和字数都是固定的。排律的句数和字数虽然不是固定的，但必须是双数。因为排律也是隔句押韵，它是以韵为单位的。句数是双数，字数自然也是双数了。绝句，不管是五言的还是七言的，只要是绝句，那就都是四句。五言的二十字，七言的二十八字，这是不能改变的。律诗也是一样，只要是律诗，那就都是八句。五言的四十字，七言的五十六字，这也是不能改变的。如果改变了这些，不管是多一字，还是少一字，也不能称其为绝句或者律诗了。下面看几首格律诗的例子：

强欲登高去，无人送酒来。
遥怜故园菊，应傍战场开。
——岑参《行军九日思长安故园》

天街小雨润如酥，草色遥看近却无。
最是一年春好处，绝胜烟柳满皇都。
——韩愈《早春呈水部张十八员外》

国破山河在，城春草木深。
感时花溅泪，恨别鸟惊心。
烽火连三月，家书抵万金。
白头搔更短，浑欲不胜簪。
——杜甫《春望》

相见时难别亦难，东风无力百花残。
春蚕到死丝方尽，蜡炬成灰泪始干。
晓镜但愁云鬓改，夜吟应觉月光寒。
蓬山此去无多路，青鸟殷勤为探看。
——李商隐《无题》

上面是一首五绝、一首七绝、一首五律、一首七律。在格律诗中，绝句和律诗固定的句数、字数和句式，排律固定的句式、双数的句数和双数的字数，都在外在形式上体现了它们的整齐美。

第三讲　四声与平仄

平仄是格律诗格律的第二个基本要素。平仄是对语音声调四声的分类，因此，我们在学习平仄之前，首先要了解一下四声的基本知识。

一、四声

四声是语音声调的分类。在诗词中，它与平仄、韵都有着密切的关系。

现代汉语和古代汉语都把语音声调划分为四声，但现代汉语和古代汉语中的四声略有不同。

在现代汉语中，语音声调划分为阴平、阳平、上声、去声四种，是为四声。这四声也叫第一声、第二声、第三声、第四声。

在古代汉语中，语音声调划分为平声、上声、去声、入声四种，是为四声。

现代汉语中已经没有了入声。那是因为随着社会的发展，语言发生了变化，语音声调也发生了变化的结果。虽然现在一些方言中还有入声的存在，但在普通话中已经不存在了。它们已经分别分化成了现代汉语中的阴平、阳平、上声、去声。比如："屋、忽、息、悉、黑"等现已归入阴平，"竹、福、学、白、别"等现已归入阳平，"邈、雪、乙、法、尺"等现已归入到上声，"木、月、入、猎、恰"等已归入去声。掌握这些变化也很重要。因为在用旧韵写诗时，特别是学习和欣赏古人的作品时，就会经常遇到这样的字。掌握这些发生了变化的字并不难，我们可以通过查阅相关工具书多去熟悉它们，久而久之，就可以运用自如了。

四声是诗句中语音的一个基本单位，但是，在诗词中一般是不以它为格律规则单位的。诗词中语音的格律单位是平仄，而不是四声。在特殊情况下，仅仅依靠平仄来划分是不够的，还是要细化到四声的。比如，在诗中，古风押仄声韵的时候，除换韵之外，就不能简单地视为押仄声韵就可以了。有时候，上声、去声、入声是要分开的。入声不能与上声、去声通押，只能单独使用。上声、去声一般也是要分开的，但这一条并不严格，上声、去声通押的情况也有。

在词中，也是在个别情况下对诗句某处的字直接要求到四声。有的词牌在词谱中不仅仅是规定押仄声韵，而是直接要求押入声韵。有的词牌的词谱中更是对某些位置上的字要求押四声中的某一声调。

二、平仄

平仄是四声的分类。

因为现代汉语和古代汉语中对四声的划分略有不同，所以现代汉语和古代汉语对平仄的划分也略有不同。

不管是古代汉语还是现代汉语，都是把四声划分为两个部分。一部分是平，即平声；一部分是仄，即仄声。仄声与平声相对，是指平声以外的其他声调。

在古代汉语中，平声包括了上平声和下平声，仄声包括了上声、去声和入声。

在现代汉语中，平声包括阴平和阳平，也就是第一声和第二声；仄声包括了上声和去声，也就是第三声和第四声。

在中国古典诗词中，除了前面提到的个别情况外，诗句都是以平仄为语音格律单位的。即便是前面提到的个别情况，它们的语音变化被限制到四声中的声调，但是，它们仍然包含在平仄范围之内。可以说，在中国古典诗词中，不管是诗还是词，都是依靠字词语音声调的平仄搭配和变换，使诗句在韵律上产生一种抑扬顿挫的节奏，从而使诗句吟诵起来更加朗朗上口，更具有音乐美感，更好地表达诗句所包含的内容。所以掌握好平仄是学习中国古典诗词格律必不可少的一环。

花枝出建章，
——｜｜—
凤管发昭阳。
｜｜｜——
借问承恩者，
｜｜——｜
双蛾几许长？
——｜｜—
——皇甫冉《婕妤怨》

爆竹声中一岁除，
｜｜——｜｜—
春风送暖入屠苏。
——｜｜｜——
千门万户曈曈日，
——｜｜——｜
总把新桃换旧符。
｜｜——｜｜—
——王安石《元日》

（诗句的下面标上了“—”和“｜”。“—”代表平声，“｜”代表仄声。下同。后面还会用到“+”，代表可平可仄。）

从以上所列举的例子可以看到，其中诗句中的语音变化，都是以平仄为单位并按照一定规律进行变化的。但是，什么事情都会有特殊情况的出现。比如：

向晚意不适，
｜｜｜｜｜
——李商隐《乐游原》第一句

谁知林栖者，
————｜
——张九龄《感遇十二首》其一第五句

草木有本心，
｜｜｜｜—
——张九龄《感遇十二首》其一第七句

从平仄的角度看，这些诗句都是由连续的多个平声或连续的多个仄声组成的。但是，即便是这种连续的多个平声或仄声组成的诗句，也不是平淡没有起伏的。因为在多个连续的平声或仄声组成的诗句中，虽然平仄相同，但是它们的声调还是有变化的。因为平声中包括了上平声和下平声，仄声中包括了上声、去声和入声。它们的声调是不同的。如：

“谁知林栖者”的声调是：

阳平阴平 | 阳平阴平 | 上声

“草木有本心”的声调是：

上声 | 入声 | 上声上声 | 阴平

这样的声调交替构成了音调的起伏变化，从而弥补了平仄变化少，容易流于平淡的弊病。仍然可以使诗句产生抑扬顿挫和回环往复的节奏和旋律，从而生成了诗词所特有的音乐美感。

第四讲　平仄的排列与句型

平仄在诗句中的排列都是有一定规律的，它的这种规律造就了诗句的基本句型。那么，平仄在诗句中的排列是遵循怎样一个规律呢？我们先看以下诗句：

夏日红相照，
｜｜——｜
天晴坞自开。
——｜｜—
襄阳多稚子，
———｜｜
摘赠故人来。
｜｜｜——

——杨蟠《杨梅坞》

未会牵牛意若何，
｜｜——｜｜—
须邀织女弄金梭。
——｜｜｜——
年年乞与人间巧，
——｜｜——｜
不道人间巧已多。
｜｜——｜｜—

——杨朴《七夕》

上面的例子都是合乎格律的诗句，从这些诗句可以看出，它们的平仄排列都是有一定规律的。每个诗句中的平仄排列都是两个或三个相同的平声或者仄声相连，然后再转换到两个或三个相对的仄声或者平声。由于这些诗句的字数都是单数的五言或七言，所以，如果前面都是两两转换，那么最后就只能剩下一个单独的平声或仄声。如果前面有一组三个相同的平声或仄声，那么最后就要剩下两个相同的平声或者仄声了。也就是说，只有结尾处有时是单独的一个平声或仄声。除了结尾处，前面和中间都没有单独一个平声或仄声的情况。这是诗句平仄排列的最基本的规律。但是，在特殊情况下，有些位置的平仄是可变的，这是后面要讲的内容。这里我们只从基本规律着手，来看它所构成的基本句型。

诗句中的平仄排列，不管怎样变换，只要遵循了这种基本规律，那它就只能排列出四种不同形态。即五言的“仄仄平平仄、平平仄仄平、平平平仄仄、仄仄仄平平”，七言的“平平仄仄平平仄、仄仄平平仄仄平、仄仄平平平仄仄、平平仄仄仄平平”。我们把这四种形态叫作格律诗的四种基本句型，五言的用a、b、c、d来表示，七言的用A、B、C、D来表示，即a（A）句型、b（B）句型、c（C）句型、d（D）句型。每个句型可以开头两字和结尾两字的平仄来命名。开头两字为平声的叫作“平起”，开头两字为仄声的叫作“仄起”；结尾一字为平声的叫作“平收”，结尾一字为仄声的叫作“仄收”。

下面是五言格律诗的四种基本句型：

a. 仄仄平平仄（仄起仄收式）
b. 平平仄仄平（平起平收式）
c. 平平平仄仄（平起仄收式）
d. 仄仄仄平平（仄起平收式）

五言格律诗的四种基本句型是格律诗的基础句型。但是，仅仅掌握了a、b、c、d这四种基本句型还不够，我们还要把它们按照后面要讲的黏对、押韵等要求进行不同的搭配，这样就可以得到五言绝句和五言律诗的各种不同的平仄格式。

下面是七言格律诗的四种基本句型：

A. 平平仄仄平平仄（平起仄收式）
B. 仄仄平平仄仄平（仄起平收式）
C. 仄仄平平平仄仄（仄起仄收式）
D. 平平仄仄仄平平（平起平收式）

如果把七言格律诗的四种基本句型与五言格律诗的四种基本句型进行比较的话，可以把七言基本句型看成是在五言基本句型的基础上，把五言的每一个句型前面，加上两个与五言开头两字平仄相反的字，就构成了七言格律诗的四种基本句型。

我们可以看到，在五言的a、b、c、d四个句型的前面加上两个与五言开头两字平仄相反的字变成七言的四个基本句型以后，它们结尾的"平收""仄收"都没有改变，与五言的四个基本句型依然相同。但是，它们开头的"平起""仄起"则有了变化。原来五言a句的"仄起"在七言的A句中变成了"平起"，原来五言b句的"平起"在七言的B句变成了"仄起"，原来五言c句的"平起"在七言的C句变成了"仄起"，原来五言d句的"仄起"在七言的D句变成了"平起"。

同样，七言格律诗的这四个基本句型是七言格律诗的基础句型。掌握了这四种基本句型，然后把它们按照黏对、押韵等要求进行不同的搭配，就可以得到七言绝句和七言律诗的各种不同的平仄格式。

第五讲　联与黏对

我们有了格律诗的基本句型，把它们搭配排列在一起，就可以组成一首诗的平仄格式。但是，这种搭配不是随意的，必须依照一定的规则来搭配排列才行。黏对则是这些规则中的一个。按照黏对的规则把四种基本句型排列搭配起来，可以使格律诗的平仄节奏达到最为完美的境界。所以，我们说，黏对是格律诗格律的第三个基本要素。

那么，什么是黏对呢？

黏对是黏和对的统称。黏和对都是两句诗中在相同位置上的字的平仄关系。对是平仄相反，属相对关系，即平与仄对，仄与平对；黏是平仄相同，属相同关系，即平与平黏，仄与仄黏。

但是，黏对规则中的“对”，是指一联内，出句与对句之间相同位置上的字的平仄关系；“黏”是指两联之间，即后一联的出句与前一联的对句在相同位置上的字的平仄关系。

这样，我们就又遇到了一个什么是联的问题，以及相关的一些概念。所以，我们要先了解一下什么是“联”，然后再学习对和黏的规则。

一、关于“联”

联的概念很简单。我们知道，格律诗的句数都是双数。每个单数句和它后面的偶数句合起来就叫作一联。一联中的前一句（单数句）叫作出句，也叫上联；后一句（偶数句）叫作对句，也叫下联。看一看下面这两首诗的标注，就更容易理解了。

寒山转苍翠，（单数句）——出句（上联）
秋水日潺湲。（偶数句）——对句（下联）
倚杖柴门外，（单数句）——出句（上联）
临风听暮蝉。（偶数句）——对句（下联）
渡头余落日，（单数句）——出句（上联）
墟里上孤烟。（偶数句）——对句（下联）
复值接舆醉，（单数句）——出句（上联）
狂歌五柳前。（偶数句）——对句（下联）

——王维《辋川闲居赠裴秀才迪》

毕竟西湖六月中，（单数句）——出句（上联）
风光不与四时同。（偶数句）——对句（下联）
接天莲叶无穷碧，（单数句）——出句（上联）
映日荷花别样红。（偶数句）——对句（下联）

——杨万里《晓出净慈寺送林子方二首》其二

上面王维的《辋川闲居赠裴秀才迪》是一首五言律诗。它由八句组成，每两句为一联，一共四联。

杨万里的《晓出净慈寺送林子方》是一首七言绝句。它由四句组成，每两句为一联，即前两句为一联，后两句为一联，一共两联。

二、“对”的规则

前面说过，“对”是指一联内出句与对句之间相同位置上的字的平仄关系。

在一联内，对句与出句同一位置上的字要平仄相反，或叫平仄相对。即出句是平声，对句的同一位置就要用仄声；出句是仄声，对句同一位置就要用平声。

但是，我们把四种基本句型按照格律搭配组成联的话，并不是都能符合这一点。四种基本句型按照格律搭配可以组成四种不同的联，这里把它们分成两类：一种是完全平仄相对的，一种是不完全平仄相对的。

第一类：完全平仄相对

五言：第一种　出句a. 仄仄平平仄
对句b. 平平仄仄平

第二种　出句c. 平平平仄仄
对句d. 仄仄仄平平

七言：第一种　出句A. 平平仄仄平平仄
对句B. 仄仄平平仄仄平

第二种　出句C. 仄仄平平平仄仄
对句D. 平平仄仄仄平平

第二类：不完全平仄相对

五言：第三种　出句b. 平平仄仄平
对句d. 仄仄仄平平

第四种　出句d. 仄仄仄平平
对句b. 平平仄仄平

七言：第三种　出句B. 仄仄平平仄仄平
对句D. 平平仄仄仄平平

第四种　出句D. 平平仄仄仄平平
对句B. 仄仄平平仄仄平

从上面归纳出来的两类四种联的平仄搭配，我们可以看出，第一类，完全平仄相对的两种联中，出句都是仄收；第二类，不完全平仄相对的联中，出句都是平收。它们还有以下特点：

（一）对句都是平收。这是因为对句最后一字要押韵，而且要押平声韵，所以对句只能使用平收句型。也就是说，只有b、d（B、D）两种句型可以作对句。

（二）出句可平收也可仄收。

1. 出句仄收。出句不管是平起，还是仄起，只要是仄收，那么对句与它的每一个字的平仄就都是相对的。如：五言第一种联的搭配就是，a句型作出句，b句型作对句。五言第二种联的搭配就是，c句型作出句，d句型作对句。七言类同。这两种搭配适合于格律诗的每一联。

2. 出句平收。出句不管是平起，还是仄起，只要最后一字是平收，那么它的对句就做不到每一个字的平仄都与其相对。如：五言的第三种联的搭配是，b句型作出句，d句型作对句。五言的第四种联的搭配是，d句型作出句，b句型作对句。七言类同。在这两种搭配中，对句和出句的个别字（五言第三、第五字，七言第五、第七字）平仄不相对。这两种搭配只适用于格律诗的首联，因为在格律诗中，其他联的出句是不允许平收的。

这种个别平仄不完全相对的情况是平仄格式造成的，也是格律所允许的。那么，其他位置上的平仄相对与否如何来确定呢？这就需要有一个规则。前人在长期的实践中，发现了在格律诗的诗句中，五言的第二、第四字，七言的第二、四、六字是节奏点。因为这个位置在节奏点上，所以它的平仄是不能改变的。通过不同的排列我们还发现，不管五言还是七言，它的第二个字是关键。所以，黏对规则选择了以句中第二个字作为“黏对”的标志。那么，“对”的基本规则就是：

对句的第二个字必须与出句的第二个字平仄相对。

第二个字确定下来，我们就可以按照这个规则，选用与其相适应的搭配进行排列了。第二个字符合了这个规则，其他字依照平仄句型和其他格律的要求，该"对"的则"对"，不能"对"的也不违背格律了。

有了"对"的规则，加上用韵等要求，把四种基本句型作为出句、对句进行排列搭配，五言和七言诗句只能各自组成下面这四种出句和对句的基本组合形式。

五言：

第一种：

出句a. 仄仄平平仄

对句b. 平平仄仄平

第二种：

出句c. 平平平仄仄

对句d. 仄仄仄平平

第三种：

出句b. 平平仄仄平

对句d. 仄仄仄平平

第四种：

出句d. 仄仄仄平平

对句b. 平平仄仄平

七言：

第一种：

出句 A. 平平仄仄平平仄

对句 B. 仄仄平平仄仄平

第二种：

出句 C. 仄仄平平平仄仄

对句 D. 平平仄仄仄平平

第三种：

出句　B. 仄仄平平仄仄平

对句　D. 平平仄仄仄平平

第四种：

出句　D. 平平仄仄仄平平

对句　B. 仄仄平平仄仄平

三、“黏”的规则

前面说过，“对”是在一联当中，出句与对句相同位置上的字的平仄关系。“黏”则不同，“黏”是在两联之间，后一联的出句与前一联的对句相同位置上的字的平仄关系。与“对”的基本规则同样的道理，“黏”的规则中也是以句中第二个字作为“黏”的标志。即：

后一联的出句第二个字必须与前一联对句的第二个字平仄相黏。

平仄相黏，就是平仄相同。平与平黏，仄与仄黏。

遵循“对”和“黏”的规则，结合用韵等要求，先把四种基本句型作为出句、对句进行符合“对”的规则的排列搭配，只能组成前面说过的那四种组合。每一个组合就是一联。两联或两联以上按照“黏”的规则再组合在一起，就是一首诗的平仄格式了。把四种平仄基本句型按照“对”和“黏”的规则要求进行组合，五言可以组成下列四种合乎格律的组合。

第一种：

第一联　a. 仄仄平平仄

　　　　b. 平平仄仄平

第二联　c. 平平平仄仄

　　　　d. 仄仄仄平平

第二种：

第三联　b. 平平仄仄平

d. 仄仄仄平平

第一联 a. 仄仄平平仄

b. 平平仄仄平

第三种：

第二联 c. 平平平仄仄

d. 仄仄仄平平

第一联 a. 仄仄平平仄

b. 平平仄仄平

第四种：

第四联 d. 仄仄仄平平

b. 平平仄仄平

第二联 c. 平平平仄仄

d. 仄仄仄平平

按照“黏”和“对”的规则要求进行组合，七言可以组成下列四种合乎格律的组合。

第一种：

第一联 A. 平平仄仄平平仄

B. 仄仄平平仄仄平

第二联 C. 仄仄平平平仄仄

D. 平平仄仄仄平平

第二种：

第三联 B. 仄仄平平仄仄平

D. 平平仄仄仄平平

第一联 A. 平平仄仄平平仄

B. 仄仄平平仄仄平

第三种：

第二联　C. 仄仄平平平仄仄
　　　　D. 平平仄仄仄平平
第一联　A. 平平仄仄平平仄
　　　　B. 仄仄平平仄仄平

第四种：

第四联　D. 平平仄仄仄平平
　　　　B. 仄仄平平仄仄平
第二联　C. 仄仄平平平仄仄
　　　　D. 平平仄仄仄平平

以上五言的四种两联组合和七言的四种两联组合中，每联内的对句与出句都符合“对”的要求（带点的字），两联之间都符合“黏”的要求（带点的字）。其实，这每一种组合也是一首符合格律的诗的基本格式。

第六讲　失对与失黏

违反“对”的规则，叫“失对”；违反“黏”的规则，叫“失黏”。在格律诗初步形成的阶段，黏对还没有引起人们的足够重视，那时的格律诗中还不同程度地存在着一些不黏不对的现象。随着格律诗的进一步发展和完善，黏对规则已经成为格律诗必须遵守的一项规则，格律诗中的“失对”和“失黏”现象也就很少见了。

下面我们分别来看一下失对和失黏。

一、失对

依据“对”的规则，结合用韵等要求，把四种基本句型作为出句、对句进行排列搭配，五言和七言诗句只能各自组成前面所列出的四种出句和对句的组合。这四种对句与出句的组合，都是符合要求的完美搭配。假如违背了“对”的规则，不按照平仄相对的要求去排列搭配，也就是失对的话，那么，就会出现下面的情况。

五言：

第一种　出句　a. 仄仄平平仄
　　　　对句　d. 仄仄仄平平

第二种　出句　b. 平平仄仄平
　　　　对句　b. 平平仄仄平

第三种　出句　c. 平平平仄仄

对句　b. 平平仄仄平

第四种　出句　d. 仄仄仄平平

对句　d. 仄仄仄平平

七言：

第一种　出句　A. 平平仄仄平平仄

对句　D. 平平仄仄仄平平

第二种　出句　B. 仄仄平平仄仄平

对句　B. 仄仄平平仄仄平

第三种　出句　C. 仄仄平平平仄仄

对句　B. 仄仄平平仄仄平

第四种　出句　D. 平平仄仄仄平平

对句　D. 平平仄仄仄平平

我们可以把上列五言和七言的排列各自划分为两类，如果采用了这种不按“对”的规则搭配的话，以五言为例，第一类中的第一种组合，ɑ句型作出句只能用d句型作对句；第三种组合，c句型作出句只能用b句型作对句。这一类组合的特点是，出句与对句的平仄多数相同。第二类中的第二种组合，b句型作出句只能再选用b句型作对句；第四种组合，d句型作出句只能再选用d句型作对句。这一类组合的特点是，出句与对句的平仄完全相同。七言与五言同理，不作单独说明。出现了失对以后，不管是平仄多数相同，还是平仄完全相同，诗句的平仄就会因为多数相同或完全相同而缺少了变化。而有规律的平仄变化是构成格律诗诗句音律的节奏美感的关键。可以说，失去了平仄变化，就等于失去了诗句应有的节奏美感。

二、失黏

遵循“黏对”的规则，结合用韵等要求，先把四种基本句型作为出句、对句进行符合“对”的规则的排列搭配，只能组成前面说过的那四种合乎格律的组合。每一个组合就是一联。两联或两联以上再按照“黏”的规则组合在一起，就是一首诗的平仄格式或者一首诗中的合乎格律的搭配。这种按照“黏”和“对”的规则要求进行的组合，就是前面说过的五言和七言各自的四种合乎格律的基本组合。

这四种对句与出句的组合，都是符合要求的完美搭配。但是，假如仅仅符合了“对”的要求，两联之间不按照“黏”的规则去排列搭配，也就是失“黏”的话，那么，就会出现下面的这种情况。

五言：

第一联 a. 仄仄平平仄
b. 平平仄仄平
第一联 a. 仄仄平平仄
b. 平平仄仄平

第二联 b. 平平仄仄平
d. 仄仄仄平平
第三联 c. 平平平仄仄
d. 仄仄仄平平

第三联 c. 平平平仄仄
d. 仄仄仄平平
第三联 c. 平平平仄仄
d. 仄仄仄平平

第四联 d. 仄仄仄平平
b. 平平仄仄平

第一联　a. 仄仄平平仄
　　　　b. 平平仄仄平

七言：

第一联　A. 平平仄仄平平仄
　　　　B. 仄仄平平仄仄平
第一联　A. 平平仄仄平平仄
　　　　B. 仄仄平平仄仄平

第二联　B. 仄仄平平仄仄平
　　　　D. 平平仄仄仄平平
第三联　C. 仄仄平平平仄仄
　　　　D. 平平仄仄仄平平

第三联　C. 仄仄平平平仄仄
　　　　D. 平平仄仄仄平平
第三联　C. 仄仄平平平仄仄
　　　　D. 平平仄仄仄平平

第四联　D. 平平仄仄仄平平
　　　　B. 仄仄平平仄仄平
第一联　A. 平平仄仄平平仄
　　　　B. 仄仄平平仄仄平

我们同样把上列五言和七言的排列也各自划分为两类，可以看出，不按“黏”的要求去组合，也就是失黏的话，第一类情况是，第一联只能再与第一联组合；第三联只能再与第三联组合。这样一来，这两联的平仄句式就完全相同了。第二类情况是，第二联只能与第三联组合；第四联只能与第一联组合。这样一来，这两联的出句平仄多数相同，两联的对句完全相同。七言与五言同理，不作单独说明。这种失黏的组合，造成了诗中联与联缺乏平仄变化，同样，使诗的音律也失去了活泼灵动的节奏美，而变得重复。可见，黏对在格律诗的格律中是非常重要的。既然是格律诗，那就既不可失对，也不可失黏。

第七讲　非格律搭配与可平可仄

一、平仄的非格律搭配

前面讲过的五言和七言各自的四种基本句型是按照格律要求搭配出来的。但是，我们在实际应用当中是不可能只局限于这四种基本句型的。在实际应用的时候，诗句中有些位置上的平仄，并不仅局限于四种基本句型所包含的符合格律的搭配。也就是说，还有一些基本句型之外的搭配。这种搭配，我们把它叫作非格律搭配。这些非格律搭配，就是指这些位置上的字本该用平声而用了仄声，或者本该用仄声而用了平声。在格律诗中非格律搭配有的是不允许的，也有的是可以使用的。而这些可以使用的非格律搭配，丰富了诗句的平仄变化。

下面，分别来看几种平仄的非格律搭配。

1. 孤平

孤平就是在一个诗句中，如果改变了句中一个字的平仄后，除了韵脚是平声外，只剩了一个平声。在四种基本句型中，能够造成孤平的只有韵脚平收的五言b句型“平平仄仄平”和七言的B句型“仄仄平平仄仄平”。如果把五言b句型的第一字改用仄声字，则变成了“仄平仄仄平”；如果把七言的B句型的第三字改用了仄声，则变成了“仄仄仄平仄仄平”。这样一改的结果是，句中除了韵脚是平声外，五言的b句型就只剩下第二字一个平声了；七言的B句型就只剩下第四字一个平声了。这就是犯了孤平。格律诗是最忌犯孤平的。所以这种句型中，五言的第一字、七言的第三字是不可改变的。如果改变了，那就犯了孤平，也就违反了格律的要求。这是格律所不允许的。

另外，在四种基本句型中，还有一个较为特殊的d句型“仄仄仄平平”。虽然这个句型也是平收，而且也是除了韵脚外只有一个平声，但是，这个句型原本就是除了韵脚之外只有一个平声字，而且是两个平声字相连。它与我们所说的孤平的概念有所不同，所以，这个句型不在此例。

2. 三平调

韵脚处三个平声字相连叫作三平调。在四种基本句型中没有三平调。可是，如果改变了句中一个字的平仄后，在韵脚处形成了三个平声字相连，这就造成了三平调。在古体诗中我们常常会看到这种三平调，但是在格律诗中是不能用的。有可能造成三平调句型的，只有韵脚平收的五言d句型“ 仄仄仄平平”和七言D句型“平平仄仄仄平平”。如果把五言d句型的第三字改用了平声字，那就变成了“仄仄平平平”；如果把七言D句型的第五字改用了平声字，那就变成了“平平仄仄平平平”。这样一来，这两个句型的最后三个字就都是平声，这就造成了三平调。因为格律诗是忌用三平调的，所以，五言d句型的第三字，七言D句型的第五字是不可改变的。如果改变了，那就变成了三平调，同样违反了格律的要求，是格律所不允许的。

另外，在四种基本句型中，五言c句型“平平平仄仄”和七言C句型“仄仄平平平仄仄”中都有三个相连的平声。但是，因为这个句型原本就是三个平声字相连，同时它们又不在韵脚，所以不能叫作三平调，故不在此例。

3. 三仄脚

假如改变了诗句中一个字的平仄后，句尾变成了三个仄声字相连，那么，这种句尾相连的三个仄声字，就叫作三仄脚。能够造成三仄脚的只有仄收的五言c句型“平平平仄仄”和七言C句型“仄仄平平平仄仄”。如果把五言c句型的第三字改为仄声字，就变成了“平平仄仄仄”；如果把七言C句型的第五字改为仄声字，就变成了“仄仄平平仄仄仄”。这样一来，这两个句型的句尾就都变成了三仄脚。三仄脚在古体诗中是常见的，而格律诗中有时也用到，因为在格律中没有对三仄脚不可用的具体说法。也就是说，五言c句型的第三字和七言C句型的第五字的平仄是可以改变的，即这个位置上的字，原本是平声，也可以用作仄声。如：

独有宦游人，偏惊物候新。
云霞出海曙，梅柳渡江春。
——｜｜｜
淑气催黄鸟，晴光转绿蘋。
忽闻歌古调，归思欲沾巾。
——杜审言《和晋陵陆丞早春游望》

这是一首五言律诗。其中第三句“云霞出海曙”，原本是c句型“平平平仄仄”，由于第三字平声用了仄声字“出”，于是变成了“平平仄仄仄”。末尾三个仄声字相连，成为三仄脚（“出”字是入声字）。

锦里先生乌角巾，园收芋栗未全贫。
惯看宾客儿童喜，得食阶除鸟雀驯。
秋水才深四五尺，野航恰受两三人。
—｜——｜｜｜
白沙翠竹江村暮，相送柴门月色新。
——杜甫《南邻》

杜甫的《南邻》是一首七言律诗，诗中第三联的出句原平仄句型是“仄仄平平平仄仄”。第一个字是可平可仄的，用了平声“秋”；第五字平声用了仄声“四”，就变成了三仄脚。

从上面的例子可以看出，三仄脚并不只是古体诗的专利，格律诗也同样并不避忌。

4. 仄平仄和平仄平

还有一种情况，就是五言的a句型和b句型，七言的A句型和B句型句尾的改变。如果五言的a句型和b句型的第三字改变了平仄，则a句型“仄仄平平仄”变成了“仄仄仄平仄”；b句型“平平仄仄平”变成了“平平平仄平”。七言的A句型和B句型的第五字改变了平仄，则A句型“平平仄仄平平仄”变成了“平平仄仄仄平仄”，B句型“仄仄平平仄仄平”变成了“仄仄平平平仄平”。它们的末尾三字都变成了“仄平仄”和“平仄平”。这种“仄平仄”和“平仄平”的结尾，也是一种非格律搭配。这种非格律搭配，在古体诗中也会常常用到。但是，格律诗中也同样会用到它。无论是在绝句还是律诗中，我们都能看到它们的身影。比如：

青山横北郭，白水绕东城。
此地一为别，孤蓬万里征。
浮云游子意，落日故人情。
挥手自兹去，萧萧班马鸣。
—｜｜—｜　———｜—
——李白《送友人》

李白的《送友人》是一首平起仄收的五言律诗，最后一联的出句“挥手自兹去”原平仄句型是“｜｜——｜”。第一字可平可仄，用了平声“挥”字；第三字平声用了仄声字“自”，则变成了“—｜｜—｜”，末尾三个字就成了“｜—｜”。对句原平仄句型应是“——｜｜—”，由于第三字仄声用了平声“班”字，所以，末尾三个字就变成了“—｜—”。这样的例子很多，下面再看一例。

月落乌啼霜满天，江枫渔火对愁眠。
｜｜———｜—
姑苏城外寒山寺，夜半钟声到客船。
——张继《枫桥夜泊》

张继的《枫桥夜泊》首句第五字仄声用了平声“霜”字，所以末尾三字变成了“平仄平”。

我们可以把以上讲到的非格律搭配分为两类。一类是格律诗中忌用的，如孤平、三平调；另一类是格律诗中可用的，如三仄脚、仄平仄、平仄平。

对于第一类，孤平和三平调是格律诗的大忌，不可用于格律诗的观点是没有争议的。

对于第二类，三仄脚、仄平仄和平仄平则有人主张也同样不能用于格律诗。这里不采取这种观点。因为格律中并没有这样的限制，而且正如前面我们列举的诗例，从中我们可以看到，在前人的优秀的诗篇中，常常会有这一类非格律搭配的存在。

二、可平可仄的使用原则和适用范围

格律诗的基本句型和后面要讲的基本格式，是把平仄按照一定规则、一定规律进行的排列组合。这种排列组合所产生的格律诗的基本句型和基本格式，只是一种最基本的形式。但是，这种基本形式并不是格律的全部。在严格的格律的基础上，它又有一定的灵动性。也就是说，在一定的范围内，在诗的基本句型和基本格式中，有些位置的平仄是可以改变的，即我们常说的可平可仄。正是因为有了可平可仄，才使格律诗在音律节奏上产生了更加丰富的变化。

那么，应该如何掌握可平可仄呢？

一直以来，有一个“一三五不论，二四六分明”的说法，人们把它作为写诗的一个口诀。意思是说，七言的第一、三、五字，五言的第一、三字，因为不在节奏点上，所以它的平仄可以不必拘泥。而七言的第二、四、六字，五言的第二、四字，因为在节奏点上，所以平仄不可随意改变。末尾一字，虽然没有提到，但是，因为是韵脚的位置，它的平仄就更不能改变了。“一三五不论”这上半句话说的就是可平可仄。

对“一三五不论，二四六分明”这句话，一直以来都有不同的理解。这句话基本上是符合格律诗的基本规律的。之所以有不同的理解，那是因为对“一三五不论，二四六分明”的使用原则和适用范围缺乏一个全面的认识造成的。所以，我们在运用它的时候，必须先领会它的使用原则和适用范围。只有领会了这两个方面，才能真正理解

"一三五不论，二四六分明"这句话的实际意义。而"一三五不论，二四六分明"的使用原则和适用范围也就是可平可仄的使用原则和适用范围。只有掌握了这些，我们才能够轻松地确定哪些情况是可平可仄的，哪些情况的平仄是不可随意改变的。也只有这样，我们才能够在实践当中既不出偏差又灵活地运用它们。

1. 可平可仄的使用原则

可平可仄的使用原则，就是"一三五不论"的使用原则。它是以不会造成孤平和三平调为前提。如果改变了五言"一、三"、七言"一、三、五"位置上的原有平仄，会造成孤平或三平调，那么，这个位置的平仄就不能够随意改变。改变"一三五"，能造成孤平和三平调的只有下面四种情况。这四种情况中的"一三五"的平仄是不可不论的：

五言b句型（平平仄仄平）中的第一字不可不论（否则造成孤平）；

五言d句型（仄仄仄平平）中的第三字不可不论（否则造成三平调）；

七言B句型（仄仄平平仄仄平）中的第三字不可不论（否则造成孤平）；

七言D句型（平平仄仄仄平平）中的第五字不可不论（否则造成三平调）。

2. 可平可仄的适用范围

根据上述"一三五不论"的可平可仄原则，除了能造成孤平和三平调的四种情况不可不论之外，其他的都是"一三五不论"的适用范围。也就是说，只要符合如果改变了五言"一、三"、七言"一、三、五"位置上的原有平仄后，不会造成孤平和三平调这个前提，就都适用于"一三五不论"，也就是可平可仄。涉及的具体句型，有下面几种：

五言的a、c、d三个基本句型中的第一字可以不论;
五言的a、b、c、三个基本句型中的第三字可以不论;
七言的A、B、C、D四个基本句型中的第一字均可不论。
七言的A、C、D三个基本句型中的第三字可以不论;
七言的A、B、C三个基本句型中的第五字可以不论;

从另一个角度说，就是在五言中，除了b句型的第一字和d句型的第三字之外，都可"一三不论"，即可平可仄。在七言中，除了B句型的第三字和D句型的第五字之外，都可"一三五不论"，即可平可仄。

我们也可以把它总结成一句话，即在不会造成孤平和三平调的前提下，五言皆可"一三不论"，七言皆可"一三五不论"。

这样一来，我们前面讲过的五言和七言的四种基本句型，就可以加入可平可仄的内容来表示了。括号中的字表示可平可仄:

五言格律诗包括可平可仄的四种基本句型:

a.（仄）仄（平）平仄
b.　平　平（仄）仄平
c.（平）平（平）仄仄
d.（仄）仄　仄　平平

七言格律诗包括可平可仄的四种基本句型:

A.（平）平（仄）仄（平）平仄
B.（仄）仄　平　平（仄）仄平
C.（仄）仄（平）平（平）仄仄
D.（平）平（仄）仄　仄　平平

前面我们讲的五言和七言各自的基本句型是基础，这里总结出来的是可平可仄的基本句型。可平可仄的基本句型包含了可平可仄的因素，它们是我们在实践中实际应用的基本句型。掌握了可平可仄的基本句型，就可以把它们运用到绝句、律诗的平仄格式中去。由于有了可平可仄，才使简单的四种基本句型演变出丰富多彩的样式，才使格律诗的基本格式产生千变万化，从而更加丰富了格律诗的表现力。

“一三五不论”的下半句是“二四六分明”。这半句也基本上是符合格律诗的基本规律的。五言的第二、四字，七言的第二、四、六字，因为它们都在节奏点上，所以，平仄是不能随意改变的。但是，在特殊情况下，经过拗救的改变属于例外，后面要具体讲到。

第八讲　拗救与拗救的方法

一、关于“拗救”

如果诗句中某一位置上的字的平仄，不符合该位置上应有的平仄，即该平声的地方用了仄声，该仄声的地方用了平声，那么，这种情况是不符合平仄格律的。这种不符合平仄格律的诗句就是拗句。如果出现了拗句，那就要进行补救。对拗句的补救就是拗救。

出现了拗句是否都要补救，这要看拗句中违反平仄格律的位置，是否符合可平可仄的适用范围，即前面讲过的“一三五不论”的适用范围。符合了 “一三五不论”的适用范围的，属可平可仄，那就可救可不救。但是有时为了音律和谐的需要，也要尽量给予拗救。如果不在“一三五不论”的适用范围，也就是不属于可平可仄的范围，那么就必须拗救。比如五言b句型“平平仄仄平”中的第一字和七言B句型“仄仄平平仄仄平”中的第三字该用平声用了仄声，就变成了孤平。孤平是格律诗的大忌，出现了这种情况，就必须进行拗救。如果诗句中出现了三平调，这也是格律诗所不允许的。但是，三平调是没有办法拗救的，所以我们只能采取规避的办法。

二、拗救的方法

拗救的方法从不同的角度也有不同的划分。一般有本句自救、对句相救，或者既本句自救又对句相救等。这里不按照这种传统的分类去讲。我们把它分为“孤平”的拗救、节奏点的拗救、可救可不救三种来讲。这样，对初学者的理解和掌握，可以更方便些。在讲解中，涉及传统的分类时，稍加说明，如是本句自救还是对句相救等。

1. “孤平”的拗救

前面说过，孤平是格律诗的大忌。如果出现了孤平，就必须进行拗救。在四种基本句型中，可能出现孤平的，只有五言b句型“平平仄仄平”和七言B句型“仄仄平平仄仄平”。如果五言b句型的第一字和七言B句型的第三字的平声改用了仄声，那就变成了“仄平仄仄平”和“仄仄仄平仄仄平”。它们除了韵脚之外，只剩下了一个平声，这就是犯了孤平。犯了孤平不要紧，它是可以拗救的，而且拗救的方法也很简单。因为在这个句型中，五言的第三字、七言的第五字都是可平可仄的，所以，我们可以同时把五言b句型的第三字的仄声改成平声，那就变成了“仄平平仄平”；七言B句型的第五字的仄声改成平声，那就变成了“仄仄仄平平仄平”。通过这样的拗救，孤平的问题就解决了。

渔家在江口，潮水入柴扉。
行客欲投宿，主人犹未归。
　　　　　　| — — | —
竹深村路远，月出钓船稀。
遥见寻沙岸，春风动草衣。
——张籍《夜到渔家》

谁家吹笛画楼中，断续声随断续风。
响遏行云横碧落，清和冷月到帘栊。
兴来三弄有桓子，赋就一篇怀马融。
　　　　　　　　| | | — — | —
曲罢不知人在否，余音嘹亮尚飘空。
——赵嘏《闻笛》

张籍《夜到渔家》第二联的对句“主人犹未归”原本是“平平仄仄平”的句型，但句中第一字用了仄声“主”字，如果第三字不改用平声，那么除了韵脚“归”字外，就只剩下“人”字一个平声。这样，这句就变成孤平了。诗人把第三字改用了平声“犹”字，孤平的问题得到了解决。

赵嘏的《闻笛》中，第三联的对句原本是“仄仄平平仄仄平”的句型，但第三字用了仄声“一”，所以把第五字改用平声“怀”字来补救。这样，就解决了孤平的问题。

这种拗救方法是，五言的一字拗，三字救；七言的三字拗，五字救。这种方法属本句自救。

2. 节奏点的拗救

一般情况下，五言的第二、四字，七言的第二、四、六字因为是在节奏点上，它的平仄是不能改变的。但有两种特殊情况，五言的第四字，七言的第六字也是可以改变的。但是，出现了这种改变则必须进行拗救。这就是a（A）句型和c（C）句型节奏点的拗救。

（1）a（A）句型节奏点的拗救。

a（A）句型节奏点的拗救是指，五言的a句型“仄仄平平仄”的第四字和七言的A句型“平平仄仄平平仄”的第六字平声改用了仄声后的拗救。这种拗救稍微复杂一些。出现了这种情况，就要把它的对句五言第三字、七言第五字的仄声改用平声。使五言的“仄仄平平仄，平平仄仄平”变成了“仄仄平仄仄，平平平仄平”；七言的“平平仄仄平平仄，仄仄平平仄仄平”变成了“平平仄仄平仄仄，仄仄平平平仄平”。如：

离离原上草，一岁一枯荣。
野火烧不尽，春风吹又生。
｜｜—｜｜　———｜—
远芳侵古道，晴翠接荒城。
又送王孙去，萋萋满别情。

——白居易《赋得古原草送别》

向吴亭东千里秋，放歌曾作昔年游。
青苔寺里无马迹，绿水桥边多酒楼。
——｜｜—｜｜　｜｜———｜—

大抵南朝皆旷达，可怜东晋最风流。
月明更想桓伊在，一笛闻吹出塞愁。

——杜牧《润州》

白居易的这首《赋得古原草送别》诗中，“野火烧不尽，春风吹又生”句的平仄句型本是“仄仄平平仄，平平仄仄平”。但是，出句第四字用了仄声“不”字，于是对句第三字改用了平声“吹”字进行拗救，变成了“仄仄平仄仄，平平平仄平”。

杜牧的《润州》诗中，“青苔寺里无马迹，绿水桥边多酒楼”句的平仄句型本是“平平仄仄平平仄，仄仄平平仄仄平”。出句第六字用了仄声“马”字，于是对句第五字改用了平声“多”字进行拗救，变成了“平平仄仄平仄仄，仄仄平平平仄平”。

这种对五言第四字，七言第六字的拗救，属对句相救。

（2）c（C）句型节奏点的拗救

c句型节奏点的拗救是指，五言的c句型 “平平平仄仄”的第四字和七言C句型“仄仄平平平仄仄”的第六字改用了平声的拗救。这种拗救就是把五言的第三字、七言的第五字改为仄声，使它们的末尾三字变成“仄平仄”。即五言的变为“平平仄平仄”，七言的变为“仄仄平平仄平仄”。如：

人闲桂花落，夜静春山空。
— — | — |
月出惊山鸟，时鸣春涧中。

——王维《鸟鸣涧》

江涵秋影雁初飞，与客携壶上翠微。
尘世难逢开口笑，菊花须插满头归。
但将酩酊酬佳节，不用登临恨落晖。
古往今来只如此，牛山何必独沾衣。
| | — — | — |

——杜牧《九日齐山登高》

王维的《鸟鸣涧》中，第一联的出句原本是c句型“平平平仄仄”。因为句中第四字用了平声字“花”，所以第三字改用仄声字“桂”进行拗救，于是就变成了 “平平仄平仄”。

杜牧的《九日齐山登高》中，最后一联的出句原本是C句型“仄仄平平平仄仄”。因为句中第六字用了平声字“如”，所以第五字改用仄声字“只”进行拗救，拗救后变成了“仄仄平平仄平仄”。

这种方法，对五言第四字、七言第六字的拗救，也属于本句自救。

这个经过拗救后的句型，因为在前人的作品中用到的比较多，所以也可以把它当作一个基本句型来看待。即五言的e句型 “平平仄平仄”和七言的E句型“仄仄平平仄平仄”。

众芳摇落独暄妍，占尽风情向小园。
疏影横斜水清浅，暗香浮动月黄昏。
＋｜——｜—｜
霜禽欲下先偷眼，粉蝶如知合断魂。
幸有微吟可相狎，不须檀板共金樽。
｜｜——｜—｜

——林逋《山园小梅二首》其一

林逋《山园小梅二首》其一诗中第二联、第四联的出句都是采用了这种拗救或者说是采用了这种句型。不过把它看作是拗救也好，看作是基本句型也好，并不重要。在实际应用中，我们可以把它看作是五言c句型第三、四字的平仄互换，七言C句型第五、六字的平仄互换，这样就简单多了。

3. 可救可不救

可救可不救，是指出现了拗句后，可以进行拗救，也可以不作拗救。进行拗救是为了使诗句的平仄节奏更加和谐、更加完美。不作拗救，是因为这样的拗句或者所拗的位置都不在节奏点上，或者不能造成孤平和三平调。它们是在“一三五不论”允许范围内的可平可仄。所以，不救，也不违反格律的要求。

（1）在“平平平仄仄，仄仄仄平平”一联中，如果出句第一字用了仄声，则对句相同位置的字改为平声。这样，出句和对句的这个位置仍然平仄相对。拗救后则为“仄平平仄仄，平仄仄平平”。

（2）在“仄仄平平仄，平平仄仄平”一联中，如果出句第三字用了仄声，则对句相同位置的字改为平声。这样，出句和对句的这个位置也仍然平仄相对。拗救后则为“仄仄仄平仄，平平平仄平”。

（3）在“仄仄平平仄，平平仄仄平”一联中，如果出句第一字和第三字各自都改变了平仄（这是本句自救），则对句相同位置的字也作相应改变。这样，出句和对句也仍然平仄相对，同时又不犯孤平。拗救后则为“平仄仄平仄，仄平平仄平”。需要强调的是，如果拗救，则对句第一字和第三字的平仄必须同时都改变（这也是本句自救）。否则，如果只改变第一字而不改变第三字，就造成孤平了。

以上拗救在七言中类推，如在同类句型中，五言的第一字，在七言中则为第三字。

这种拗救，大体上是以对句相救为主。其原则是，出句可平可仄的字改变了平仄后，可改变对句相对应位置上的字的平仄，使其在平仄上继续相对。因为是可平可仄，所以可救可不救。不救，也没关系，因为它不违反格律的要求。

绿蚁新醅酒，红泥小火炉。
晚来天欲雪，能饮一杯无？
| — — | |　— | | — —

——白居易《问刘十九》

江汉思归客，乾坤一腐儒。
片云天共远，永夜月同孤。
| — — | |　| | | — —
落日心犹壮，秋风病欲苏。
古来存老马，不必取长途。
| — — | |　| | | — —

——杜甫《江汉》

这是针对可救可不救(1)的例子。这两首诗中标注平仄的诗句原本都是“———||，|||——”的句型。在白居易的《问刘十九》中，“晚来天欲雪，能饮一杯无？”的出句第一字用了仄声“晚”字，所以对句第一字用了平声“能”字进行了拗救。而杜甫的《江汉》诗中颔联和尾联，也都是出句第一字该用平声用了仄声，但是对句都没有进行拗救。

日日望乡国，空歌白纻词。
|||—|　——||—
长因送人处，忆得别家时。
失意还独语，多愁只自知。
客亭门外柳，折尽向南枝。
——张籍《蓟北旅思》

这是针对可救可不救(2)的例子。张籍的这首《蓟北旅思》首联原本是“||——|，——||—”的句型。出句第三字用了仄声“望”，而对句并没有进行拗救。

早被婵娟误，欲妆临镜慵。
承恩不在貌，教妾若为容。
风暖鸟声碎，日高花影重。
—||—|　|——|—
年年越溪女，相忆采芙蓉。
——杜荀鹤《春宫怨》

今夜鄜州月，闺中只独看。
—||—|　——||—
遥怜小儿女，未解忆长安。
香雾云鬟湿，清辉玉臂寒。
何时倚虚幌，双照泪痕干。
——杜甫《月夜》

这是针对可救可不救(3)的例子。杜荀鹤的《春宫怨》中的颈联,原本是"丨丨——丨,——丨丨—"的句型。因为出句第一字和第三字都改变了平仄,所以对句的第一字和第三字也都改变了平仄,进行拗救。拗救后达到了对句和出句平仄完全相对。

在杜甫的《月夜》中,首联原本也是"丨丨——丨,——丨丨—"的句型。出句第一字和第三字也都改变了平仄,但是对句的第一字和第三字并没有改变平仄,也就是没有采取拗救。所以这一联的对句和出句的平仄并不完全相对。

拗救的使用扩大了字词的选用范围,同时,也可以不同程度地避免出现因律害义的情况。所以掌握拗救的方法,并在格律的范围内加以灵活地运用,是很有必要的。

第九讲　用韵的要求与韵的宽窄

押韵是诗的基本特征之一。如果不押韵，就不能称其为诗。由于韵的应用，诗才有了那种和谐、流畅、回环的旋律美。可以说平仄造就了诗的节奏，韵成就了诗的旋律。所以，用韵是格律诗五大基本要素的第四大要素。

用韵就是把音韵应用到诗句中，让诗实现押韵。押韵就是两个诗句中最后一个字的韵母相同或相近。因为押韵的位置都在句尾，所以就把这里叫作“韵脚”。

格律诗在用韵上，有着自己的独特要求。这些要求也是它与古体诗的区别之一。

诗韵还有宽窄之分，在诗韵的使用上，还要适当考虑韵的宽窄进行选用。

一、用韵要求

关于格律诗用韵的基本要求和使用，这里主要讲两条：一是押平声韵，二是隔句押韵。还有句句押韵、一韵到底和中间换韵的说法，没有列入本讲内容。因为在格律诗中，只有律诗和排律涉及一韵到底，所以，讲律诗和排律时要讲到。而绝句只有四句两联，除首句入韵外，它只押一次韵，就是第四句押第二句韵。它不涉及一韵到底的问题，可以不去强调。句句押韵和中间换韵则是古体诗的专利。它们将在涉及的部分被讲到。

押平声韵是格律诗的特点之一。格律诗只能押平声韵，不能押仄声韵。如果押了仄声韵，那就不能叫作格律诗。不管是短到只有四句的绝句，还是长到几十、上百句的排律，它们都是要押平声韵的。没有例外。

隔句押韵也是格律诗的特点之一。格律诗的句数都是偶数，隔句押韵，也就是偶数句押韵，单数句不押韵，但是首句例外。首句句尾有两种，一是仄收，一是平收。因为格律诗要押平声韵，所以仄收不能入韵，只有平收才能入韵。因此，首句可以入韵，也可以不入韵，这要看它是平收还是仄收。如果首句句末是平收的，首句就要入韵；如果首句句末是仄收的，那么首句就不能入韵。因为押韵是后面的押前面的韵，所以这里把首句是否押韵称作“入韵”或“不入韵”。下面我们以几首诗为例：

日暮苍山远，天寒白屋贫。
◎
柴门闻犬吠，风雪夜归人。
◎
——刘长卿《逢雪宿芙蓉山主人》

剑外忽传收蓟北，初闻涕泪满衣裳。
◎
却看妻子愁何在，漫卷诗书喜欲狂。
◎
白日放歌须纵酒，青春作伴好还乡。
◎
即从巴峡穿巫峡，便下襄阳向洛阳。
◎
——杜甫《闻官军收河南河北》

黄鹤西楼月，长江万里情。
◎
春风三十度，空忆武昌城。
◎

送尔难为别，衔杯惜未倾。
◎
湖连张乐地，山逐泛舟行。
◎
诺为楚人重，诗传谢朓清。
◎
沧浪吾有曲，寄入棹歌声。
◎
——李白《送储邕之武昌》

（◎表示它上面的字是押平声韵的字，下同。）

上面刘长卿的《逢雪宿芙蓉山主人》是一首五言绝句，诗中的“贫”和“人”都是上平声十一真的韵。杜甫的《闻官军收河南河北》是一首七言律诗，诗中的“裳、狂、乡、阳”都是下平声七阳的韵。李白的《送储邕之武昌》是一首较短的排律，诗中“情、城、倾、行、清、声”都是下平声八庚的韵。这些字都是在本首中押韵的字。每首中押韵的字的韵母都是相同或相近的，而且都是平声。所以它们都是押平声韵。同时，我们还看到，这些诗中的单数句都不押韵，只有偶数句押韵。从形态上看，都是隔一句一押韵，即隔句押韵。

竹坞无尘水槛清，相思迢递隔重城。
◎　　　　◎
秋阴不散霜飞晚，留得枯荷听雨声。
◎
——李商隐《宿骆氏亭寄怀崔雍崔衮》

城阙辅三秦，风烟望五津。
◎　　　◎

与君离别意，同是宦游人。
◎
海内存知己，天涯若比邻。
◎
无为在歧路，儿女共沾巾。
◎
——王勃《送杜少府之任蜀州》

一片花飞减却春，风飘万点正愁人。
◎　◎
且看欲尽花经眼，莫厌伤多酒入唇。
◎
江上小堂巢翡翠，苑边高冢卧麒麟。
◎
细推物理须行乐，何用浮荣绊此身。
◎
——杜甫《曲江二首》其一

上面是一首七言绝句、一首五言律诗和一首七言律诗，它们也都是押平声韵和隔句押韵。不同的是它们的首句都入韵，这是因为它们的首句的韵脚都是平收的。第一首首句末尾的"清"、第二首首句末尾的"秦"、第三首首句末尾的"春"都是平声，而且与各自后面偶数句的韵字都是同一韵。

二、韵的宽窄

韵有宽韵、窄韵之分。在我们使用的平水韵中，每个韵目所含的字数有多有少，各不相同。在一个韵目中，所含韵字比较多的，叫作宽韵；所含韵字比较少的，叫作窄韵。如七虞、一先、七阳、八庚等所含的字数就比较多，所以称它们为宽韵；三江、五微、十五删、十五咸等所含的字数就比较少，所以称它们为窄韵。所含的字数比较多的宽韵，在使用时可选择的余地就大、就宽泛，所以选用的难度也就会相对的低一些。所含字数少的窄韵，在使用时可选择的余地就小，当然，选用的难度也就大一些。特别是排律，因为篇幅长，用到的韵字也比较多，如果再选用窄韵，难度就更大，所以较长的排律大多都选用宽韵来用。对于绝句，因为篇幅短，用到的韵字也比较少，即使选用了窄韵，也照样可以创作出好的作品来。当然，韵的选择，首先还是要取决于内容的需要。

朝辞白帝彩云间，千里江陵一日还。
　　　　　　◎　　　　　　◎
两岸猿声啼不住，轻舟已过万重山。
　　　　　　　　　　　　　◎

——李白《早发白帝城》

京口瓜洲一水间，钟山只隔数重山。
　　　　　　◎　　　　　　◎
春风又绿江南岸，明月何时照我还。
　　　　　　　　　　　　　◎

——王安石《泊船瓜洲》

李白的《早发白帝城》和王安石的《泊船瓜洲》都是七言绝句，诗中用的都是十五删的韵。虽然用的是窄韵，但却是深受人们喜爱，传唱至今的佳作。

荒戍落黄叶，浩然离故关。
　　　　　　　　◎
高风汉阳渡，初日郢门山。
　　　　　　　　◎
江上几人在，天涯孤棹还。
　　　　　　　　◎

何当重相见，樽酒慰离颜。
◎
——温庭筠《送人东游》

朝回日日典春衣，每日江头尽醉归。
◎ ◎
酒债寻常行处有，人生七十古来稀。
◎
穿花蛱蝶深深见，点水蜻蜓款款飞。
◎
传语风光共流转，暂时相赏莫相违。
◎
——杜甫《曲江二首》其二

上面是一首五言律诗和一首七言律诗。虽然它们的篇幅比绝句稍长，用的韵字也稍多，但也都使用了字数较少的十五删韵和五微韵。它们也同样是受到人们喜爱的上乘之作。

除了宽韵、窄韵外，韵还有险、僻、生、熟之分。在韵的使用上，我们尽量少用那些过于险、僻、生、熟之韵。有的人喜欢用一些险韵、僻韵，这往往会给人一种故意炫耀的感觉，反而收不到好的效果。还有人在自己的作品中总是用那一两个韵，给人一种缺乏新意和似曾相识的感觉。韵的选择，不是一种文字游戏，更不能生拼硬凑，以韵生诗。学习掌握宽韵、窄韵以及险、僻、生、熟之韵主要是作为一种参考。韵的选择，更重要的是要根据内容的需要，随情意而生。

第十讲　旧诗韵与新诗韵

这里所说的诗韵，是指自古传承下来作诗用韵的依据。由于语音和语音声调的发展变化，自古传承下来的诗韵已经不能完全适应当今的需要。因此，很多人就提出了改用新诗韵（即现代汉语读音）。于是就有了新韵旧韵的说法。

一、旧诗韵

旧诗韵是新诗韵提出后与之相对而言的。其实，旧诗韵在千百年来的使用中，也是在不断地发展和变化着，并逐步走向完善的。其中大体上经过了“切韵”“唐韵”“广韵”“韵略”“集韵”至“平水韵”。平水韵之前的韵书，都较为繁杂，收字多，设韵目也多。大多为206韵。至平水韵改并为107个韵部。后又将上声拯韵合并于迥韵，即106韵的“平水韵”。由于平水韵改并为106韵后，分部少，检韵方便，所以深受历代诗家的欢迎，一直通行至今。

平水韵分上平声、下平声、上声、去声、入声。上平声含15韵，下平声15韵，上声29韵，去声30韵，入声17韵，合计106个韵部。

平水韵出现以后，很多韵书中的诗韵都是以平水韵为依据的。比如《古今韵会举要》《诗韵合璧》《诗韵全璧》等等。

平水韵是以当时人们的语音特点来划分韵部的。它把在此之前的二百多个韵部归并为106个，这在当时也是一个很大的进步。但是，它毕竟距离我们现在已经年代久远了。随着社会的发展变化和不断进步，语言、语音和语言环境也都在发展变化着。用现在人的眼光来看平水韵，自然会感到有些方面已经不能适应现实的需要。比如入声字问题，现代汉语中已经没有入声字了；比如相同韵母不在同一韵的问题，如“东”“冬”等韵母相同，“寒”“覃”等，虽然韵母相同，却不属于同一韵部；还有韵母不同的韵字却在同一韵部，如四支、十灰等韵部中就都存在这个问题。这些字在一起押韵，用现代汉语读起来，自然会感到很别扭。所以，我们在使用平水韵的时候，要特别注意这些特殊情况的辨别和应用。

本书附录中的《诗韵精选》部分，为笔者近年所编《诗韵词韵速查手册》中所收之《诗韵》。为与其他诗韵版本区别，本书收入时更名为《诗韵精选》。它是以《诗韵合璧》为蓝本，去其生僻字，《诗韵合璧》未收入的常用字，依据《集韵》《古今韵会举要》等典籍酌加增补而成的。这部《诗韵》收入韵字6300多个。其中与其他各典不一致处，则视具体情况，或依《诗韵合璧》收入，或依各典加以补正。韵部仍依106韵不变。《诗韵词韵速查手册》中还将两韵或两韵以上兼收的字称为双韵字，加方括号以示区别。书中还列有《单韵字注》《双韵字注》《音节检字表》等，以方便读者查阅。

二、新诗韵

新诗韵是以现代汉语读音为依据的，它是相对于旧诗韵而言的。从新诗韵的提出至今，已有十三辙、十八韵、二十韵、十四韵等多种版本问世。2005年中华诗词学会颁布了十四韵的《中华新韵》。

新韵的出现是社会发展的必然，是语言进步的产物。《中华新韵》的出现也正是在诗词用韵方面随着社会发展和语言进步而产生的。这部《中华新韵》是以现代汉语拼音为依据，按照现代汉语拼音的韵母来划分韵部的。因此，它更贴近我们当代人的生活，更适应当代人的语言习惯，更能满足当代人在作诗填词以及其他用韵方面的需要。它将汉语拼音的韵母共分十四个韵部。其中每个韵部中的韵母都属相近韵母。只有十三支的-i和十四姑的u为一个韵母独用。《中华新韵》中把十三支的-i标为零韵母。这个零韵母也是韵母。在《汉语拼音方案》中，它被称为zhi、chi、shi、ri、zi、ci、si七个音节的韵母，只是也用i来表示。它与十二齐里的i不同，使用时要加以区别。

《中华新韵》的韵部划分更加清晰明了。每个韵部都以平声字为名称，如一麻、二波、三皆等。每一个韵部中分列阴平、阳平、上声、去声。与平水韵的106个韵部相比，它减少到14个韵部，减少了查找使用的难度。把相近的韵母列为同一韵部，这样就不存在邻韵和通押的问题了。从而也降低了复杂程度，使人们在使用中更加便于掌握。

让当代人在用韵时使用入声字，的确是一件很麻烦的事情。提倡新韵的重要内容之一，就是不提倡使用入声字。但是，在欣赏和借鉴历代优秀作品的时候，又离不开入声字。在《中华新韵》中，对旧韵中的入声字虽然不单列，但也不是弃之不顾，而是把入声字，按照现代汉语的读音和声调分别列于各个韵部的阴平、阳平、上声、去声之后，以便于与旧诗韵对比和查找使用。这就体现了在新韵和旧韵的使用上"倡今知古、今不妨古、双轨并行"的原则。

三、新旧诗韵的使用

我们现在正处在一个变革的时期。对于新韵和旧韵的使用，不只是一个简单的取舍问题。虽然很多人在积极提倡使用新韵，但是，目前还有很大一部分诗人在使用着旧韵。他们已经习惯于旧韵。让他们改用新诗韵，时机还未成熟，也不切实际。历代优秀诗人创作出来的大量的优秀作品，都是使用我们现在所说的"旧韵"。对我们来说，在从事格律诗写作的同时，必然要涉及对前人优秀作品的欣赏、学习和研究，其中必然要学习他们的用韵方法和技巧。由此看来，起码在现阶段，我们还离不开旧诗韵。新韵的产生是一种需要，旧韵的使用也是一种需要。就当前来看，旧诗韵还没有完成它的历史使命。目前只是一个由旧韵向新韵过渡的时期，新旧韵的并存还会持续一个很长的阶段。也正因如此，《中华新韵》在颁布时就提出了"双轨并行"的原则。

我们在格律诗的写作中，使用旧韵也好，使用新韵也好，都要特别注意这样几个方面：

一是使用新韵的同时，也要对旧韵有所了解和掌握，从中学习前人的用韵方法和技巧，这样对自己格律诗写作水平的提高会有所帮助。

二是在同一作品中，新韵旧韵不要混用。或用新韵，或用旧韵，选择一种即可。如果在一个作品中新旧韵混用了，有时会造成作品韵律上的不和谐，当然，也会直接影响到作品的质量。

三是用旧韵写诗时，也要考虑到现今的语言特点。要避免把同一韵部中那些语音差别很大的字放在一起押韵。有些字虽然属一个韵部，但现在的读音已经相距甚远。如果现在还把它们用在同一首诗中，读起来会很别扭，比如十灰中的“灰、回、枚”与“才、开、来”等，六麻中的“麻、花、家”与“耶、椰、爷”等。看下面的例子：

天门中断楚江开，碧水东流至此回。
　　　　　◎　　　　　　　◎
两岸青山相对出，孤帆一片日边来。
　　　　　　　　　　　　　◎

——李白《望天门山》

远上寒山石径斜，白云深处有人家。
　　　　　◎　　　　　　　◎
停车坐爱枫林晚，霜叶红于二月花。
　　　　　　　　　　　　　◎

——杜牧《山行》

李白的这首《望天门山》是首句入韵的七言绝句。诗中“开、回、来”都是十灰韵。按照现代汉语读音，“开、来”韵母相同，但“回”的韵母与它们既不相同也不相近。把它们放在一起，显然不押韵。杜牧的《山行》也是首句入韵的七言绝句。诗中用的是六麻韵。因为首句韵脚的“斜”字旧读xiá，与“花”“家”放在一起，押韵没有问题。但“斜”字今读xié，如果现在再把它与“花”“家”放在一起显然就不押韵了。读古人的诗，我们可以把“斜”读成“xiá”。但是，今人写诗再把“斜”按“xiá”来用，就不妥了。所以，即便是使用旧韵，这样的韵字最好也还是不要放在一起为好。

第十一讲　对仗的基本规则与特殊要求

对仗也是格律诗的五个基本要素之一。它主要用于律诗、排律中。虽然绝句没有必须使用对仗的要求，但是，我们可以看到，在许多优秀的绝句作品中也都使用了对仗。

对仗就是诗词一联中的出句和对句形成对偶。对偶本是一种修辞手段，它以类排比，字面音节两两相对，用字数相等的句式、句法相似的语句表现相反或相关的意思就可以了。而格律诗中的对仗，除了要求形成对偶之外，还有自己的特定规则。比如句式、平仄、词性、结构等方面的基本规则和一些特殊要求。

一、对仗的基本规则

对仗的基本规则主要包括句式、平仄、词性、结构等。

1. 句式相同、平仄相对

对仗是以“联”为单位的。每两句为一联。每一联构成对仗的出句和对句，它们的句式都是相同的，或五言，或七言。这种字数固定的句式，给使用对仗提供了方便。古体诗并不要求必须使用对仗，但在一些古体诗中也常常会用到。古体诗中，也必须是上下句句式相同才能使用对仗，而那些字数不同的句式则无法使用对仗这种形式。

对仗的平仄相对是指对句与出句相同位置上的字要平仄相对。即出句用平声的位置，对句的相同位置用仄声；出句用仄声的位置，对句相同位置用平声。但是，有两种特殊情况是可以例外的：一是首联如果用了对仗，而首句又是平收，那么最后一字就不能平仄相对。因为出句和对句的末一字都是平声。二是如果符合“一三五不论”的可平可仄原则，出现的个别字平仄不相对的情况，则是允许的。但是处在节奏点位置的字，必须平仄相对。这些与我们前面讲到的“黏对”中的“对”的要求是一致的。

相见时难别亦难，
东风无力百花残。
春蚕到死丝方尽，
——｜｜——｜
蜡炬成灰泪始干。
｜｜——｜｜—
晓镜但愁云鬓改，
｜｜｜——｜｜
夜吟应觉月光寒。
｜——｜｜——
蓬山此去无多路，
青鸟殷勤为探看。
——李商隐《无题》

在这首诗中，有两联对仗。“春蚕”一联是正常的平仄格式，对句与出句的每个字都是相对的。“晓镜”一联的平仄格式本应是“｜｜———｜｜，——｜｜｜——”，但是出句的第三字平声用了仄声“但”字，对句第一字平声用了仄声“夜”字，第三字仄声用了平声“应”字，其中第三字仍然相对，而第一字则不相对了。因为这个位置不在节奏点上，虽然平仄不相对，但它符合“一三五不论”的可平可仄原则，所以是允许的。

2. 词性对应、结构一致

对仗对词性和结构的要求是词性对应、结构一致。对句与出句相同位置上的字，词性和结构都是相同或者相近的，这样，使之在词性上相互对应，在语法结构上保持一致。也就是在词性上要名词对名词、动词对动词、形容词对形容词；在结构上要单字对单字、双字对双字、词组对词组，主语对主语、谓语对谓语、宾语对宾语等。

梨花｜院落｜溶溶｜月，
柳絮｜池塘｜淡淡｜风。
——晏殊《寓意》第二、三句

这一联对仗的结构比较简单。可以把它分成四段。第一段名词对名词，第二段名词对名词，第三段形容词对形容词，第四段也是名词对名词。对句与出句在词性上相互对应，在结构上也是一致的。

我们再看一下前面提到的李商隐《无题》中第二联的对仗，这一联对仗的结构就稍微复杂了一点：

春蚕｜到｜死｜丝｜方｜尽，
蜡炬｜成｜灰｜泪｜始｜干。

这一联对仗中的蜡炬对春蚕，成对到，灰对死，泪对丝，始对方，干对尽。这一联中分别是名词与名词相对，动词与动词相对，副词与副词相对，它们在词性、结构上也都是一致的。

既然说对句与出句相同位置上的字，词性和结构都是相同或者相近的，那就是说，也有不是完全相同的时候，相近也可以。看下面这一联：

星｜垂｜平野｜阔，
月｜涌｜大江｜流。
——杜甫《旅夜书怀》第三、四句

这一联的前面是名词对名词，动词对动词，名词对名词。而最后一个字，出句的“阔”字是形容词，对句的“流”是动词。但是“平野”与“阔”连起来表现了“平野”宽阔的状态；“大江”与“流”连起来表现了“大江”流动的状态。所以，它们在意思上仍然相对。前人的作品中，这种用法很多。

从上面的例子中可以看出，这种相同位置上的字词性和结构的相同或相近的对应关系，构成了对仗的严谨整齐的相对特点。

二、对仗的特殊要求

格律诗的对仗除了需要遵循上述的一些基本规则外，还有一些特殊要求，就是合掌和重字。

1. 合掌应避忌

合掌就是一联内的两句或两联之间太相似了。合掌有两种类型，即联内合掌和两联合掌。合掌是对仗中的大忌，所以在使用对仗时一定要注意避免。

一忌联内合掌。

联内合掌是指一联中的对句与出句在字面内容上造成了合掌，即上下联用表示相同事物的同义词表达了同一内容。通俗地说，就是上下联重复地说了同一个意思。而对仗的对句与出句在字面内容上的要求是相关或相反，而不是相同。

明月松间照，
清泉石上流。
——王维《山居秋暝》第二、三句

晓战随金鼓，
宵眠抱玉鞍。
——李白《塞下曲》其一第五、六句

上面的对仗中“清泉”对“明月”，“石上”对“松间”，“流”对“照”；“宵眠”对“晓战”，“抱”对“随”，“玉鞍”对“金鼓”。在平仄、词性、结构上，都合乎规则的要求；在表现内容上，也都是互相关联，而不是相同。所以，它们都是非常工整的佳对。

王维《山居秋暝》中的这一联，出句写的是月光透过松间，对句写的是泉水在石上流淌，为两件事。李白《塞下曲》其一中的这一联，写的是战斗中和战斗后相互关联的两件事。如果，“明月松间照”的对句还写“圆月”“松下”之类，那就是写了同一件事，也就是合掌了。同样，用“晨击”去对“晓战”这一类的话，也是一样的结果。依此类推，上联写雨，下联还写雨，只是换了个同义词，用“甘霖”对“春雨”，也属此类。另外，用“青山”对“碧岭”、“幽篁”对“细竹”、“赤驹”对“红马”等等都属这一类。合掌把表现的内容变窄了。这种重复表现一个意思的诗句，欣赏起来让人感到单调和乏味。

二忌两联合掌。

两联之间造成合掌称为两联合掌。两联合掌是指在一首诗中，相邻两联的内容或结构相同。这句话有两个意思。一是内容相同的两联合掌。这与联内合掌是一样的，就是这两联说了同一个意思。这里不再重复。二是结构相同的两联合掌。结构相同的合掌是指相邻两联在结构上形成了相同的形态。一联之内对句和出句的结构相同，这是必然的。这是词性的要求所决定的。但是，相邻两联则不同。相邻两联造成的结构相同的合掌，从结构上看，后一联完全就是前一联的复制，即下面这种形态（以“名词|动词|名词”结构的句式为例，其他结构的句式依此类推）：

前一联：名词|动词|名词，
　　　　名词|动词|名词。
后一联：名词|动词|名词，
　　　　名词|动词|名词。

这种词性、结构上出现的重复，给诗句的音节节奏造成了重复，使诗句吟诵起来单调和乏味。但是，这一条并不严格。因为对仗用得好，不仅不会单调和乏味，反而照样收到生动的效果。所以，对仗中的两联合掌只是应该尽量避免内容上的合掌。如果需要，结构上的合掌当然也可以用。在古代的一些名人佳作中也不乏这样的例子。如：

银烛吐青烟，金樽对绮筵。
离堂思琴瑟，别路绕山川。
明月隐高树，长河没晓天。
悠悠洛阳道，此会在何年？
——陈子昂《春夜别友人》

陈子昂的这首《春夜别友人》前三联都用了对仗。在这三联对仗中，每一联都用了“名词|动词|名词”对“名词|动词|名词”的结构，但这丝毫没有影响到诗句的生动和美感。相反，这首诗以其生动的内容和高超的艺术价值受到人们的喜爱并传诵至今。

对于合掌，历来也有不同看法。有的人把它看得很严格，主张只要用了同义词相对，就是合掌。比如，有人认为李白《秋登宣城谢朓北楼》诗中“两水夹明镜，双桥落彩虹”句属合掌，因为诗句中的“双”和“两”是同义词。其实，虽然这里的“双”和“两”是同义词，但这一联诗句中说的是“桥”和“水”。“双桥”和“两水”是两件事，所以不能算合掌。还有人认为，唐代耿湋《赠田家翁》诗中“蚕屋朝寒闭，田家昼雨闲”一联的“昼”与“朝”合掌。其实，“昼”与“朝”并非同义词，况且这里的“昼雨”与“朝寒”说的是“雨”和“寒”而并非“昼”与“朝”。“昼”与“朝”在这里只是修饰限制“雨”和“寒”的，所以也不应视为合掌。合掌是格律诗对仗中的大忌，但是，判定合掌不能过于苛求，否则便成了作茧自缚。

2. 重字有宜忌

对仗中的重字有忌有宜，要区别对待。对仗中的重字有两种。

一种是对句与出句重字。这是格律所不允许的，所以应予避忌。在同一联对仗中，对句与出句在同一位置上用了相同的字，称为重字，也叫同字相对。同字相对，平仄必然不相对。这就违背了格律诗中对仗要平仄相对的最基本要求。所以格律诗中的对仗是不允许对句与出句中出现重字的。

另一种是句内重字。句内重字则是允许的，可以大胆使用。句内重字是指在对仗中的一个诗句内出现重字。因为它不涉及平仄相不相对的问题，也不违背对仗的基本要求，所以这种句内重字可以用。但是，使用这种句内重字，有一个条件，即在出句中出现了句内重字，在对句中也必须在相同位置上使用句内重字来与出句相对。这样才能保证上下句在结构上的一致。这种重字要用得好，用得巧，会收到特别好的效果。

桃花细逐杨花落，
黄鸟时兼白鸟飞。
——杜甫《曲江对酒》第三、四句

自去自来梁上燕，
相亲相近水中鸥。
——杜甫《江村》第三、四句

鸟去鸟来山色里，
人歌人哭水声中。
——杜牧《题宣州开元寺水阁，阁下宛溪，夹溪居人》第三、四句

上面几联都是出句句内用了重字，对句也在相同位置上用了重字，以与之相对。

还有一种句内重字是叠字。出句用了叠字，对句必须在相同的位置上也用叠字相对。这种叠字形式的句内重字，用起来相对要容易一些，所以前人的作品中常常会用到。比如：

树树皆秋色，
山山唯落晖。
——王绩《野望》第三、四句

世事茫茫难自料，

春愁黯黯独成眠。

——韦应物《寄李儋元锡》第三、四句

解箨时闻声簌簌，
放梢初见叶离离。

——陆游《东湖新竹》第五、六句

这几联对仗都是出句用了叠字，对句也用了叠字与之相对。叠字的位置，既有用在句首的，也有用在中间的，还有用在句尾的。

第十二讲　对仗的常用类型

格律诗的对仗有很多种，从不同的角度划分，有不同的类型。这里只介绍几种常用的类型。

一、正对与反对

对仗除了在字数、平仄、词性上的要求外，还要求用句法相似的语句表现相关或相反的意思。相关或者叫相对，就是正对；相反就是反对。

1. 正对

正对是对仗中的对句和出句在字数、词性、结构相同的基础上，字面和整句内容都相关或相对。这里的相对是指相对应。它的特点是，对句与出句或互相联系、互为补充，或互为映衬、互为举托。但需要强调的是，对句和出句的相关或相对，表现的必须是两件事。如果对句和出句说了同一件事，就造成了“合掌”。

芳树笼秦栈，
春流绕蜀城。
——李白《送友人入蜀》
第五、六句

蝉声断续悲残月，
萤焰高低照暮空。
——杜甫《新秋》第五、六句

野桃含笑竹篱短，
溪柳自摇沙水清。
——苏轼《新城道中二首》
其一第五、六句

上面李白、杜甫和苏轼诗中的几联对仗都属正对。

2. 反对

反对是对仗中的对句和出句在字数、词性、结构相同的基础上，用反义词相对，使字面和整句内容都相反。它的特点是，对句和出句形成对比和反差，给人一种鲜明、强烈的感受。

南檐纳日冬天暖，
北户迎风夏月凉。
——白居易《香炉峰……
偶题东壁》第三、四句

身无彩凤双飞翼，
心有灵犀一点通。
——李商隐《无题》第三、四句

白居易诗中的这一联，"南、北""纳、迎""冬、夏""暖、凉"等都是反义词相对，它们构成了相反的鲜明对比，成为一联上佳的反对。

李商隐《无题》中的这一联，则是"有"和"无"反义词相对，使上下句的内容构成了反义相对。

二、工对、宽对与邻对

从符合规则程度的角度出发，可以把对仗划分为工对、宽对与邻对。工对较为规范、严整；宽对和邻对较为灵活、宽松。虽然它们的特点不同，但它们都是格律诗创作的需要。

1. 工对

工对就是对偶工整的对仗。除要完全符合规则，对句与出句相同位置上的字词性要相同外，还要使相同位置上的词做到同类。古人把每一种词性划分为若干类。如名词就可以分为天文、地理、时令、居室、器物、文具、植物、动物、专有名词……等等；而地理类又分为山、河、湖、泉……等等；专有名词也可以分为地名、人名、药名……等等。再往下还可以分得更细。这些分类，越分越细，子类的范围就越小，用于对仗就显得越工整。但是，过于追求这种小类别的工整，往往会给自己造成束缚。同时，还容易同义词相对，造成合掌。工对有不同程度的工对，只要不超出规则范围，按大的分类、小的分类都可以收到好的效果。所以，还是要顺其自然，以适应内容需要为好。

感时花溅泪，
恨别鸟惊心。
——杜甫《春望》第三、四句

两个黄鹂鸣翠柳，
一行白鹭上青天。
——杜甫《绝句》第一、二句

浮云游子意，
落日故人情。
——李白《送友人》第五、六句

楼船夜雪瓜洲渡，
铁马秋风大散关。
——陆游《书愤》第三、四句

上面这些例子有的是词性的小分类相对，有的是大分类相对。但都符合规则要求，都是上好的工对。

以陆游《书愤》中的对仗为例。这一联中“铁马”对“楼船”，都是战争工具；“秋风”对“夜雪”，都是天文类；“大散关”对“瓜洲渡”，都是专有名词中的地名。这一联对仗工整、严谨，是一联从内容到形式都令人称道的工对。

2. 宽对

宽对与工对相比，是相对比较宽松的对仗。虽然宽对在词性上做到了名词对名词、动词对动词、形容词对形容词、副词对副词等，但它们相对的类别，既不是同一类别，也不是相邻的类别。宽对包括了把不同类别的名词用于对仗，也包括了不够严谨、不够工整的对仗。比如后面要讲到的局部对等。

须知胡骑纷纷在，
岂逐春风一一回。
—— 杜牧《早雁》第五、六句

塞上长城空自许，
镜中衰鬓已先斑。
——陆游《书愤》第五、六句

上面的例子都属于宽对。陆游《书愤》诗中的这一联，是这首七律中的颈联，诗内“镜中”对“塞上”，“衰鬓”对“长城”，“已先斑”对“空自许”。它们各自都不在同一个类别中，甚至不在相邻的类别。它们照样受到人们的喜爱。

3. 邻对

邻对是以相邻近的事物为对仗。如时令与天文相对，居室与地理相对，器物与文具相对等等。它既不像工对那样严格，也不像宽对那样宽松。它是介于工对与宽对之间的一种对仗。

江上小堂巢翡翠，

苑边高冢卧麒麟。

——杜甫《曲江二首》其一第五、六句

杜甫《曲江二首》其一中的这一联，“苑边”对“江上”，“高冢”对“小堂”，“麒麟”对“翡翠”，它们都是以相邻近的事物为对仗。所以是邻对。

三、其他类型对仗

1. 流水对

流水对与一般对仗不同。一般对仗的对句与出句大多都是并列关系，出句和对句的前后位置是由用韵决定的。它们之间没有主次、没有前因后果、没有前后之分。单看其中一句，意思也是完整的。如果不考虑韵脚的话，它们的位置完全可以前后互换，而不影响意思的表达。

但是，流水对正好与此相反。流水对除了符合平仄、词性等对仗的基本要求外，它在语气上把出句与对句当作一句，使之一意贯之，其特点是语气连贯、一气呵成、势如流水，所以叫作流水对。流水对的出句与对句谁前谁后是固定的。前后之分或为因果、或为意思的顺序要求。流水对的出句与对句互为依存，单独看其中的一句，则意思不完整。

即从巴峡穿巫峡，
便下襄阳向洛阳。

——杜甫《闻官军收河南河北》
第七、八句

这是杜甫《闻官军收河南河北》诗中的尾联，可以说是最经典、也最具代表性的一联流水对。这一联写了诗人还乡的路线。从巴峡穿过巫峡（至襄阳），是水路；由襄阳再向洛阳进发，是陆路。由水路到陆路，有顺序的先后。由水路到陆路的这种转换，自然而连贯。不管是音律上的跳动和流畅，还是内容上所表现的诗人的喜悦心情都跃然而出。

此地一为别，
孤蓬万里征。
——李白《送友人》第三、四句

欲穷千里目，
更上一层楼。
——王之涣《登鹳雀楼》
第三、四句

城池百战后，
耆旧几家残。
——刘长卿《穆陵关北逢人
归渔阳》第五、六句

山重水复疑无路，
柳暗花明又一村。
——陆游《游山西村》第三、四句

这几联也都是著名的流水对。前人的作品中，著名的流水对很多。可见流水对是深受人们喜爱的一种对仗形式。

2. 局部对

局部对就是一部分相对，一部分不相对。它属于宽对的一种。它的特点是要么前半句相对，后半句不对（或不工）；要么后半句相对，前半句不对（或不工）。所以局部对也有人把它叫作“半对半不对”。

倚杖柴门外，
临风听暮蝉。
——王维《辋川闲居赠裴
秀才迪》第三、四句

春风余几日，
两鬓各成丝。
——李白《赠钱徵君少阳》
第三、四句

岂有蛟龙长失水，
更无鹰隼与高秋。
——李商隐《重有感》第五、六句

上面几联对仗都是半句对半句不对的局部对。其中王维诗句中的“临风”与“倚杖”，李白诗句中的“两鬓”与“春风”，李商隐诗句中的“更无鹰隼”与“岂有蛟龙”都相对。其余部分则基本不对。所以是局部对。

3. 借对

借对，有借义、借音之分。是通过借用字义或谐音来形成对仗。这种对仗，如果从字面的本意上看，你会感觉它并不工整或构不成对仗。只有从它的借义、谐音中去体会，才能理解它的妙处。所以，这种对仗也有叫作假对的。

枸杞因吾有，
鸡栖奈汝何。
——杜甫《恶树》第五、六句

这一联中的“鸡栖”对“枸杞”，借“枸”之音与“狗”同，所以与“鸡”相对。属借音对。

清江无限好，
白鸟不胜闲。
——王安石《江亭晚眺》
第三、四句

这一联中的“清”借“清”之音与“青”同，所以与“白”相对。属借音对。

回日楼台非甲帐，
去时冠剑是丁年。
——温庭筠《苏武庙》第五、六句

这一联中，借“甲”另有天干之义与“丁”相对。属借义对。

登舟望秋月，
空忆谢将军。
——李白《夜泊牛渚怀古》
第三、四句

李白诗这一联中的“谢”字，原本是姓氏，名词。所以不能与“望”字相对。但这里借“谢”字另有“感谢”之义，动词。所以与“望”字相对，中规中矩。属借义对。

4. 犄角对

犄角对，也叫错综对。它是把对句和出句相对的词错开位置来对，即对句后边的部分与出句前边的部分相对，对句前边的部分与出句后边的部分相对，形成一种交叉相对的状态。

众水会涪万，
瞿塘争一门。
——杜甫《长江二首》
其一第一、二句

这一联的对句后二字“一门”与出句的前二字“众水”相对；对句的前二字地名“瞿塘”与出句的后二字地名“涪万”相对。

裙拖六幅湘江水，
鬓耸巫山一段云。
——李群玉《同郑相并歌姬
小饮戏赠》第一、二句

这一联对句的“巫山”对出句的“湘江”，对句的“一段”对出句的“六幅”。它们相对的位置错开了。

5. 四柱对

四柱对，也叫自对、当句对。是句中不同位置的词语自相对偶，同时，对句与出句仍然相对。

赭圻将赤岸，
击汰复扬舲。
——王维《送邢桂州》第三、四句

小院回廊春寂寂，
浴凫飞鹭晚悠悠。
——杜甫《涪城县香积寺
官阁》第五、六句

明月清风非俗物，
轻裘肥马谢儿曹。
——黄庭坚《答龙门潘秀才
见寄》第三、四句

上面王维《送邢桂州》中的一联，出句的“赤岸”与“赭圻”相对，对句的“扬舲”与“击汰”相对。它们都是在一句之内自相对偶，对句与出句又相对。

杜甫《涪城县香积寺官阁》中的一联，出句的“小院”与“回廊”

相对，对句的“浴凫”与“飞鹭”相对。对句与出句又相对。

黄庭坚《答龙门潘秀才见寄》中的一联，出句的“明月”与“清风”相对，对句的“轻裘”与“肥马”相对。它们也都是在一句之内自相对偶，对句与出句又相对。

密迩平阳接上兰，秦楼鸳瓦汉宫盘。
池光不定花光乱，日气初涵露气干。
但觉游蜂饶舞蝶，岂知孤凤忆离鸾。
三星自转三山远，紫府程遥碧落宽。
——李商隐《当句有对》

李商隐的这首《当句有对》诗中多处使用了四柱对的形式。

6. 扇面对

扇面对，也叫隔句对。扇面对需四句两联，属两联相对。它的后一联的出句对前一联的出句，后一联的对句对前一联的对句。也就是在两联中，出句与出句对，对句与对句对。

缥缈巫山女，归来七八年。
殷勤湘水曲，留在十三弦。
——白居易《夜闻筝中弹潇湘送神曲感归》前四句

这是两联，后一联的出句“殷勤湘水曲”与前一联的出句“缥缈巫山女”相对，后一联的“留在十三弦”与前一联的“归来七八年”相对。这样就形成了扇面对。

我随鹓鹭入烟云，谬上丹墀为近臣。
君同鸾凤栖荆棘，犹著青袍作选人。
——白居易《醉后走笔酬刘五主簿长句之赠兼简张大贾二十四先辈昆季》诗句

白居易的这四句诗也是扇面对。后一联的出句“君同鸾凤栖荆棘”与前一联的出句“我随鹓鹭入烟云”形成对仗，后一联的对句“犹著青袍作选人”与前一联的对句“谬上丹墀为近臣”形成对仗。

对仗的种类还有很多。这里只介绍以上几种常用的类型，供读者学习参考。

第十三讲　绝句（一）篇幅与格式

绝句有古绝和律绝之分。古绝属古体诗范畴，律绝属格律诗范畴。本讲讲的是律绝。

律绝有五言和七言之分。五言的叫五言绝句，七言的叫七言绝句。另外还有六言绝句。六言绝句虽然不乏名篇，但相对还是比较少。前面已经简单提到，所以略去不讲。这里只讲五言绝句和七言绝句。

绝句在篇幅、平仄、黏对、押韵上都有严格的要求。也就是说，格律诗的五个基本要素除了对仗可用可不用外，其他四个基本要素都是必备的。

一、绝句的篇幅

绝句的篇幅就是指它的句数、字数和句式。绝句在句数、字数和句式上是有固定要求的。不管五言还是七言，只要是绝句，就都是每首四句，这是它的特点之一。不管是不足四句，还是超过四句，都不能叫绝句。五言就是每句的句式是五个字，七言就是每句的句式是七个字。

五言绝句是每句五个字，每首四句，共计二十个字，简称五绝。

七言绝句是每句七个字，每首四句，共计二十八个字，简称七绝。

二、绝句的平仄格式

把五言和七言格律诗的基本句型，按照黏对、用韵等规则要求分别进行排列，各自可以得到四种符合格律的搭配。这四种搭配就是五言绝句和七言绝句各自的四种平仄格式，每一种格式我们都以首句句型的“起”和“收”来命名。这四种平仄格式没有主次之分。有人把这四种格式分为正格和变格，这里不采用这种划分方法。下面在基本格式之后将所含可平可仄格式同时列出，以方便应用。

1. 五言绝句的平仄格式

格式一　仄起仄收式

基本格式：

a. 仄仄平平仄

b. 平平仄仄平

c. 平平平仄仄

d. 仄仄仄平平

含可平可仄：

a. （仄）仄（平）平仄

b. 　平　平（仄）仄平

c. （平）平（平）仄仄

d. （仄）仄　仄　平平

大漠沙如雪，（仄起仄收）
燕山月似钩。
何当金络脑，
快走踏清秋。

——李贺《马诗二十三首》其五

格式一是以a句型作首句。a、b、c、d四个句型是按顺序排列的。a句型和b句型组成了第一联，c句型和d句型组成了第二联。因为这种格式的首句句型是仄起仄收，所以把这种格式叫作仄起仄收式。

格式二　平起平收式

基本格式：

b. 平平仄仄平

d. 仄仄仄平平
a. 仄仄平平仄
b. 平平仄仄平

含可平可仄：

b.　平　平（仄）仄平
d.（仄）仄　仄　平平
a.（仄）仄（平）平仄
b.　平　平（仄）仄平

北风吹白云，（平起平收）
万里渡河汾。
心绪逢摇落，
秋声不可闻。
——苏颋《汾上惊秋》

格式二是b句型作首句。c句型没有排进去。因为这一格式的首句是平收，所以，平收句型就占了三句，仄收句型只有一句。b、d句型组成第一联，a、b句型组成第二联。且第二联与格式一的第一联相同。同样道理，因为这种格式的首句句型是平起平收，所以把这种格式叫作平起平收式。

格式三　平起仄收式

基本格式：

c. 平平平仄仄
d. 仄仄仄平平
a. 仄仄平平仄
b. 平平仄仄平

含可平可仄：

c.（平）平（平）仄仄

d.（仄）仄 仄 平平
a.（仄）仄（平）平仄
b. 平 平（仄）仄平

山中春已晚，（平起仄收）
处处见花稀。
明日来应尽，
林间宿不归。
——张籍《惜花》

格式三是c句型作首句。c、d句型组成第一联，a、b句型组成第二联。两联的位置正好与格式一两联的位置相反，即第一联与格式一的第二联相同，第二联与格式一的第一联相同。同样道理，因为这种格式的首句句型是平起仄收，所以把这种格式叫作平起仄收式。

格式四 仄起平收式

基本格式：

d. 仄仄仄平平
b. 平平仄仄平
c. 平平平仄仄
d. 仄仄仄平平

含可平可仄：

d.（仄）仄 仄 平平
b. 平 平（仄）仄平
c.（平）平（平）仄仄
d.（仄）仄 仄 平平

武帝爱神仙，（仄起平收）
烧金得紫烟。
厩中皆肉马，

不解上青天。

——李贺《马诗二十三首》其二十三

格式四是d句型作首句。这一格式没有排入a句型，而是用了两个d句型。也是因为这一格式的首句是平收，所以，平收句型就占了三句，仄收句型只有一句。由d、b句型组成第一联，c、d句型组成第二联。第二联与格式一的第二联相同。同样道理，因为这种格式的首句句型是仄起平收，所以把这种格式叫作仄起平收式。

2. 七言绝句的平仄格式

掌握了五言绝句的四种平仄格式之后，七言绝句的平仄格式就很容易掌握了。七言绝句的平仄格式也是把四个基本句型，按照黏对、用韵等规则要求分别进行排列搭配得出来的。虽然七言绝句与五言绝句的字数不同，但是，我们还可以简单地把七言绝句看作是，在五言绝句每句的前面加上了两个与后面两字平仄相反的字。如果去掉这两个字，后面就是五言绝句。因为平仄交替的需要，所以这两个字一定要与后面的两个字平仄相反。

格式一　平起仄收

基本格式：

A. 平平仄仄平平仄

B. 仄仄平平仄仄平

C. 仄仄平平平仄仄

D. 平平仄仄仄平平

含可平可仄：

A.（平）平（仄）仄（平）平仄

B.（仄）仄 平 平（仄）仄平

C.（仄）仄（平）平（平）仄仄

D.（平）平（仄）仄 仄 平平

黄梅时节家家雨，（平起仄收）

青草池塘处处蛙。
有约不来过夜半，
闲敲棋子落灯花。
——赵师秀《有约》

七言绝句格式一，简单地看，就是五言绝句的格式一每句的前面加上了两个与后面两字平仄相反的字。而五言绝句格式一的仄起仄收在七言绝句格式一中变成了平起仄收。也就是“起”的平仄改变了，“收”的平仄不变。

格式二　仄起平收

基本格式：

B. 仄仄平平仄仄平
D. 平平仄仄仄平平
A. 平平仄仄平平仄
B. 仄仄平平仄仄平

含可平可仄：

B. （仄）仄 平 平（仄）仄平
D. （平）平（仄）仄 仄 平平
A. （平）平（仄）仄（平）平仄
B. （仄）仄 平 平（仄）仄平

朱雀桥边野草花，（仄起平收）
乌衣巷口夕阳斜。
旧时王谢堂前燕，
飞入寻常百姓家。
——刘禹锡《乌衣巷》

七言绝句格式二，相当于在五言绝句格式二每句的前面加上了两个与后面两字平仄相反的字。而五言绝句格式二的平起平收在七言绝句格式二中变成了仄起平收。同样，“起”的平仄改变了，“收”的平仄不变。

格式三　仄起仄收

基本格式：

C. 仄仄平平平仄仄
D. 平平仄仄仄平平
A. 平平仄仄平平仄
B. 仄仄平平仄仄平

含可平可仄：

C.（仄）仄（平）平（平）仄仄
D.（平）平（仄）仄 仄 平平
A.（平）平（仄）仄（平）平仄
B.（仄）仄 平 平（仄）仄平

荷尽已无擎雨盖，（仄起仄收）
菊残犹有傲霜枝。
一年好景君须记，
正是橙黄橘绿时。
——苏轼《赠刘景文》

七言绝句格式三，相当于在五言绝句格式三每句的前面加上了两个与后面两字平仄相反的字。而五言绝句格式三的平起仄收在七言绝句格式三中变成了仄起仄收。同样，“起”的平仄改变了，“收”的平仄不变。

格式四　平起平收

基本格式：

D. 平平仄仄仄平平
B. 仄仄平平仄仄平
C. 仄仄平平平仄仄

D. 平平仄仄仄平平

含可平可仄：

D. （平）平（仄）仄 仄 平平

B. （仄）仄 平 平（仄）仄平

C. （仄）仄（平）平（平）仄仄

D. （平）平（仄）仄 仄 平平

秦时明月汉时关，（平起平收）
万里长征人未还。
但使龙城飞将在，
不教胡马度阴山。
——王昌龄《出塞》

七言绝句格式四，相当于在五言绝句格式四每句的前面加上了两个与后面两字平仄相反的字。而五言绝句格式四的仄起平收在七言绝句格式四中变成了平起平收。同样，“起”的平仄改变了，“收”的平仄不变。

把五言绝句和七言绝句的这四种格式结合起来看，不难发现它们有这样几个规律和特点：

一是格式是按照首句a、b、c、d（A、B、C、D）句型的顺序排列为格式一、二、三、四的，而且七言绝句各格式中A、B、C、D句型顺序与五言绝句的a、b、c、d句型的顺序是一致的。

二是首句不入韵和首句可入韵的各有两种格式。即：

首句不入韵的有格式一和格式三，首句可入韵的有格式二和格式四。

三是格式之间的异同对比。

格式一和格式四只有首句不同，其他三句全部相同。格式一的首句是a（A）句型，格式四的首句是d（D）句型。其他三句都是b、c、d（B、C、D）句型。

格式二和格式三也是只有首句不同，其他三句全部相同。格式二的首句是b（B）句型，格式三的首句是c（C）句型。其他三句都是d、a、b（D、A、B）句型。

四是七言绝句与五言绝句四种格式名称的比较。在五言绝句的基础上，每句的前面加上了两个与后面两字平仄相反的字，变为七言绝句后，格式名称中五言绝句的仄起在七言绝句格式中变成了平起。五言绝句格式的平起在七言绝句格式中变成了仄起。“起”的平仄改变了，但是，“收”的平仄不变。

第十四讲　绝句（二）黏对公式

黏对是格律诗必须遵守的特定规则之一。所以，对绝句来说也不例外。前面讲过，黏对的基本规则是：“**对句的第二个字必须与出句的第二个字平仄相对。后一联的出句第二个字必须与前一联对句的第二个字平仄相黏。**”在绝句中，一共四句，两联。第二句与第一句的平仄要“对”，即一联内的对句与出句的平仄要相反；第三句与第二句平仄要“黏”，即后一联的出句与前一联的对句平仄要相同；第四句与第三句平仄要“对”，也是一联内的对句与出句的平仄要相反。也就是说，第一句用了第二字是平声的句型，则第二句就要用第二字是仄声的句型，使之与其相对；第三句就要用第二字也是仄声的句型，使之与第二句相黏；第四句再用第二字是平声的句型，使之与第三句相对。反之如果第一句用了第二字是仄声的句型，则第二句就要用第二字是平声的句型，第三句就要用第二字也是平声的句型，第四句再用第二字是仄声的句型。黏对的基本规则是以每句的第二字为标志，所以，它们的黏对关系主要是看每句的第二个字。

在绝句中，不管是五言绝句，还是七言绝句，也不管是哪一种格式，它的黏对标志在四个诗句中，从第一句到第四句的排列顺序，都是按照“对——黏——对”这一公式间隔排列的。它们的黏对关系都是以“对——黏——对”的形态存在的。这是绝句固定的黏对关系形态。所以，我把这种“对——黏——对”的形态叫作黏对关系形态公式，简称黏对公式。

下面就是五言绝句和七言绝句各自的四种平仄格式中黏对位

置与排列情况。为了看得清晰方便，采用了基本格式。带点的字就是“对”和“黏”的位置。例诗中，个别可平可仄的字未作标注。

五言绝句四种平仄格式黏对的位置与排列：

格式一

a. 仄仄平平仄
b. 平平仄仄平
c. 平平平仄仄
d. 仄仄仄平平

墙角数枝梅，
|
凌寒独自开。
—
遥知不是雪，
—
为有暗香来。
|

——王安石《梅花》

在这一格式中，每句的第二个字连起来，组成的黏对平仄形态是“仄——平平——仄”（不同平仄之间用“——”隔开，表示“对”；相同平仄之间不隔开，表示“黏”。下同）。它的黏对关系形态是“对——黏——对”。

格式二

b. 平平仄仄平
d. 仄仄仄平平
a. 仄仄平平仄
b. 平平仄仄平

帷飘白玉堂，

—

簟卷碧牙床。

|

楚女当时意，

|

萧萧发彩凉。

—

——李商隐《细雨》

在这一格式中，每句的第二个字连起来，组成的黏对平仄形态是“平——仄仄——平”。它的黏对关系形态也是“对——黏——对”。

格式三

c. 平平平仄仄
d. 仄仄仄平平
a. 仄仄平平仄
b. 平平仄仄平

映门淮水绿，

—

留骑主人心。

|

明月随良掾，

|

春潮夜夜深。

—

——王昌龄《送郭司仓》

在这一格式中，每句的第二个字连起来，组成的黏对平仄形态是“平——仄仄——平”。它的黏对关系形态也是“对——黏——对”。

格式四

d. 仄仄仄平平

b. 平平仄仄平

c. 平平平仄仄

d. 仄仄仄平平

寥落古行宫，
|
宫花寂寞红。
—
白头宫女在，
—
闲坐说玄宗。
|

——元稹《行宫》

在这一格式中，每句的第二个字连起来，组成的黏对平仄形态是“仄——平平——仄”。它的黏对关系形态也是“对——黏——对”。

从以上五言绝句的四种平仄格式黏对的位置与排列中可以看到，把每句第二个字的平仄连起来，组成的黏对平仄形态有两种：一是格式一和格式四的“仄——平平——仄”，二是格式二和格式三的“平——仄仄——平”。但它们的黏对关系形态都是符合“对——黏——对”这一公式的。

七言绝句四种平仄格式黏对的位置与排列：

格式一

A. 平平仄仄平平仄

B. 仄仄平平仄仄平

C. 仄仄平平平仄仄

D. 平平仄仄仄平平

人间四月芳菲尽，
—
山寺桃花始盛开。
|
长恨春归无觅处，
|
不知转入此中来。
—

——白居易《大林寺桃花》

格式二

B. 仄仄平平仄仄平

D. 平平仄仄仄平平

A. 平平仄仄平平仄

B. 仄仄平平仄仄平

百战西归变姓名，
|
悲歌击筑醉湖城。
—
貂裘换得金鸦嘴，
—
种药南山待太平。
|

——陆游《老将》二首（其二）

格式三

C. 仄仄平平平仄仄

D. 平平仄仄仄平平
A. 平平仄仄平平仄
B. 仄仄平平仄仄平

不用裁为鸣凤管，
|
不须截作钓鱼竿。
—
千花百草凋零后，
—
留向纷纷雪里看。
|

——白居易《题李次云窗竹》

格式四

D. 平平仄仄仄平平
B. 仄仄平平仄仄平
C. 仄仄平平平仄仄
D. 平平仄仄仄平平

烟波不动影沉沉，
—
碧色全无翠色深。
|
疑是水仙梳洗处，
|
一螺青黛镜中心。
—

——雍陶《题君山》

与五言绝句的黏对排列一样，七言绝句四种平仄格式中，每句第二个字的平仄连起来，组成的黏对平仄形态也有两种：一是格式一和格式四的“平——仄仄——平”，二是格式二和格式三的“仄——平平——仄”。但是，它们与五言绝句同一格式中的平仄相反。如同一格式一的“仄——平平——仄”，在七言绝句中变成了“平——仄仄——平”。不过，它们的黏对关系形态则仍然是符合“对——黏——对”这一公式的。

绝句都是四句两联。因为每联内的对句与出句的平仄要“对”，即第一联内要“对”，第二联内也要“对”，所以一首绝句内有两个“对”。两联之间的平仄是“黏”的关系，即第二联与第一联之间要“黏”，所以一首绝句内只有一个“黏”。

第十五讲　绝句（三）用韵与对仗

一、绝句的用韵

绝句的用韵包括押平声韵和隔句押韵。由于绝句只有四句两韵，所以，也不涉及一韵到底的问题。首句是否入韵没有固定要求。它入韵还是不入韵，这要看它属于哪一种格式。

1. 押平声韵

前面说过，格律诗只能押平声韵。那么，绝句也不例外。而能够押平声韵的句型，必须是韵脚平收的句型。在五言绝句的四种平仄句型中，只有b、d两种句型为平收；在七言绝句的四种平仄句型中，只有B、D两种句型为平收。所以，五言绝句的押韵句只能使用b（平平仄仄平）句型或者d（仄仄仄平平）句型；七言绝句的押韵句只能使用B（仄仄平平仄仄平）句型或者D（平平仄仄仄平平）句型。比如：

昨日入城市，
归来泪满巾。　b. 平平仄仄平◎
遍身罗绮者，
不是养蚕人。　d. 仄仄仄平平◎
——张俞《蚕妇》

三万里河东入海，
五千仞岳上摩天。　D. 平平仄仄仄平平◎
遗民泪尽胡尘里，

南望王师又一年。　B. 仄仄平平仄仄平◎

——陆游《秋夜将晓出篱门迎凉有感二首》其二

（可平可仄处未作标注，下同。）

上面两首例诗中，第二句和第四句都是押韵句。它们的韵脚都是平声。张俞《蚕妇》中的“巾”和“人”都是平声韵，陆游《秋夜将晓出篱门迎凉有感》中的“天”和“年”也都是平声韵。它们的句型是b（B）句型和d（D）句型。

2. 隔句押韵

前面说过，格律诗还有隔句押韵的要求，绝句同样也不例外。因为是隔句押韵，所以偶数句必须押韵。也就是第二句和第四句必须押韵，第三句不能押韵。这就形成了隔句押韵。

鸣筝金粟柱，素手玉房前。
◎
欲得周郎顾，时时误拂弦。
◎

——李端《听筝》

飞来山上千寻塔，闻说鸡鸣见日升。
◎
不畏浮云遮望眼，自缘身在最高层。
◎

——王安石《登飞来峰》

从这两首诗和前边的例子可以看出，绝句都是第二句和第四句中间隔着第三句押韵的，所以叫隔句押韵。

3. 首句入韵看格式

绝句的第三句是不押韵的，首句则不同。绝句的首句没有必须入韵的要求，它既可以入韵也可以不入韵。是否入韵，是由不同格式来决定的。绝句中除首句外，其他各句的句型都是有限制的。因为第三句不能入韵，所以只能用仄收的句型；因为第二句和第四句必须入韵，所以只能用平收的句型。而绝句的首句则平收、仄收均可。即五言的a、b、c、d四个句型和七言的A、B、C、D四个句型都可排在首句位置。那么，首句是否入韵就要看它用了哪一个句型。我们把四种格式分为两类：一类是首句仄收句型，一类是首句平收句型。首句是仄收句型的不能入韵，首句是平收句型的要入韵。具体说就是，五言绝句和七言绝句的四种平仄格式中，格式一和格式三因为首句是a（A）句型和c（C）句型，属仄收，所以首句是不入韵的；格式二和格式四因为首句是b（B）句型和d（D）句型，属平收，所以首句是要入韵的。

下面是首句不入韵和首句入韵的例子。

首句不入韵的：

林中观易罢，溪上对鸥闲。
|　　　　　◎
楚俗饶辞客，何人最往还。
　　　　　　◎
——韦应物《答李浣》

雨前初见花间蕊，雨后全无叶底花。
|　　　　　　　◎
蜂蝶纷纷过墙去，却疑春色在邻家。
　　　　　　　　◎
——王驾《雨晴》

韦应物的《答李浣》是五言绝句的格式三，首句末一字“罢”是仄声；王驾的《雨晴》是七言绝句的格式一，首句末字“蕊”也是仄声。这两首诗的首句都是仄收，所以不能入韵。

首句入韵的：

此地别燕丹，壮士发冲冠。
　　　　◎　　　　◎
昔时人已没，今日水犹寒。
　　　　　　　　　◎

——骆宾王《易水送别》

千里莺啼绿映红，水村山郭酒旗风。
　　　　　　◎　　　　　　◎
南朝四百八十寺，多少楼台烟雨中。
　　　　　　　　　　　　　◎

——杜牧《江南春绝句》

第一首骆宾王的《易水送别》是五言绝句格式四。首句平收，要入韵，“丹”字与“冠、寒”同为十四寒韵。第二首杜牧《江南春绝句》是七言绝句格式二。首句也是平收，也要入韵，“红”字与“风、中”同为一东韵。

需要说明的是，首句入韵的用韵一般比较宽松。既可以用与后面相同的韵，也可以用邻韵。比如：

无花无酒过清明，兴味萧然似野僧。
昨日邻家乞新火，晓窗分与读书灯。

——王禹偁《清明》

王禹偁的这首《清明》，是七言绝句格式四。首句是平收，要入韵。诗中“僧”“灯”都是下平声十蒸韵，而首句的“明”则是下平声八庚韵，属邻韵入韵。

二、绝句与对仗

绝句没有对仗的要求。之所以要在这里谈对仗，那是因为历代的一些优秀绝句作品中，都不同程度地使用了对仗。但是，这些对仗的使用并不是绝句格律的要求。它是表现作品内容的需要，也是修辞方法的需要。许多诗人对对仗这一形式情有独钟，所以即使是在不要求对仗的绝句中，也常常会使用它。

在绝句中使用对仗的类型可以分为三种，即首联对仗、尾联对仗和两联都对仗。下面看几个例子。

1. 首联对仗

众鸟高飞尽，
孤云独去闲。
相看两不厌，
只有敬亭山。
——李白《独坐敬亭山》

黑云翻墨未遮山，
白雨跳珠乱入船。
卷地风来忽吹散，
望湖楼下水如天。
——苏轼《六月二十七日望湖楼醉书》

这两首诗都是首联用了对仗。一首是首句不入韵，一首是首句入韵。首句入韵与否，并不影响在首联使用对仗。首句入韵的首联对仗，其出句和对句最后一字均为平声，这是由平仄格式所决定，是允许的。

2. 尾联对仗

燕赵悲歌士，
相逢剧孟家。
寸心言不尽，
前路日将斜。
——钱起《逢侠者》

漫漫平沙走白虹，
瑶台失手玉杯空。
晴天摇动清江底，
晚日浮沉急浪中。
——陈师道《十七日观潮》

钱起的这首《逢侠者》和陈师道的《十七日观潮》都是在尾联用了对仗，使诗句更加形象生动。

3. 两联皆对仗

白日依山尽，
黄河入海流。
欲穷千里目，
更上一层楼。
——王之涣《登鹳雀楼》

两个黄鹂鸣翠柳，
一行白鹭上青天。
窗含西岭千秋雪，
门泊东吴万里船。
——杜甫《绝句》

王之涣的《登鹳雀楼》和杜甫的《绝句》均是两联都用了对仗。诗句形象生动、情景交融，读来脍炙人口。这两首诗都是千古传唱的名篇。

绝句虽然不要求必须使用对仗，但是如果需要，恰当地使用，将会收到特别好的效果。这一点从上面的例诗中我们可以看得很清楚。在绝句中使用对仗，既可以用在首联，也可以用在尾联，还可以两联都用。不过，两联都用对仗的绝句并不多。

第十六讲　律诗（一）篇幅与格式

律诗包括五言律诗、七言律诗和长律。虽然长律也是律诗的一种，但它在格律上与五言、七言律诗略有不同。而且有时我们所说的律诗，只是指五言律诗和七言律诗。如果说长律，多直接说长律或排律。所以这里把它们分开来讲。本讲的律诗只包括五言律诗和七言律诗，长律（排律）的内容后面单独讲。

律诗在篇幅、平仄、黏对、押韵和对仗上都有严格的要求。也就是说，格律诗的五个基本要素，缺一不可。

一、律诗的篇幅

律诗中的五言律诗也称五律，七言律诗也称七律。它们的篇幅是指句数、字数和句式。它们的句数、字数和句式与绝句一样，也都是固定的。

律诗不管五言律诗还是七言律诗，每首都是八句。这八句共分为四联：第一联叫作首联，也叫起联；第二联叫作颔联；第三联叫作颈联；第四联叫作尾联，也叫结联。其中五言律诗的句式就是每句五个字，七言律诗的句式就是每句七个字。即：

五言律诗每句五个字，每首八句，四联，共四十个字。

七言律诗每句七个字，每首八句，四联，共五十六个字。

如果超出上述范围，不管多一字还是少一字，都不能叫作律诗。

二、律诗的平仄格式

五言律诗和七言律诗各有四种平仄格式，现在把它们分开来讲。

1. 五言律诗的平仄格式

五言律诗有四种平仄格式。这四种平仄格式也是来源于前面讲过的五言绝句诗四种平仄基本句型。把这四种平仄基本句型按照律诗的规则，即句数、黏对、押韵等的要求，进行不同顺序的排列，则可得到不同的搭配。这种搭配构成了律诗的平仄格式。遵循这些要求，按照不同的顺序，只能排列出四种不同的平仄格式。这四种平仄格式，就是律诗的平仄基本格式，律诗的每一个格式也都是以首句句型的“起”和“收”来命名的。

格式一 仄起仄收式

基本格式.:

a. 仄仄平平仄
b. 平平仄仄平
c. 平平平仄仄
d. 仄仄仄平平
a. 仄仄平平仄
b. 平平仄仄平
c. 平平平仄仄
d. 仄仄仄平平

含可平可仄:

a. (仄)仄(平)平仄
b. 平 平(仄)仄平
c. (平)平(平)仄仄
d. (仄)仄 仄 平平
a. (仄)仄(平)平仄
b. 平 平(仄)仄平
c. (平)平(平)仄仄
d. (仄)仄 仄 平平

好雨知时节，
当春乃发生。
随风潜入夜，
润物细无声。
野径云俱黑，
江船火独明。
晓看红湿处，
花重锦官城。

——杜甫《春夜喜雨》

五言律诗格式一的前四句和后四句，分别是按照a、b、c、d四个基本句型顺序排列的，后四句正好是前四句的重复。可以说，五言律诗格式一是两首五言绝句格式一的组合。

格式二　平起平收式

基本格式：

b. 平平仄仄平
d. 仄仄仄平平
a. 仄仄平平仄
b. 平平仄仄平
c. 平平平仄仄
d. 仄仄仄平平
a. 仄仄平平仄
b. 平平仄仄平

含可平可仄：

b.　平　平（仄）仄平
d.（仄）仄　仄　平平
a.（仄）仄（平）平仄
b.　平　平（仄）仄平
c.（平）平（平）仄仄

d. (仄)仄 仄 平平
a. (仄)仄(平)平仄
b. 平 平(仄)仄平

何年顾虎头，
满壁画沧洲。
赤日石林气，
青天江海流。
锡飞常近鹤，
杯渡不惊鸥。
似得庐山路，
真随惠远游。
——李白《题玄武禅师屋壁》

五言律诗格式二的前四句和后四句中，只有第一句是不同句型，后三句句型位置相同。这一格式是五言绝句的格式二加上格式三的组合。

格式三　平起仄收式

基本格式：

c. 平平平仄仄
d. 仄仄仄平平
a. 仄仄平平仄
b. 平平仄仄平
c. 平平平仄仄
d. 仄仄仄平平
a. 仄仄平平仄
b. 平平仄仄平

含可平可仄：

c. (平)平(平)仄仄
d. (仄)仄 仄 平平

a.（仄）仄（平）平仄
b.　平　平（仄）仄平
c.（平）平（平）仄仄
d.（仄）仄　仄　平平
a.（仄）仄（平）平仄
b.　平　平（仄）仄平

江城如画里，
山晓望晴空。
两水夹明镜，
双桥落彩虹。
人烟寒橘柚，
秋色老梧桐。
谁念北楼上，
临风怀谢公。
——李白《秋登宣城谢朓北楼》

五言律诗格式三与格式二相比，只有首句不同。它的前四句和后四句完全相同，即后四句是前四句的重复。它是两首五言绝句格式三的组合。

格式四　仄起平收式

基本格式：

d. 仄仄仄平平
b. 平平仄仄平
c. 平平平仄仄
d. 仄仄仄平平
a. 仄仄平平仄
b. 平平仄仄平
c. 平平平仄仄
d. 仄仄仄平平

含可平可仄：

d. (仄)仄 仄 平平
b. 平 平(仄)仄平
c. (平)平(平)仄仄
d. (仄)仄 仄 平平
ɑ. (仄)仄(平)平仄
b. 平 平(仄)仄平
c. (平)平(平)仄仄
d. (仄)仄 仄 平平

风劲角弓鸣，
将军猎渭城。
草枯鹰眼疾，
雪尽马蹄轻。
忽过新丰市，
还归细柳营。
回看射雕处，
千里暮云平。
——王维《观猎》

五言律诗格式四与格式一相比，只有首句不同。这种格式相当于把格式一的首句ɑ句型换成了d句型。它的前四句中没有ɑ句型，却有两个d句型。它是五言绝句中的格式四和格式一的组合。

2. 七言律诗的平仄格式

七言律诗的平仄格式也是来源于前面讲过的七言绝句的四种平仄基本句型。把这四种基本句型，按照前面讲过的黏对、押韵等要求进行不同顺序的搭配，就可以得到七言律诗的四种不同的平仄格式。如果把它们同五言律诗比较的话，也可以简单地看作是，在五言律诗的基础上，每句的前面加上了两个与后面两字平仄相反的字。

格式一　平起仄收式

基本格式：

A. 平平仄仄平平仄
B. 仄仄平平仄仄平
C. 仄仄平平平仄仄
D. 平平仄仄仄平平
A. 平平仄仄平平仄
B. 仄仄平平仄仄平
C. 仄仄平平平仄仄
D. 平平仄仄仄平平

含可平可仄：

A. （平）平（仄）仄（平）平仄
B. （仄）仄 平 平（仄）仄平
C. （仄）仄（平）平（平）仄仄
D. （平）平（仄）仄 仄 平平
A. （平）平（仄）仄（平）平仄
B. （仄）仄 平 平（仄）仄平
C. （仄）仄（平）平（平）仄仄
D. （平）平（仄）仄 仄 平平

江横渡阔烟波晚，
潮过金陵落叶秋。
嘹唳塞鸿经楚泽，
浅深红树见扬州。
夜桥灯火连星汉，
水郭帆樯近斗牛。
今日市朝风俗变，
不须开口问迷楼。

——李绅《宿扬州》

七言律诗格式一和五言律诗格式一同样，前四句和后四句分别是按照A、B、C、D四个基本句型顺序排列的。它是两首七言绝句格式一的组合。

格式二　仄起平收式

基本格式：

B. 仄仄平平仄仄平
D. 平平仄仄仄平平
A. 平平仄仄平平仄
B. 仄仄平平仄仄平
C. 仄仄平平平仄仄
D. 平平仄仄仄平平
A. 平平仄仄平平仄
B. 仄仄平平仄仄平

含可平可仄：

B. （仄）仄 平 平（仄）仄平
D. （平）平（仄）仄 仄 平平
A. （平）平（仄）仄（平）平仄
B. （仄）仄 平 平（仄）仄平
C. （仄）仄（平）平（平）仄仄
D. （平）平（仄）仄 仄 平平
A. （平）平（仄）仄（平）平仄
B. （仄）仄 平 平（仄）仄平

莫笑农家腊酒浑，
丰年留客足鸡豚。
山重水复疑无路，
柳暗花明又一村。
萧鼓追随春社近，

衣冠简朴古风存。
从今若许闲乘月，
拄杖无时夜叩门。
——陆游《游山西村》

七言律诗格式二是前四句的第一句和后四句的第一句不同，其他句型位置相同。前两联中没有C句型，而有两个B句型。这一格式是七言绝句的格式二和格式三的组合。

格式三　仄起仄收式

基本格式：

C. 仄仄平平平仄仄
D. 平平仄仄仄平平
A. 平平仄仄平平仄
B. 仄仄平平仄仄平
C. 仄仄平平平仄仄
D. 平平仄仄仄平平
A. 平平仄仄平平仄
B. 仄仄平平仄仄平

含可平可仄：

C.（仄）仄（平）平（平）仄仄
D.（平）平（仄）仄 仄 平平
A.（平）平（仄）仄（平）平仄
B.（仄）仄 平 平（仄）仄平
C.（仄）仄（平）平（平）仄仄
D.（平）平（仄）仄 仄 平平
A.（平）平（仄）仄（平）平仄
B.（仄）仄 平 平（仄）仄平

元载相公曾借箸，
宪宗皇帝亦留神。
旋见衣冠就东市，
忽遗弓剑不西巡。
牧羊驱马虽戎服，
白发丹心尽汉臣。
唯有凉州歌舞曲，
流传天下乐闲人。
——杜牧《河湟》

七言律诗格式三与格式二比较，只有首句的句型不同。它的前四句和后四句完全相同。这一格式是两首七言绝句格式三的组合。

格式四　平起平收式

基本格式：

D. 平平仄仄仄平平
B. 仄仄平平仄仄平
C. 仄仄平平平仄仄
D. 平平仄仄仄平平
A. 平平仄仄平平仄
B. 仄仄平平仄仄平
C. 仄仄平平平仄仄
D. 平平仄仄仄平平

含可平可仄：

D. （平）平（仄）仄 仄 平平
B. （仄）仄 平 平（仄）仄平
C. （仄）仄（平）平（平）仄仄
D. （平）平（仄）仄 仄 平平
A. （平）平（仄）仄（平）平仄
B. （仄）仄 平 平（仄）仄平

C. （仄）仄（平）平（平）仄仄

D. （平）平（仄）仄 仄 平平

孤山寺北贾亭西，
水面初平云脚低。
几处早莺争暖树，
谁家新燕啄春泥？
乱花渐欲迷人眼，
浅草才能没马蹄。
最爱湖东行不足，
绿杨阴里白沙堤。
——白居易《钱塘湖春行》

格式四与格式一比较，只有首句句型不同。这种格式的前四句中没有A句型，却有两个D句型。它是七言绝句中的格式四和格式一的组合。

同样，把五言律诗和七言律诗的四种格式结合起来看，它们也有这样几个规律和特点：

一是它们的格式都是按照首句ɑ、b、c、d（A、B、C、D）句型的顺序排列为格式一、二、三、四的。

二是首句不入韵和首句可入韵的各有两种格式。即：

首句不入韵的有格式一和格式三，首句可入韵的有格式二和格式四。

三是格式之间的异同对比。

格式一和格式四比较只有首句不同，其他三句全部相同。格式一的首句是ɑ（A）句型，格式四的首句是d（D）句型。其他三句都是b、c、d（B、C、D）句型顺序。

格式二和格式三也是只有首句不同，其他三句全部相同。格式二的首句是b（B）句型，格式三的首句是c（C）句型。其他三句都是d、ɑ、b（D、A、B）句型。

四是七言律诗与五言律诗四种格式名称的比较。在五言律诗的基础上，每句的前面加上了两个与后面两字平仄相反的字，变为七言律诗后，格式名称中五言律诗的仄起在七言律诗格式中变成了平起。五言律诗格式的平起在七言律诗格式中变成了仄起。“起”的平仄改变了，但是，“收”的平仄不变。

第十七讲　律诗（二）黏对公式

律诗的黏对规则与绝句是一样的。不管是五言律诗还是七言律诗，也不管是哪一种平仄格式，它们的黏对也都是以每句的第二个字为标志的。它们的黏对关系的表现形式都是交替排列的。因为律诗的句数与绝句不同，所以它的黏对平仄形态和黏对关系形态公式（即黏对公式）略有不同。

五言律诗四种平仄格式中的黏对位置与排列：

格式一

a. 仄仄平平仄
b. 平平仄仄平
c. 平平平仄仄
d. 仄仄仄平平
a. 仄仄平平仄
b. 平平仄仄平
c. 平平平仄仄
d. 仄仄仄平平

格式二

b. 平平仄仄平
d. 仄仄仄平平
a. 仄仄平平仄
b. 平平仄仄平
c. 平平平仄仄

d. 仄仄仄平平
a. 仄仄平平仄
b. 平平仄仄平

格式三

c. 平平平仄仄
d. 仄仄仄平平
a. 仄仄平平仄
b. 平平仄仄平
c. 平平平仄仄
d. 仄仄仄平平
a. 仄仄平平仄
b. 平平仄仄平

格式四

d. 仄仄仄平平
b. 平平仄仄平
c. 平平平仄仄
d. 仄仄仄平平
a. 仄仄平平仄
b. 平平仄仄平
c. 平平平仄仄
d. 仄仄仄平平

上面是五言律诗四种平仄格式中的黏对位置与排列情况。它们每句第二字的平仄连起来，组成的黏对平仄形态只有两种形式：一是格式一和格式四的“仄——平平——仄仄——平平——仄”，二是格式二和格式三的“平——仄仄——平平——仄仄——平”。它们的黏对关系形态公式都是“对——黏——对——黏——对——黏——对”。

清晨入古寺，
初日照高林。
曲径通幽处，
禅房花木深。
山光悦鸟性，
潭影空人心。
万籁此俱寂，
惟余钟磬音。

——常建《题破山寺后禅院》

细草微风岸，
危樯独夜舟。
星垂平野阔，
月涌大江流。
名岂文章著，
官应老病休。
飘飘何所似，
天地一沙鸥。

——杜甫《旅夜书怀》

常建《题破山寺后禅院》诗中，第一句与第二句（首联）的第二字“晨”与“日”是平仄相对；第二句与第三句（首联与颔联之间）的第二字“日”与“径”是仄仄相黏；第三句与第四句（颔联）的第二字“径”与“房”是仄平相对。接下去第四句、第五句……直至第八句，它的黏对平仄形态是“平——仄仄——平平——仄仄——平”，黏对公式是“对——黏——对——黏——对——黏——对”。

杜甫的《旅夜书怀》诗中，每句第二字连起来是“草、樯、垂、涌、岂、应、飘、地”。它的黏对平仄形态与常建《题破山寺后禅院》诗相反，是“仄——平平——仄仄——平平——仄”。但是，它们的黏对公式都是一样的，为“对——黏——对——黏——对——

黏——对”。

七言律诗四种平仄格式中的黏对位置与排列：

格式一

A. 平平仄仄平平仄
B. 仄仄平平仄仄平
C. 仄仄平平平仄仄
D. 平平仄仄仄平平
A. 平平仄仄平平仄
B. 仄仄平平仄仄平
C. 仄仄平平平仄仄
D. 平平仄仄仄平平

格式二

B. 仄仄平平仄仄平
D. 平平仄仄仄平平
A. 平平仄仄平平仄
B. 仄仄平平仄仄平
C. 仄仄平平平仄仄
D. 平平仄仄仄平平
A. 平平仄仄平平仄
B. 仄仄平平仄仄平

格式三

C. 仄仄平平平仄仄
D. 平平仄仄仄平平
A. 平平仄仄平平仄
B. 仄仄平平仄仄平
C. 仄仄平平平仄仄
D. 平平仄仄仄平平
A. 平平仄仄平平仄

B. 仄仄平平仄仄平

格式四

D. 平平仄仄仄平平
B. 仄仄平平仄仄平
C. 仄仄平平平仄仄
D. 平平仄仄仄平平
A. 平平仄仄平平仄
B. 仄仄平平仄仄平
C. 仄仄平平平仄仄
D. 平平仄仄仄平平

我们可以看到，七言律诗四种平仄格式中的黏对位置和排列与五言律诗的黏对位置和排列是一样的。它们每句第二字的平仄连起来，组成的黏对平仄形态也有两种：一是格式一和格式四的“平——仄仄——平平——仄仄——平”，二是格式二和格式三的“仄——平平——仄仄——平平——仄”。不过，它们每句第二字的平仄与同一格式的五言律诗每句第二字的平仄是相反的。如七言律诗格式一和格式四是“平——仄仄——平平——仄仄——平”，而五言律诗格式一和格式四是“仄——平平——仄仄——平平——仄”。但是，它们的黏对关系形态相同，即都是符合“对——黏——对——黏——对——黏——对”的黏对公式。

朝真暮伪何人辨，
古往今来底事无。
但爱臧生能诈圣，
可知宁子解佯愚。
草萤有耀终非火，
荷露虽团岂是珠。
不取燔柴兼照乘，

可怜光彩亦何殊。

——白居易《放言五首》其一

迢递高城百尺楼，
绿杨枝外尽汀洲。
贾生年少虚垂涕，
王粲春来更远游。
永忆江湖归白发，
欲回天地入扁舟。
不知腐鼠成滋味，
猜意鹓雏竟未休。

——李商隐《安定城楼》

上面白居易的《放言五首》其一诗中，每句第二字连起来是“真、往、爱、知、萤、露、取、怜”。它的黏对平仄形态是“平——仄仄——平平——仄仄——平”，黏对公式是“对——黏——对——黏——对——黏——对”。

李商隐的《安定城楼》诗中，每句第二字连起来是“递、杨、生、粲、忆、回、知、意”。它的黏对平仄形态与白居易的《放言五首》（其一）诗中正好相反，是“仄——平平——仄仄——平平——仄”。但它们的黏对公式都是一样的，为“对——黏——对——黏——对——黏——对”。

可以说，律诗的句数是绝句的延长，那么，这种平仄黏对交替排列，也是绝句的延长。如绝句的黏对排列形态公式是“对——黏——对”，而五言律诗和七言律诗的黏对公式则是“对——黏——对——黏——对——黏——对”。

律诗每首是八句四联，每联内的对句与出句要“对”，所以共四个“对”的关系。四联之间要“黏”，即一联与二联之间要“黏”，二联与三联之间要“黏”，三联与四联之间要“黏”，共三个“黏”的关系。

第十八讲　律诗（三）用韵与对仗

一、律诗的用韵

律诗的用韵包括押平声韵、隔句押韵和一韵到底。律诗的首句是否入韵和绝句一样没有要求，它的入韵与否，也是要由格式来决定的。

1. 押平声韵

五言律诗、七言律诗和其他格律诗一样，也只能押平声韵。所以律诗的押韵句也只能使用平收的句型，即五言的b（平平仄仄平）句型和d（仄仄仄平平）句型，七言的B（仄仄平平仄仄平）句型和D（平平仄仄仄平平）句型。其他句型因为是仄收，所以不能用于押韵句。

世上漫相识，
此翁殊不然。　b. 平平仄仄平◎
兴来书自圣，
醉后语尤颠。　d. 仄仄仄平平◎
白发老闲事，
青云在目前。　b. 平平仄仄平◎
床头一壶酒，
能更几回眠。　d. 仄仄仄平平◎
——高适《醉后赠张旭》

（可平可仄处未作标注，下同。）

高适的《醉后赠张旭》是首句不入韵的五言律诗。诗中第二、四、六、八句都是押韵句，这四个押韵句中，两句是b句型，两句是d句型。押的都是平声韵。四个韵脚“然、颠、前、眠”都是下平声一先韵。

寒城猎猎戍旗风，　D. 平平仄仄仄平平◎
独倚危楼怅望中。　B. 仄仄平平仄仄平◎
万里山河唐土地，
千年魂魄晋英雄。　D. 平平仄仄仄平平◎
离心不忍听边马，
往事应须问塞鸿。　B. 仄仄平平仄仄平◎
好脱儒冠从校尉，
一枝长戟六钧弓。　D. 平平仄仄仄平平◎
——罗隐《登夏州城楼》

罗隐的这首《登夏州城楼》是首句入韵的七言律诗。诗中除第二、四、六、八句押韵外，首句也入韵。在五个押韵句中，两句是B句型，三句是D句型。押的都是平声韵，韵脚的“风、中、雄、鸿、弓”都是上平声一东韵。

2. 隔句押韵

五言律诗、七言律诗都是隔句押韵的。即每隔一句的偶数句都要押韵。而奇数句（首句除外）因为都是仄收句型，所以不能押韵。

昔闻洞庭水，今上岳阳楼。
◎
吴楚东南坼，乾坤日夜浮。
◎
亲朋无一字，老病有孤舟。
◎

戎马关山北，凭轩涕泗流。

◎

——杜甫《登岳阳楼》

绿杨著水草如烟，旧是胡儿饮马泉。

◎ ◎

几处吹笳明月夜，何人倚剑白云天。

◎

从来冻合关山路，今日分流汉使前。

◎

莫遣行人照容鬓，恐惊憔悴入新年。

◎

——李益《盐州过胡儿饮马泉》

从上面这两首诗以及前面举过的诗例可以看出，不管五言律诗还是七言律诗，除首句外，其他都是每隔一句的偶数句押韵的。也就是隔句押韵。

3. 一韵到底

在一首诗中从头到尾只用同一韵部，叫作一韵到底。律诗要求一韵到底，中间不能换韵。也就是说，律诗的四个韵脚，要使用同一个韵部的韵字，中间不可掺杂或变换成其他韵部的韵字。如果中间换韵，就不能称为律诗了。

十年离乱后，长大一相逢。

◎

问姓惊初见，称名忆旧容。

◎

别来沧海事，语罢暮天钟。

◎

明日巴陵道，秋山又几重。
◎
——李益《喜见外弟又言别》

李益的《喜见外弟又言别》是首句不入韵的五言律诗。诗中的“逢、容、钟、重”都是同一韵部，即上平声二冬的韵，没有例外。属一韵到底。

漠漠秦云淡淡天，新年景象入中年。
◎　◎
情多最恨花无语，愁破方知酒有权。
◎
苔色满墙寻故第，雨声一夜忆春田。
◎
衰迟自喜添诗学，更把前题改数联。
◎
——郑谷《中年》

郑谷的《中年》是首句入韵的七言律诗。诗中的“天、年、权、田、联”也都是同一韵部，即下平声一先的韵，没有例外。也是一韵到底。

4. 首句入韵看格式

律诗的首句是否入韵和绝句一样，要看格式。要看这一格式的首句是平收还是仄收。如果首句是仄收，就不能入韵；如果首句是平收，就可以入韵。在四种平仄格式中，格式一和格式三首句是仄收，属不能入韵的；格式二和格式四首句是平收，是可以入韵的。

下面是首句不入韵和首句入韵的例子。

首句不入韵的：

吾宗老孙子，质朴古人风。
　　　　|　　　　　◎
耕凿安时论，衣冠与世同。
　　　　　　　　　◎
在家常早起，忧国愿年丰。
　　　　　　　　　◎
语及君臣际，经书满腹中。
　　　　　　　　　◎
——杜甫《吾宗》

去年花里逢君别，今日花开又一年。
　　　　　|　　　　　　◎
世事茫茫难自料，春愁黯黯独成眠。
　　　　　　　　　　　◎
身多疾病思田里，邑有流亡愧俸钱。
　　　　　　　　　　　◎
闻道欲来相问讯，西楼望月几回圆。
　　　　　　　　　　　◎
——韦应物《寄李儋元锡》

这两首律诗都是首句不入韵的。杜甫的《吾宗》是五言律诗的格式三。因为这一格式的首句句型的末一字是仄声字，属仄收，所以不能入韵。

韦应物的《寄李儋元锡》是七言律诗的格式一。同样，因为这一格式的首句句型的末一字是仄声字，属仄收，所以也不能入韵。

首句入韵的：

晓出郡城东，分围浅草中。
　　　　◎　　　　　◎

红旗开向日，白马骤迎风。
◎
背手抽金镞，翻身控角弓。
◎
万人齐指处，一雁落寒空。
◎
——张祜《观徐州李司空猎》

老去悲秋强自宽，兴来今日尽君欢。
◎　◎
羞将短发还吹帽，笑倩旁人为正冠。
◎
蓝水远从千涧落，玉山高并两峰寒。
◎
明年此会知谁健？醉把茱萸仔细看。
◎
——杜甫《九日蓝田崔氏庄》

上面两首诗都是首句入韵的。张祜的《观徐州李司空猎》是五言律诗格式四。诗中首句末一字是平声“东”，与后面各偶数句末一字“中、风、弓、空”同为上平声一东韵，为首句入韵。

杜甫的《九日蓝田崔氏庄》是七言律诗格式二。诗中首句末一字是平声“宽”，与后面各偶数句末一字“欢、冠、寒、看”同为上平声十四寒韵。也是首句入韵。

律诗首句入韵的用韵和绝句的首句入韵一样，也是比较宽松的。既可以用与后面相同的韵，也可以用邻韵。

二、律诗的对仗

使用对仗是律诗的一大特色，也是律诗的特定要求。

律诗使用对仗的要求是，它中间的颔联和颈联必须采用对仗的形式。首联和尾联可用可不用，首联与尾联对仗与否，取决于作者的喜好和内容表现的需要。也就是说，一首律诗至少有两联对仗，也可以多到三联或四联都对仗。律诗使用对仗可以分为这样几种情况：一是标准对仗，即中间的颔联和颈联采用对仗。这是必须遵守的规则。二是在标准对仗的基础上，首联也对仗，或者尾联也对仗，或者四联都对仗的。也有仅一联用了对仗的，但这不是格律的要求。这种情况比较少见，属个别现象。

1. 标准对仗

标准对仗是指遵照格律要求，只在律诗的中间两联，即颔联和颈联使用对仗。而首联和尾联均不使用对仗。因为这是律诗的标准对仗形式，所以在前人众多的律诗作品中，绝大部分都采用了这种对仗形式。

深居俯夹城，春去夏犹清。
天意怜幽草，人间重晚晴。（颔联对仗）
并添高阁迥，微注小窗明。（颈联对仗）
越鸟巢干后，归飞体更轻。
——李商隐《晚晴》

江涵秋影雁初飞，与客携壶上翠微。
尘世难逢开口笑，菊花须插满头归。（颔联对仗）
但将酩酊酬佳节，不用登临恨落晖。（颈联对仗）
古往今来只如此，牛山何必独沾衣。
——杜牧《九日齐山登高》

这两首诗都是标准对仗，即按格律的要求中间两联使用对仗，也就是颔联、颈联对仗。

2. 首联、尾联也对仗

律诗的首联没有必须使用对仗的要求，尾联同样也没有必须使用对仗的要求。但是，很多律诗作品中，在首联也使用了对仗，或者在尾联也使用了对仗。还有的作品，除了格律要求的颔联和颈联对仗外，首联和尾联同时都用了对仗，这就成了四联皆对仗。不过，在前人的律诗作品中，这种四联皆对仗的情况较为少见。首联、尾联是否使用对仗要根据表现内容的需要来决定，当然，也不排除作者的偏爱。下面分别看几首例诗。

首联也对仗的：

银烛吐青烟，金樽对绮筵。（首联对仗）
离堂思琴瑟，别路绕山川。（颔联对仗）
明月隐高树，长河没晓天。（颈联对仗）
悠悠洛阳道，此会在何年？
——陈子昂《春夜别友人》

澹然空水对斜晖，曲岛苍茫接翠微。（首联对仗）
波上马嘶看棹去，柳边人歇待船归。（颔联对仗）
数丛沙草群鸥散，万顷江田一鹭飞。（颈联对仗）
谁解乘舟寻范蠡，五湖烟水独忘机。
——温庭筠《利州南渡》

上面的五律和七律中，除了颔联和颈联用了对仗外，它们的首联也都用了对仗。也就是在一首律诗中，有三联对仗。温庭筠的《利州南渡》中的首联用的是犄角对，“曲岛”对“空水”，“苍茫”对“澹然”。

尾联也对仗的：

不知香积寺，数里入云峰。
古木无人径，深山何处钟。（颔联对仗）
泉声咽危石，日色冷青松。（颈联对仗）
薄暮空潭曲，安禅制毒龙。（尾联对仗）
——王维《过香积寺》

郡城南下接通津，异服殊音不可亲。
青箬裹盐归峒客，绿荷包饭趁虚人。（颔联对仗）
鹅毛御腊缝山罽，鸡骨占年拜水神。（颈联对仗）
愁向公庭问重译，欲投章甫作文身。（尾联对仗）
——柳宗元《柳州峒氓》

这两首律诗中，除了颔联和颈联用了对仗外，它们的尾联也都用了对仗。也是在一首律诗中，有三联对仗。

四联皆对仗的：

金天方肃杀，白露始专征。（首联对仗）
王师非乐战，之子慎佳兵。（颔联对仗）
海气侵南部，边风扫北平。（颈联对仗）
莫卖卢龙塞，归邀麟阁名。（尾联对仗）
——陈子昂《送著作佐郎崔融等从梁王东征》

风急天高猿啸哀，渚清沙白鸟飞回。（首联对仗）
无边落木萧萧下，不尽长江滚滚来。（颔联对仗）
万里悲秋常作客，百年多病独登台。（颈联对仗）
艰难苦恨繁霜鬓，潦倒新停浊酒杯。（尾联对仗）
——杜甫《登高》

这两首律诗都是四联皆用了对仗。由于四联都用了对仗，整个篇章就更加突显出律诗的整齐美。

第十九讲　排律（一）篇幅、格式与黏对

排律也叫长律。之所以叫长律，是因为它的规则要求与律诗大体一样，只是篇幅比律诗长。也可以把它说成是长篇的律诗。又因为它是把中间各联像律诗中间的四联一样，按照律诗的押韵、黏对、对仗规则不限多少地排列下去，所以又叫排律。

一、排律的篇幅

排律的篇幅主要体现在它的句数上。排律的篇幅有两个特点，第一，它的篇幅是不固定的，句数可多可少。多则没有上限，但是最少也要超过律诗的句数。也就是不能少于五韵十句。排律篇幅的长短，是由内容而决定的。第二，它的篇幅虽然是不固定的，但它是以韵为单位，每两句为一韵，所以排律的句数也只能是双数。

前人的排律作品中，既有许多以整数韵为篇的，也有许多不以整数韵为篇的。以整数韵为篇的，如杜甫的《寄李十二白二十韵》《上韦左相二十韵》《寄刘峡州伯华使君四十韵》，白居易的《代书诗一百韵寄微之》等。不以整数韵为篇的，如杜甫的《送李校书二十六韵》、齐己的《咏茶十二韵》、白居易的《余思未尽加为六韵重寄微之》等。

排律的句式有五言和七言。五言的称五言排律，或五言长律；七言的称七言排律，或七言长律。前人的作品中，以五言排律为多，七言排律比较少。

二、排律的平仄格式

因为排律的篇幅是不固定的，所以，它的平仄格式也无法固定。

但是，它的平仄句式与律诗是相同的。即不外乎前面说过的四种平仄基本句型。排律与绝句、律诗一样，也是把这四种平仄基本句型按照黏对、用韵等要求进行排列的。只不过绝句排四句，律诗排八句。而排律至少要排十句（五韵）以上，多则不限。由于排律句数的不固定性，所以也就没法给它确定一个固定的整体平仄格式。但是，我们可以以排律的首句所用的平仄基本句型，来作为它的平仄格式。即：

五言排律的平仄格式：

第一种平仄格式

仄起仄收式　以“a. 仄仄平平仄”句型为首句

第二种平仄格式

平起平收式　以“b. 平平仄仄平”句型为首句

第三种平仄格式

平起仄收式　以“c. 平平平仄仄”句型为首句

第四种平仄格式

仄起平收式　以“d. 仄仄仄平平”句型为首句

七言排律的平仄格式：

第一种平仄格式

平起仄收式　以“A. 平平仄仄平平仄”句型为首句

第二种平仄格式

仄起平收式　以“B. 仄仄平平仄仄平”句型为首句

第三种平仄格式

仄起仄收式　以“C. 仄仄平平平仄仄”句型为首句

第四种平仄格式

平起平收式　以“D. 平平仄仄仄平平”句型为首句

七言排律的平仄格式只是把五言排律的每种平仄格式的平起、仄起改为相反的平仄就可以了。

排律的平仄格式，也是以这个首句句型的“起”和“收”来命名的。其实，排律的这种格式并不重要。我们只要掌握五言排律和七言排律首句的四种平仄基本句型，然后，以这个首句的平仄句型为基础，按照黏对、用韵等规则，以上一句的平仄句型为对照，排出第二句、第三句、第四句……等等，一直排列到内容所需要的位置就可以了。

昔年有狂客，号尔谪仙人。
笔落惊风雨，诗成泣鬼神。
声名从此大，汩没一朝伸。
文采承殊渥，流传必绝伦。
龙舟移棹晚，兽锦夺袍新。
白日来深殿，青云满后尘。
乞归优诏许，遇我宿心亲。
未负幽栖志，兼全宠辱身。
剧谈怜野逸，嗜酒见天真。
醉舞梁园夜，行歌泗水春。
才高心不展，道屈善无邻。
处士祢衡俊，诸生原宪贫。
稻粱求未足，薏苡谤何频。
五岭炎蒸地，三危放逐臣。
几年遭鹏鸟，独泣向麒麟。
苏武先还汉，黄公岂事秦。

楚筵辞醴日，梁狱上书辰。
已用当时法，谁将此义陈。
老吟秋月下，病起暮江滨。
莫怪恩波隔，乘槎与问津。

——杜甫《寄李十二白二十韵》

杜甫的这首五言排律共二十韵，四十句。首句“昔年有狂客”的句型是“c. 平平平仄仄”，经过拗救之后变成了“（平）平仄平仄”句型。所以，它是五言排律的第三种平仄格式，属平起仄收式。按照平仄、黏对、用韵的要求，接下来的第二句必然是“仄仄仄平平”。其他各句都是这样排下来的。

知君夜听风萧索，晓望林亭雪半糊。
撼落不教封柳眼，扫来偏尽附梅株。
敲扶密竹枝犹亚，煦暖寒禽气渐苏。
坐觉湖声迷远浪，回惊云路在长途。
钱塘湖上蘋先合，梳洗楼前粉暗铺。
石立玉童披鹤氅，台施瑶席换龙须。
满空飞舞应为瑞，寡和高歌只自娱。
莫遣拥帘伤思妇，且将盈尺慰农夫。
称觞彼此情何异，对景东西事有殊。
镜水绕山山尽白，琉璃云母世间无。

——元稹《酬乐天雪中见寄》

元稹的这首七言排律十韵、二十句。它的首句“知君夜听风萧索”的句型是“A. 平平仄仄平平仄”。所以，它是七言排律的第一种平仄格式，即平起仄收式。按照平仄、黏对、用韵的要求，接下来的第二句必然是“仄仄平平仄仄平”。其他各句也都是这样排下来的。

三、排律的黏对公式

排律的黏对关系表现形式与绝句、律诗是一样的，只不过由于它篇幅长，而且它们的“黏对”数量不像绝句和律诗那样是固定的，而是随着篇幅的长短有所不同。

排律每句第二字的平仄连起来，组成的黏对平仄形态的形式也有两种：一种是“仄——平平——仄仄——平平——仄仄……”，一种是“平——仄仄——平平——仄仄——平平……”。它的排列规则则是按照“对——黏——对——黏——对——黏——对……”这样的规律循环下去。所以，它的黏对公式就是“对——黏——对——黏——对——黏——对……”这样一种有规律的，不固定的形态。如：

自哂沉冥客，
曾为献纳臣。
壮心徒许国，
薄命不如人。
才展凌云翅，
俄成失水鳞。
葵枯犹向日，
蓬断即辞春。
泽畔长愁地，
天边欲老身。
萧条残活计，
冷落旧交亲。
草合门无径，
烟消甑有尘。
忧方知酒圣，
贫始觉钱神。
虎尾难容足，

羊肠易覆轮。
行藏与通塞，
一切任陶钧。
——白居易《江南谪居十韵》

台州地阔海冥冥，
云水长和岛屿青。
乱后故人双别泪，
春深逐客一浮萍。
酒酣懒舞谁相拽，
诗罢能吟不复听。
第五桥东流恨水，
皇陂岸北结愁亭。
贾生对鹏伤王傅，
苏武看羊陷贼庭。
可念此翁怀直道，
也沾新国用轻刑。
祢衡实恐遭江夏，
方朔虚传是岁星。
穷巷悄然车马绝，
案头干死读书萤。
——杜甫《题郑十八著作虔》

上面两首诗，一首是白居易的五言排律，一首是杜甫仅有的几首七言排律之一。诗中带点的字是“对”和“黏”的位置。白居易《江南谪居十韵》诗的黏对平仄排列是“仄——平平——仄仄——平平——仄仄……”。杜甫的《题郑十八著作虔》诗中的黏对平仄排列正好相反，是“平——仄仄——平平——仄仄——平平……”。但是，它们的黏对关系形态都是按照刚刚说过的黏对格式“对——黏——对——黏——对——黏——对……”这样一个公式排列的。

第二十讲　排律（二）用韵与对仗

一、排律的用韵

排律在用韵上与五律、七律相同，也是限用平声韵、隔句押韵和一韵到底，中间不能换韵。所以，篇幅较长的排律，如几十韵甚至上百韵，在用韵上就要尽量避免使用窄韵。可以优先考虑使用宽韵，这样选择的余地会大一些。

排律的首句与五律、七律一样，可以入韵，也可以不入韵。这也是由它的格式来决定的。

下面看两首排律。因排律篇幅较长，本讲把“◎”放在韵字的后面，表示“◎”前面的字押韵。

今代麒麟阁，何人第一功◎。
君王自神武，驾驭必英雄◎。
开府当朝杰，论兵迈古风◎。
先锋百胜在，略地两隅空◎。
青海无传箭，天山早挂弓◎。
廉颇仍走敌，魏绛已和戎◎。
每惜河湟弃，新兼节制通◎。
智谋垂睿想，出入冠诸公◎。
日月低秦树，乾坤绕汉宫◎。
胡人愁逐北，宛马又从东◎。
受命边沙远，归来御席同◎。

轩墀曾宠鹤，畋猎旧非熊◎。
茅土加名数，山河誓始终◎。
策行遗战伐，契合动昭融◎。
勋业青冥上，交亲气概中◎。
未为珠履客，已见白头翁◎。
壮节初题柱，生涯独转蓬◎。
几年春草歇，今日暮途穷◎。
军事留孙楚，行间识吕蒙◎。
防身一长剑，将欲倚崆峒◎。
——杜甫《投赠哥舒开府翰二十韵》

杜甫的这首《投赠哥舒开府翰二十韵》是一首首句不入韵的五言排律。全诗共二十韵，四十句。这首诗中所押的韵字都是平声字，也就是押平声韵。整首诗中都是偶数句押韵，即隔句押韵。从第二句韵脚的“功”到最后一句韵脚的“峒”字，共二十个韵字，用的都是上平声一东的韵。中间没有换韵，属一韵到底。一东属宽韵。虽然这首排律稍长，但由于使用了宽韵，选择的余地就比较大。二十个韵字中没有一个重复的韵字。

白狗次黄牛◎，滩如竹节稠◎。
路穿天地险，　人续古今愁◎。
忽见千花塔，　因停一叶舟◎。
畏途常迫促，　静境暂淹留◎。
巴曲春全尽，　巫阳雨半收◎。
北归虽引领，　南望亦回头◎。
昔去悲殊俗，　今来念旧游◎。
别僧山北寺，　抛竹水西楼◎。
郡树花如雪，　军厨酒似油◎。
时时大开口，　自笑忆忠州◎。
——白居易《发白狗峡次黄牛峡
登高寺却望忠州》

白居易的这首《发白狗峡次黄牛峡登高寺却望忠州》是一首首句入韵的五言排律。这首诗中所押的韵字都是平声字，也就是押平声韵。整首诗中除首句外，都是偶数句押韵，即隔句押韵。从首句韵脚的“牛”到最后一句韵脚的“州”十一个韵字都是下平声尤韵。尤韵所含的韵字比较多，也属宽韵。可以看出，这首诗除了是首句入韵外，也是押平声韵、隔句押韵和一韵到底。

二、排律的对仗

排律的对仗规则和五律、七律相同，除首联和尾联外，中间各联都要对仗。所不同的是，五律、七律中间只有两联，而排律中间的联数是不固定的。首联和尾联的对仗也是可用可不用，没有固定要求。尾联一般很少使用对仗。有的人主张尾联不要使用对仗，这种观点认为，排律的尾联如果用了对仗，会产生一种这首诗还没有结束的感觉。这只是一家之言，我们把它作为参考就可以了。杜甫就在他的《寄刘峡州伯华使君四十韵》的尾联使用了对仗：“江湖多白鸟，天地有青蝇”。

下面三首排律分别是首联和尾联都没有用对仗、首联用了对仗和通篇都用了对仗的例子。

百草让为灵，功先百草成。
甘传天下口，贵占火前名。
出处春无雁，收时谷有莺。
封题从泽国，贡献入秦京。
嗅觉精新极，尝知骨自轻。
研通天柱响，摘绕蜀山明。
赋客秋吟起，禅师昼卧惊。
角开香满室，炉动绿凝铛。
晚忆凉泉对，闲思异果平。
松黄干旋泛，云母滑随倾。
颇贵高人寄，尤宜别柜盛。

曾寻修事法，妙尽陆先生。

——齐己《咏茶十二韵》

唐代齐己的《咏茶十二韵》是一首五言排律，共十二韵、二十四句。诗中除首联和尾联没有使用对仗外，中间各联都使用了对仗。

亦知世是休明世，自想身非富贵身。
但恐人间为长物，不如林下作遗民。
游依二室成三友，住近双林当四邻。
性海澄渟平少浪，心田洒扫净无尘。
香山闲宿一千夜，梓泽连游十六春。
是客相逢皆故旧，无僧每见不殷勤。
药停有喜闲销疾，金尽无忧醉忘贫。
补绽衣裳愧妻女，支持酒肉赖交亲。
俸随日计钱盈贯，禄逐年支粟满囷。
洛堰鱼鲜供取足，游村果熟馈争新。
诗章人与传千首，寿命天教过七旬。
点检一生侥幸事，东都除我更无人。

——白居易《狂吟七言十四韵》

白居易的《狂吟七言十四韵》是一首七言排律，共十四韵、二十八句。诗中除了中间各联都用了对仗外，首联也用了对仗，只有尾联没有用对仗。

朱绂遗尘境，青山谒梵筵。
金绳开觉路，宝筏度迷川。
岭树攒飞栱，岩花覆谷泉。
塔形标海月，楼势出江烟。
香气三天下，钟声万壑连。
荷秋珠已满，松密盖初圆。

鸟聚疑闻法，龙参若护禅。
愧非流水韵，叨入伯牙弦。
——李白《春日归山寄孟浩然》

李白的《春日归山寄孟浩然》是一首五言排律，共八韵、十六句。诗中除了中间各联都用了对仗外，首联和尾联也都用了对仗，属通篇对仗。

第二十一讲　格律诗句型、格式一览

这里把我们学过的格律诗的平仄基本句型和格式集中在一起，以便于查找和对比。符号“◎”代表它前边的字押韵，字下有点者为“对”或“黏”的位置，括号中的“平”字、“仄”字代表可平可仄，带有下划线处为使用对仗的位置。

一、基本句型

1. 五言

五言格律诗的四种平仄基本句型：

a. 仄仄平平仄（仄起仄收式）
b. 平平仄仄平（平起平收式）
c. 平平平仄仄（平起仄收式）
d. 仄仄仄平平（仄起平收式）

五言格律诗包括可平可仄的四种平仄基本句型：

a.（仄）仄（平）平仄
b.　平　平（仄）仄平
c.（平）平（平）仄仄
d.（仄）仄　仄　平平

2. 七言

七言格律诗的四种平仄基本句型：

A. 平平仄仄平平仄 （平起仄收式）
B. 仄仄平平仄仄平 （仄起平收式）
C. 仄仄平平平仄仄 （仄起仄收式）
D. 平平仄仄仄平平 （平起平收式）

七言格律诗包括可平可仄的四种平仄基本句型：

A. （平）平（仄）仄（平）平仄
B. （仄）仄 平 平（仄）仄平
C. （仄）仄（平）平（平）仄仄
D. （平）平（仄）仄 仄 平平

二、五言绝句的四种格式

格式一　仄起仄收式

基本格式：

a. 仄仄平平仄
b. 平平仄仄平◎
c. 平平平仄仄
d. 仄仄仄平平◎

含可平可仄：

a. （仄）仄（平）平仄
b. 平 平（仄）仄平◎
c. （平）平（平）仄仄
d. （仄）仄 仄 平平◎

格式二　平起平收式

基本格式：

b. 平平仄仄平◎
d. 仄仄仄平平◎
a. 仄仄平平仄
b. 平平仄仄平◎

含可平可仄：

b.　平　平（仄）仄平◎
d.（仄）仄　仄　平平◎
a.（仄）仄（平）平仄
b.　平　平（仄）仄平◎

格式三　平起仄收式

基本格式：

c. 平平平仄仄
d. 仄仄仄平平◎
a. 仄仄平平仄
b. 平平仄仄平◎

含可平可仄：

c.（平）平（平）仄仄
d.（仄）仄　仄　平平◎
a.（仄）仄（平）平仄
b.　平　平（仄）仄平◎

格式四　仄起平收式

基本格式：

d. 仄仄仄平平◎
b. 平平仄仄平◎
c. 平平平仄仄

d. 仄仄仄平平◎

含可平可仄：

d.（仄）仄 仄 平平◎

b. 平 平（仄）仄平◎

c.（平）平（平）仄仄

d.（仄）仄 仄 平平◎

三、七言绝句的四种格式

格式一　平起仄收

基本格式：

A. 平平仄仄平平仄

B. 仄仄平平仄仄平◎

C. 仄仄平平平仄仄

D. 平平仄仄仄平平◎

含可平可仄：

A.（平）平（仄）仄（平）平仄

B.（仄）仄 平 平（仄）仄平◎

C.（仄）仄（平）平（平）仄仄

D.（平）平（仄）仄 仄 平平◎

格式二　仄起平收

基本格式：

B. 仄仄平平仄仄平◎

D. 平平仄仄仄平平◎

A. 平平仄仄平平仄

B. 仄仄平平仄仄平◎

含可平可仄：

B.（仄）仄 平 平（仄）仄平◎

D.（平）平（仄）仄 仄 平平◎

A.（平）平（仄）仄（平）平仄

B.（仄）仄 平 平（仄）仄平◎

格式三　仄起仄收

基本格式：

C. 仄仄平平平仄仄

D. 平平仄仄仄平平◎

A. 平平仄仄平平仄

B. 仄仄平平仄仄平◎

含可平可仄：

C.（仄）仄（平）平（平）仄仄

D.（平）平（仄）仄 仄 平平◎

A.（平）平（仄）仄（平）平仄

B.（仄）仄 平 平（仄）仄平◎

格式四　平起平收

基本格式：

D. 平平仄仄仄平平◎

B. 仄仄平平仄仄平◎

C. 仄仄平平平仄仄

D. 平平仄仄仄平平◎

含可平可仄：

D.（平）平（仄）仄 仄 平平◎

B.（仄）仄 平 平（仄）仄平◎

C.（仄）仄（平）平（平）仄仄

D. （平）平（仄）仄 仄 平平◎

四、五言律诗的四种格式

格式一 仄起仄收式

基本格式：

a. 仄仄平平仄
b. 平平仄仄平◎
c. 平平平仄仄
d. 仄仄仄平平◎
a. 仄仄平平仄
b. 平平仄仄平◎
c. 平平平仄仄
d. 仄仄仄平平◎

含可平可仄：

a. （仄）仄（平）平仄
b. 平 平（仄）仄平◎
c. （平）平（平）仄仄
d. （仄）仄 仄 平平◎
a. （仄）仄（平）平仄
b. 平 平（仄）仄平◎
c. （平）平（平）仄仄
d. （仄）仄 仄 平平◎

格式二 平起平收式

基本格式：

b. 平平仄仄平◎
d. 仄仄仄平平◎
a. 仄仄平平仄

b. 平平仄仄平◎
c. 平平平仄仄
d. 仄仄仄平平◎
a. 仄仄平平仄
b. 平平仄仄平◎

含可平可仄：

b. 平 平（仄）仄平◎
d.（仄）仄 仄 平平◎
a.（仄）仄（平）平仄
b. 平 平（仄）仄平◎
c.（平）平（平）仄仄
d.（仄）仄 仄 平平◎
a.（仄）仄（平）平仄
b. 平 平（仄）仄平◎

格式三　平起仄收式

基本格式：

c. 平平平仄仄
d. 仄仄仄平平◎
a. 仄仄平平仄
b. 平平仄仄平◎
c. 平平平仄仄
d. 仄仄仄平平◎
a. 仄仄平平仄
b. 平平仄仄平◎

含可平可仄：

c.（平）平（平）仄仄
d.（仄）仄 仄 平平◎

a. (仄)仄(平)平仄
b. 平 平(仄)仄平◎
c. (平)平(平)仄仄
d. (仄)仄 仄 平平◎
a. (仄)仄(平)平仄
b. 平 平(仄)仄平◎

格式四 仄起平收式

基本格式:

d. 仄仄仄平平◎
b. 平平仄仄平◎
c. 平平平仄仄
d. 仄仄仄平平◎
a. 仄仄平平仄
b. 平平仄仄平◎
c. 平平平仄仄
d. 仄仄仄平平◎

含可平可仄:

d. (仄)仄 仄 平平◎
b. 平 平(仄)仄平◎
c. (平)平(平)仄仄
d. (仄)仄 仄 平平◎
a. (仄)仄(平)平仄
b. 平 平(仄)仄平◎
c. (平)平(平)仄仄
d. (仄)仄 仄 平平◎

五、七言律诗的四种格式

格式一 平起仄收式

基本格式：

A. 平平仄仄平平仄

B. 仄仄平平仄仄平◎

C. 仄仄平平平仄仄

D. 平平仄仄仄平平◎

A. 平平仄仄平平仄

B. 仄仄平平仄仄平◎

C. 仄仄平平平仄仄

D. 平平仄仄仄平平◎

含可平可仄：

A. （平）平（仄）仄（平）平仄

B. （仄）仄 平 平（仄）仄平◎

C. （仄）仄（平）平（平）仄仄

D. （平）平（仄）仄 仄 平平◎

A. （平）平（仄）仄（平）平仄

B. （仄）仄 平 平（仄）仄平◎

C. （仄）仄（平）平（平）仄仄

D. （平）平（仄）仄 仄 平平◎

格式二　仄起平收式

基本格式：

B. 仄仄平平仄仄平◎

D. 平平仄仄仄平平◎

A. 平平仄仄平平仄

B. 仄仄平平仄仄平◎

C. 仄仄平平平仄仄

D. 平平仄仄仄平平◎

A. 平平仄仄平平仄

B. 仄仄平平仄仄平◎

含可平可仄：

B. （仄）仄 平 平（仄）仄平◎

D. （平）平（仄）仄 仄 平平◎

A. （平）平（仄）仄（平）平仄

B. （仄）仄 平 平（仄）仄平◎

C. （仄）仄（平）平（平）仄仄

D. （平）平（仄）仄 仄 平平◎

A. （平）平（仄）仄（平）平仄

B. （仄）仄 平 平（仄）仄平◎

格式三　仄起仄收式

基本格式：

C. 仄仄平平平仄仄

D. 平平仄仄仄平平◎

A. 平平仄仄平平仄

B. 仄仄平平仄仄平◎

C. 仄仄平平平仄仄

D. 平平仄仄仄平平◎

A. 平平仄仄平平仄

B. 仄仄平平仄仄平◎

含可平可仄：

C. （仄）仄（平）平（平）仄仄

D. （平）平（仄）仄 仄 平平◎

A. （平）平（仄）仄（平）平仄

B. （仄）仄 平 平（仄）仄平◎

C. （仄）仄（平）平（平）仄仄

D. （平）平（仄）仄 仄 平平◎

A. （平）平（仄）仄（平）平仄
B. （仄）仄 平 平（仄）仄平◎

格式四 平起平收式

基本格式：

D. 平平仄仄仄平平◎
B. 仄仄平平仄仄平◎
C. 仄仄平平平仄仄
D. 平平仄仄仄平平◎
A. 平平仄仄平平仄
B. 仄仄平平仄仄平◎
C. 仄仄平平平仄仄
D. 平平仄仄仄平平◎

含可平可仄：

D. （平）平（仄）仄 仄 平平◎
B. （仄）仄 平 平（仄）仄平◎
C. （仄）仄（平）平（平）仄仄
D. （平）平（仄）仄 仄 平平◎
A. （平）平（仄）仄（平）平仄
B. （仄）仄 平 平（仄）仄平◎
C. （仄）仄（平）平（平）仄仄
D. （平）平（仄）仄 仄 平平◎

六、五言排律的四种格式

第一种格式

仄起仄收式 以“a. 仄仄平平仄”句型为首句

第二种格式

平起平收式 以“b. 平平仄仄平”句型为首句

第三种平仄格式

平起仄收式　以“c. 平平平仄仄”句型为首句
第四种平仄格式
仄起平收式　以“d. 仄仄仄平平”句型为首句

七、七言排律的四种格式

第一种平仄格式
平起仄收式　以“A. 平平仄仄平平仄”句型为首句
第二种平仄格式
仄起平收式　以“B. 仄仄平平仄仄平”句型为首句
第三种平仄格式
仄起仄收式　以“C. 仄仄平平平仄仄”句型为首句
第四种平仄格式
平起平收式　以“D. 平平仄仄仄平平”句型为首句

排律的黏对、押韵、对仗的位置，可参照五言律诗和七言律诗或参照“排律”一讲。

前面讲了五言绝句、七言绝句、五言律诗、七言律诗和五言排律、七言排律的平仄格式以及这些格式的各自特点、不同格式间的关系和区别，这些知识非常重要。只有更好地了解和掌握这些知识，才能够掌握其中的规律，才能不必死记硬背或去查阅书本，才可以根据需要随时排列出不同的平仄格式来。

第二十二讲　古　绝

前面讲过，绝句分为律绝和古绝。古绝是相对于律绝而言的，古绝分为五言古绝和七言古绝。这里把五言古绝和七言古绝结合在一起讲。

古绝和律绝是有区别的，它们之间既有相同之处，也有不同之处。古绝在句数、字数和句式上与律绝是一样的。五言的每首四句，每句五个字，共二十个字。七言的每首四句，每句七个字，共二十八个字。

古绝和律绝的不同主要是：律绝要受格律的限制，古绝不受格律的限制。古绝不受格律的限制，具体体现在三个方面：

1. 古绝在平仄上不受限制。
2. 古绝在黏对上不受限制。
3. 古绝在用韵上不受限制。

下面分别来讲。

一、古绝在平仄上不受限制

古绝的主要特征之一就是在平仄上不受限制。正因为它平仄不受限制，所以它也没有固定的平仄句型和固定的平仄格式。那么，在一首古绝中常常是拗句和律句同时并存。而律句的存在，不是古绝的平仄要求，只是诗句的巧合。

锄禾日当午，汗滴禾下土。

——|—|　||—||

谁知盘中餐，粒粒皆辛苦。

—————　||——|

——李绅《悯农》

李绅《悯农》诗是一首押仄声韵的五言古绝，它的平仄就是很随意的。既有平仄并不合律的“｜｜—｜｜”“—————”，也有律句“｜｜——｜”，诗中拗句和律句同时存在。

江上往来人，但爱鲈鱼美。
—｜｜—— ｜｜——｜
君看一叶舟，出没风波里。
—｜｜｜— ｜｜——｜
——范仲淹《江上渔者》

范仲淹的《江上渔者》也是一首押仄声韵的五言古绝，它的平仄也是很随意的。既有律句，也有拗句如“—｜｜｜—”，也是拗句和律句同时存在。

二、古绝在黏对上不受限制

不讲究黏对是古绝的主要特征之一。由于古绝不受平仄的限制，没有固定的平仄句型和平仄格式，所以也就不可能要求黏对。在古绝中，既有有“黏”无“对”的，也有有“对”无“黏”的。甚至常常会出现与律绝的黏对正好相反的现象。即一联中对句和出句完全相同，而后一联的出句又与前一联的对句也并不相“黏”。

春眠不觉晓，处处闻啼鸟。
——｜｜｜ ｜｜——｜
夜来风雨声，花落知多少。
｜——｜— —｜——｜
——孟浩然《春晓》

孟浩然的这首《春晓》诗，可以说是家喻户晓。诗中每一句单看，也都合律。第一联的出句与对句的第二字平仄相对，第二联出句与对句的第二字平仄也相对。但是，第二联的出句第二字与第一联的对句第二字却并不相“黏”。

运锄耕劚侵晨起，陇亩丰盈满家喜。

｜——｜——｜　｜｜——｜—｜

到头禾黍属他人，不知何处抛妻子。

｜——｜｜——　｜——｜——｜

——张碧《农父》

张碧的这首《农父》，第一联出句与对句的第二字平仄相对，第二联出句与对句的第二字则不相对。第二联的出句与第一联的对句第二字一个是平声，一个是仄声，所以也并不相“黏”。

三、古绝在用韵上不受限制

古绝在用韵上不受限制，是指它既可以押平声韵，也可以押仄声韵，而且多以押仄声韵为主。因为格律诗都是押平声韵的，所以，如果一首绝句用了仄声韵，那么，我们就可以肯定地说它是古绝了。

空山不见人，但闻人语响。

——｜｜—　｜——｜｜

返景入深林，复照青苔上。

｜｜｜——　｜｜——｜

——王维《鹿柴》

王维的这首《鹿柴》是一首押仄声韵的五言古绝。第一句是“b. 平平仄仄平”句型，第三句是“d. 仄仄仄平平”句型，第四句是“ɑ. 仄仄平平仄”句型。第二句是“c. 平平平仄仄”句型，只是第一个字可平可仄用了仄声。虽然每一句单看都符合格律诗的平仄基本句型，但是，从整体看，这首诗的四个句型的排列搭配，并不符合五言绝句四种平仄格式中的任何一种。另外，这首诗既不符合黏对，用的又是仄声韵。所以，尽管它用了律句，它仍然不是格律诗中的绝句，而只能是古绝。

千山鸟飞绝，万径人踪灭。
— — | — |　| | — — |
　　　　△　　　　　△
孤舟蓑笠翁，独钓寒江雪。
— — — | —　| | — — |
　　　　　　　　　　△
——柳宗元《江雪》

柳宗元的《江雪》一诗是深受人们喜爱的绝句。诗中每一句单看，也都合律。但是，由于把仄收的句型用在了押韵的位置，于是这首诗变成了押仄声韵。因为律绝是不押仄声韵的，所以它是五言古绝而不是律绝。

因为古绝在押韵上不受限制，所以也可以用平声韵。一首绝句如果押的是平声韵，那么就不能轻易地说它是律绝还是古绝。这时就要看它是否合乎律绝的其他规则，合乎律绝的平仄句型和黏对要求的，那就是律绝，否则就是古绝。

荆溪白石出，天寒红叶稀。
— — | | |　— — — | —
　　　　　　　　　　◎
山路元无雨，空翠湿人衣。
— | — — |　— | | — —
　　　　　　　　　　◎
——王维《山中》

王维的《山中》诗，虽然押平声韵，每一句单看，也都合律，但既不“对”也不“黏”。所以，这仍然是一首古绝。

李白题诗水西寺，古木回岩楼阁风。
| | — — | — |　| | — — — | —
　　　　　　　　　　　　　◎

半醒半醉游三日，红白花开山雨中。

｜｜｜｜——｜ —｜———｜—

◎

——杜牧《念昔游》其二

杜牧的这首《念昔游》其二，也是押平声韵。虽然每一句单看，多数合律，但也有不合律的；虽然符合“黏”的要求，但不符合“对”的要求。所以，即使是押平声韵，也是一首古绝。

下面是三首古绝，一首是押平声韵，另两首是押仄声韵。列在这里，以供参考。

夜宿峰顶寺，举手扪星辰。

｜｜—｜｜ ｜｜———

◎

不敢高声语，恐惊天上人。

｜｜——｜ ｜——｜—

◎

——李白《题峰顶寺》

松下问童子。言师采药去。

—｜｜—｜ ——｜｜｜

只在此山中，云深不知处。

｜｜｜—— ——｜—｜

——贾岛《寻隐者不遇》

洞房昨夜春风起，故人尚隔湘江水。

｜—｜｜——｜ ｜—｜｜——｜

枕上片时春梦中，行尽江南数千里。

｜｜｜——｜— —｜——｜—｜

——岑参《春梦》

第二十三讲　古　风

古风又叫古诗，它是古绝以外的古体诗。有人只把五言古诗叫作古风，也有人只把歌行体叫作古风，这里不采取这些说法。

古风分为五言和七言。三言、五言、七言混杂的，称为杂言诗。不过，传统上一般把杂言或含有杂言的都列为七言古风，而不单列。

五言古风也称五古。七言古风也称七古。

古风与律诗比较，它的主要特点就是没有格律的限制；与古绝比较，它的篇幅不受限制。所以，有人称古风为古代诗歌中的自由诗。古风区别于律诗的特点主要有以下几个方面：

1. 篇幅不受限制。

2. 平仄、黏对不受限制。

3. 用韵不受限制。

4. 对仗不受限制。

下面把古风的这些特点分别进行讲解。

一、篇幅不受限制

古风的篇幅不受限制，是指它的句数、字数和句式都没有固定的要求。

古风句式没有固定要求，长短句可以混用，主要是指七言古风。七言古风除了七言句式外，还可以含有非七言的句子，而且杂言也都归于七言古风。五言古风每句五个字，这是固定的。但五言古风中如果杂有非五言的句子，不管占多大比例，都不能叫五言古风，也只能归于七言古风。

前不见古人，
后不见来者。
念天地之悠悠，
独怆然而涕下。
——陈子昂《登幽州台歌》

陈子昂的《登幽州台歌》是一首较短的古风。全诗只有四句，二十二个字，表达了作者登台远眺、怀古思今的感慨。诗中既有五言句式，也有六言句式。

噫吁戏，危乎高哉！
蜀道之难，难于上青天！
蚕丛及鱼凫，开国何茫然。
尔来四万八千岁，不与秦塞通人烟。
西当太白有鸟道，可以横绝峨眉巅。
地崩山摧壮士死，然后天梯石栈相钩连。
上有六龙回日之高标，下有冲波逆折之回川。
黄鹤之飞尚不得过，猿猱欲度愁攀援。
青泥何盘盘，百步九折萦岩峦。
扪参历井仰胁息，以手抚膺坐长叹。
问君西游何时还，畏途巉岩不可攀。
但见悲鸟号古木，雄飞雌从绕林间。
又闻子规啼夜月，愁空山。
蜀道之难，难于上青天！
使人听此凋朱颜。
连峰去天不盈尺，枯松倒挂倚绝壁。
飞湍瀑流争喧豗，砯崖转石万壑雷。
其险也如此，嗟尔远道之人胡为乎来哉！

剑阁峥嵘而崔嵬，一夫当关，万夫莫开。
所守或匪亲，化为狼与豺。
朝避猛虎，夕避长蛇，
磨牙吮血，杀人如麻。
锦城虽云乐，不如早还家。
蜀道之难，难于上青天！
侧身西望长咨嗟。

——李白《蜀道难》

李白的这首《蜀道难》，全诗二百九十四字。诗中三言、四言、五言、七言至九言、十一言都有，句式长短不一，错落交替。诗人以流畅的语言、磅礴的气势，表现了山川之险，蜀道之难。读来令人荡气回肠。

从上面的例诗可以看出，古风的篇幅可长可短，句数可多可少。少者三五句，多者几十句上百句不限。前人作品中常有以字数或韵数为题的，如李白的《……留别金陵崔侍御十九韵》、杜甫的《自京赴奉先县咏怀五百字》等。

古风不但句数可多可少，还可双可单。如果句数是单数，篇中就会出现一个构不成一联的单独句子，这个单独的句子叫畸零句。畸零句的位置也没有固定的要求，既可以在篇中，也可以在篇尾，但以在篇尾者居多。

阴山健儿鞭鞚急，走势能追北风及。
逶迤一虎出马前，白羽横穿更人立。
回旗倒戟四边动，抽矢当前放蹄入。
爪牙蹭蹬不得施，碛上流丹看来湿。
胡天朔漠杀气高，烟云万里埋弓刀。
穹庐无工可貌此，汉使自解丹青包。
堂上绢素开欲裂，一见犹能动毛发。
低徊使我思古人，此地抟兵走戎羯。

禽逃兽遁亦萧然，岂若封疆今晏眠。
契丹弋猎汉耕作，飞将自老南山边，
还能射虎随少年。

——王安石《阴山画虎图》

王安石的这首《阴山画虎图》的最后一句就是畸零句，所以，这是一首带有畸零句的古风。

二、平仄、黏对不受限制

古风既不讲究平仄，也不讲究黏对。由于黏对的规则来源于平仄的规律性搭配，所以古风平仄的搭配没有限制，也就无法构成规律性的黏对。古风中既没有什么孤平、三平调之类的避忌，更没有其他非格律搭配的限制。一些非格律搭配反倒成了古风的一大特色。

但是，在古风中也常常会遇到一些合乎平仄搭配的句型和符合黏对规则的地方。这些只是一种诗句语言的巧合，而不是刻意地追求。所以，在古风的平仄搭配上，常常是律句与拗句并存。

西登香炉峰，南见瀑布水。
—————　—｜｜｜｜
挂流三百丈，喷壑数十里。
　　　　　—｜｜｜｜
欻如飞电来，隐若白虹起。
初惊河汉落，半洒云天里。
仰观势转雄，壮哉造化功。
海风吹不断，江月照还空。
空中乱潨射，左右洗青壁，
飞珠散轻霞，流沫沸穹石。
而我乐名山，对之心益闲，
无论漱琼液，且得洗尘颜。

且偕宿所好，永愿辞人间。
｜｜———
——李白《望庐山瀑布》

李白的《望庐山瀑布》是一首五言古风。诗中第一句用了五个连续的平声字，第二句和第四句则分别用了四个连续的仄声字，末句的“辞人间”是三平调。黏对也多不合格律规则，虽然也有“半洒云天里”“ 而我乐名山”“且得洗尘颜”等这样的标准律句，但从整体上看，它的平仄随意，不合黏对。所以它是一首律句与拗句并存的五言古风。

茂陵刘郎秋风客，夜闻马嘶晓无迹。
画栏桂树悬秋香，三十六宫土花碧。
魏官牵车指千里，东关酸风射眸子。
空将汉月出宫门，忆君清泪如铅水。
衰兰送客咸阳道，天若有情天亦老。
携盘独出月荒凉，渭城已远波声小。
——李贺《金铜仙人辞汉歌》

李贺的这首《金铜仙人辞汉歌》，一共六联，其中多处不“对”，只有两处相“黏”，其他处都不相“黏”。两处相“黏”的是一、二联的“闻”与“栏”，四、五联的“君”与“兰”。

三、用韵不受限制

古风的用韵不像律诗有那么多限制。古风既可以押平声韵，也可以押仄声韵；既可以隔句押韵，也可以句句押韵；既可以一韵到底，也可以中间换韵，甚至平仄韵交替使用。

1. 可押平声韵也可押仄声韵

押平声韵是格律诗的特点，但是古风也可以押平声韵。历史上优秀的古风作品中，平韵古风也占有一定地位，例如李白的《古风五十九首》中的《大雅久不作》《秦皇扫六合》《一百四十年》《代马不思越》《西上莲花山》等篇章都是平韵古风。

古风不但可以押平声韵，还可以押仄声韵，这是古风的一大特色。但是古风在押仄声韵的时候，一般都是上声、去声、入声要分开，单独使用。上声、去声通押的情况也有，但与换韵不是一个概念。

大雅久不作，吾衰竟谁陈？
王风委蔓草，战国多荆榛。
龙虎相啖食，兵戈逮狂秦。
正声何微茫，哀怨起骚人。
扬马激颓波，开流荡无垠。
废兴虽万变，宪章亦已沦。
自从建安来，绮丽不足珍。
圣代复元古，垂衣贵清真。
群才属休明，乘运共跃鳞。
文质相炳焕，众星罗秋旻。
我志在删述，垂辉映千春。
希圣如有立，绝笔于获麟。

——李白《古风五十九首》其一

上面李白的这首古风，是押平声韵的古风。诗中韵脚的“陈、榛、秦、人、垠、沦、珍、真、鳞、旻、春、麟”十二韵都是上平声十一真的韵。

何处闻秋声，翛翛北窗竹。
回薄万古心，揽之不盈掬。
静来观众妙，浩然媚幽独。
白云南山来，就我檐下宿。
懒从唐生决，羞访季主卜。
四十九年非，一往不可复。

野情转萧散，世道有翻覆。
陶令归去来，田家酒应熟。
——李白《寻阳紫极宫感秋作》

李白的这首诗，是押仄声韵的古风。从头至尾韵脚的“竹、掬、独、宿、卜、复、覆、熟”都是入声一屋韵，没有例外。

长沙入楚深，洞庭值秋晚。
人随鸿雁少，江共蒹葭远。
历历余所经，悠悠子当返。
孤游怀耿介，旅宿梦婉娩。
风土稍殊音，鱼虾日异饭。
亲交俱在此，谁与同息偃。
——韩愈《送湖南李正字归》

韩愈的《送湖南李正字归》是一首押仄声韵的古风。一共六韵，“晚、远、返、娩、饭、偃”用的都是上声十三阮的韵。

2. 可隔句押韵也可句句押韵

隔句押韵，就是诗的单数句不押韵，每逢双数句押韵。然而，它的首句例外。首句虽然也是单句，但它既可以入韵，也可以不入韵。即首句是否入韵没有固定要求。

隔句押韵的古风，还有一个特点，那就是如果双数句押平声韵，它前面的单数句的句末就要用仄声字收尾。首句入韵除外。这一点与律诗相同。但是，如果双数句押仄声韵，那么它前面的单数句的句末就要用平声字收尾。这正好与律诗相反。

古风除了可以隔句押韵外，还可以句句押韵。句句押韵也是古风的一大特色。但是，句句押韵主要是针对七言古风而说的。因为五言古风每句只有五个字，如果句句押韵，那押韵的间隔距离就太近了，读起来给人一种急促的感觉。

句句押韵的七言古风源于“柏梁体”。相传汉武帝建柏梁台，与群臣联句，要求每人一句七言诗，句句用平声韵，后人称为“柏梁体”。柏梁体的特点除了必须七言、句句用平声韵之外，还可以总的句数是单数，即可以有畸零句的存在。

下马古战场，四顾但茫然。
◎
风悲浮云去，黄叶坠我前。
◎
朽骨穴蝼蚁，又为蔓草缠。
◎
故老行叹息，今人尚开边。
◎
汉虏互胜负，封疆不常全。
◎
安得廉颇将，三军同晏眠。
◎
——杜甫《遣兴三首》其一

杜甫的《遣兴三首》其一是一首押平声韵的古风，也是隔句押韵的古风。押的都是下平声一先韵，首句不入韵，由于它押的是平声韵，所以单数句句末都用了仄声。

出门见南山，引领意无限。
△
秀色难为名，苍翠日在眼。
△
有时白云起，天际自舒卷。
△
心中与之然，托兴每不浅。
△

何当造幽人，灭迹栖绝巘？

△

——李白《望终南山寄紫阁隐者》

李白的《望终南山寄紫阁隐者》，是一首押仄声韵的古风，也是隔句押韵的古风。它的双数句都押了仄声韵，所以，单数句句末就要用平声字。但是它的第五句句末用了一个仄声字“起”，这是一个特殊的例子。

知章骑马似乘船，眼花落井水底眠。
汝阳三斗始朝天，道逢麴车口流涎，
恨不移封向酒泉。左相日兴费万钱，
饮如长鲸吸百川，衔杯乐圣称世贤。
宗之潇洒美少年，举觞白眼望青天，
皎如玉树临风前。苏晋长斋绣佛前，
醉中往往爱逃禅。李白一斗诗百篇，
长安市上酒家眠，天子呼来不上船，
自称臣是酒中仙。张旭三杯草圣传，
脱帽露顶王公前，挥毫落纸如云烟。
焦遂五斗方卓然，高谈雄辩惊四筵。

——杜甫《饮中八仙歌》

杜甫的《饮中八仙歌》中，从首句韵脚的“船”到末句韵脚的“筵”都是句句押韵，所押的都是下平声一先韵。这首诗中还多次重复使用相同的韵字，如“船”“眠”“天”“前”等。

3. 可一韵到底也可中间换韵

一韵到底，是指一首诗中从头至尾只用同一个韵部的韵。律诗都是一韵到底的，但那是格律的要求。古风则不同，古风既可以一韵到底，也可以不一韵到底，即中间换韵。古风可以中间换韵，也是它用韵方面的一大特色。所以，不管是平韵古风还是仄韵古风，都是既可以一韵到底，也可以中间换韵。

换韵也叫转韵，就是在一首诗中间转换为另一韵部。这种换韵既可以换一次，也可以换多次；既可以一韵一换，也可以多韵一换；既可以同声调之间不同韵转换，也可以不同声调之间不同韵转换。换韵时要注意，一般情况下先将前面的单数句（即出句）的最后一字入韵，入后面要换的那个韵，就像首句入韵那样，这样使韵的转换平和、自然。

胡关饶风沙，萧索竟终古。
木落秋草黄，登高望戎虏。
荒城空大漠，边邑无遗堵。
白骨横千霜，嵯峨蔽榛莽。
借问谁凌虐，天骄毒威武。
赫怒我圣皇，劳师事鼙鼓。
阳和变杀气，发卒骚中土。
三十六万人，哀哀泪如雨。
且悲就行役，安得营农圃。
不见征戍儿，岂知关山苦。
李牧今不在，边人饲豺虎。

——李白《古风五十九首》其十四

李白的《古风五十九首》其十四是一首仄韵古风，共十一韵，从头至尾用的都是上声七麌韵，属仄韵的一韵到底。

秦城岁云暮，大雪满皇州。
雪中退朝者，朱紫尽公侯。
贵有风雪兴，富无饥寒忧。
所营唯第宅，所务在追游。
朱轮车马客，红烛歌舞楼。
欢酣促密坐，醉暖脱重裘。

秋官为主人，廷尉居上头。
日中为乐饮，夜半不能休。
岂知阌乡狱，中有冻死囚。
——白居易《歌舞》

白居易的这首《歌舞》是他的《秦中吟十首》中的第九首。这是一首平韵古风，全诗共有九韵，“州、侯、忧、游、楼、裘、头、休、囚”都是下平声十一尤韵，是平韵的一韵到底。

人日题诗寄草堂，◎（首句入韵）
遥怜故人思故乡。◎（押下平声七阳韵）
柳条弄色不忍见，
梅花满枝空断肠。◎（押前韵）
身在远藩无所预，　（入后韵）
心怀百忧复千虑。△（换去声六御韵）
今年人日空相忆，
明年人日知何处。△（押前韵）
一卧东山三十春，　（入后韵）
岂知书剑老风尘。◎（换上平声十一真韵）
龙钟还忝二千石，
愧尔东西南北人。◎（押前韵）
——高适《人日寄杜二拾遗》

高适的这首《人日寄杜二拾遗》都是两韵一换的，而且是平仄韵互换。首句入韵，每次换韵前的单数句也都入韵。

花间一壶酒，独酌无相亲。（平声韵）
◎
举杯邀明月，对影成三人。
◎

月既不解饮，影徒随我身。
◎
暂伴月将影，行乐须及春。
◎
我歌月徘徊，我舞影零乱。（转仄声韵）
△
醒时相交欢，醉后各分散。
△
永结无情游，相期邈云汉。
△
——李白《月下独酌》

这是李白《月下独酌四首》的第一首。这首五言古风是平仄韵互换，只换了一次。前四韵用了上平声十一真韵，后三韵用的是去声十五翰韵。首句不入韵，换韵前的单数句也不入韵。

汉家三十六将军，（首句入韵）
东方雷动横阵云。（押上平声十二文韵）
鸡鸣函谷客如雾，（入后韵）
貌同心异不可数。（转去声七遇韵）
赤丸夜语飞电光，（入后韵）
徼巡司隶眠如羊。（转下平声七阳韵）
当街一叱百吏走，（入后韵）
冯敬胸中函匕首。（转上声廿五有韵）
凶徒侧耳潜惬心，
悍臣破胆皆杜口。（押前韵）
魏王卧内藏兵符，（入后韵）
子西掩袂真无辜。（转上平声七虞韵）
羌胡毂下一朝起，（入后韵）
敌国舟中非所拟。（转上声四纸韵）

安陵谁辨削砺功，
韩国讵明深井里。（押前韵）
绝胭断骨那下补，（入后韵）
万金宠赠不如土。（转上声七麌韵）
——柳宗元《古东门行》

柳宗元的这首《古东门行》大多是一韵一换。只有中间两处是两韵一换，而且是平仄韵互换。首句和换韵前的单数句都入韵。

中间换韵只是一种表现形式。至于几韵一换，什么位置换，怎么换，都要根据表现内容的需要来确定。换韵前面的单数句入韵也比较宽松，一般以入韵为好，但不入韵也可。入韵的话，入本韵也可，入邻韵也可。这些都没有固定的模式。

四、对仗不受限制

古风不限制对仗，也就是说，在古风中，对仗可有可无、可多可少、可宽可严。古风在对仗的使用上比较宽松，无论是对仗的位置，对仗的数量，还是对仗的工整程度都没有统一要求。对仗在古体诗中只是一种修辞手段。

北风卷地白草折，胡天八月即飞雪。
忽如一夜春风来，千树万树梨花开。
散入珠帘湿罗幕，狐裘不暖锦衾薄。
将军角弓不得控，都护铁衣冷犹著。
瀚海阑干百丈冰，愁云惨淡万里凝。
中军置酒饮归客，胡琴琵琶与羌笛。
纷纷暮雪下辕门，风掣红旗冻不翻。
轮台东门送君去，去时雪满天山路。
山回路转不见君，雪上空留马行处。
——岑参《白雪歌送武判官归京》

岑参的《白雪歌送武判官归京》中，不但首联与尾联没有使用对仗，中间各联也大多数都未使用对仗。

木兰之枻沙棠舟，玉箫金管坐两头。
美酒樽中置千斛，载妓随波任去留。
仙人有待乘黄鹤，海客无心随白鸥。
屈平词赋悬日月，楚王台榭空山丘。
兴酣落笔摇五岳，诗成笑傲凌沧洲。
功名富贵若长在，汉水亦应西北流。

——李白《江上吟》

李白的这首《江上吟》，除了首尾两联没有用对仗外，中间各联大多用了对仗。

第二十四讲　乐府诗

乐府原指古代掌管音乐的官署。它的任务之一就是制定乐谱，采集诗歌。人们把这类诗歌称为乐府或乐府诗。早期的乐府诗是以民歌为主的，后来才有文人模仿乐府古题的作品。

早期的乐府诗以民歌为主。篇幅上有长有短，句式上既有三言、四言、五言、七言，也有多种句式混杂的杂言。完整的七言体并不多，完整的五言体和杂言较多见。古乐府多用歌、行、曲、引、吟、谣等来命名。乐府诗所表现的内容、题材都很广泛。它通过叙事、抒情直接反映当时的社会生活，具有浓厚的现实主义色彩。

乐府诗本来是能够入乐（也叫合乐）的，随着文人诗歌的增多，乐府诗就逐渐地脱离了音乐。由于近体诗的出现，格律渐渐发展成熟，诗人开始采用一些新的体裁形式写乐府诗。乐府诗的内容和形式也变得越来越丰富。到了唐代，杜甫弃乐府古题，自创题目，写出了“三吏”“三别”等优秀诗篇。后来白居易又倡导“新乐府运动”，使乐府诗又有了进一步发展。

古乐府诗本来在形式上就是多种多样的。唐以后的乐府诗在形式体裁上则越来越丰富多彩。它包含了古体诗与近体诗的多种形式与体裁，明代胡应麟在《诗薮》中说：“余历考汉、魏、六朝、唐人诗，有三言、四言、五言、六言、七言、杂言、近体、排律、绝句，乐府皆备有之。”所以我们所列举的一些诗例中，有的古绝、古风、律绝、律诗，同时也是乐府诗。

这里把乐府诗从不同角度划分为早期的乐府民歌、以叙事为主的乐府诗、用乐府旧题的乐府诗和不用乐府旧题的乐府诗四类，下面分别来学习。

一、早期的乐府民歌

早期的乐府民歌在形式上比较随意和自由。在句式上有通篇句式相等的，也有句式不等的；在篇幅上也有长有短，句数上既有双数也有单数。

敕勒川，
阴山下，
天似穹庐，
笼盖四野，
天苍苍，
野茫茫，
风吹草低见牛羊。
——乐府民歌《敕勒歌》

上邪！
我欲与君相知，
长命无绝衰。
山无陵，
江水为竭，
冬雷震震，
夏雨雪，
天地合，
乃敢与君绝！
——乐府民歌《上邪》

上面的《敕勒歌》和《上邪》都是句式不相等的。诗中二字句、三字句、四字句、五字句、六字句、七字句都有，句式显得自由、灵活。句数都是单数。

青青园中葵，朝露待日晞。
阳春布德泽，万物生光辉。
常恐秋节至，焜黄华叶衰。
百川东到海，何时复西归。
少壮不努力，老大徒伤悲。

——乐府民歌《长歌行》

江南可采莲，莲叶何田田。
鱼戏莲叶间，鱼戏莲叶东，
鱼戏莲叶西，鱼戏莲叶南，
鱼戏莲叶北。

——乐府民歌《江南》

皑如山上雪，皎若云间月。
闻君有两意，故来相决绝。
今日斗酒会，明旦沟水头。
躞蹀御沟上，沟水东西流。
凄凄复凄凄，嫁娶不须啼。
愿得一心人，白头不相离。
竹竿何袅袅，鱼尾何簁簁。
男儿重意气，何用钱刀为。

——乐府民歌《白头吟》

上面三首早期的乐府民歌，均为五言句式，体现了句式上的整齐美。《江南》的整篇句数为单数，其他两首则为双数。篇幅上有的稍长些，有的稍短些。

二、以叙事为主的乐府诗

乐府诗中，不管是早期的乐府诗，还是后来用乐府旧题的乐府诗，或者不用乐府旧题的乐府诗，都有相当一部分是以叙事为主的。这些叙事诗直接反映了当时的现实生活和平民疾苦，具有浓厚的生活气息，如《陌上桑》《焦仲卿妻》《木兰诗》，杜甫的“三吏”“三别”，白居易的一些新乐府诗等都是乐府叙事诗的优秀篇章。

日出东南隅，照我秦氏楼。
秦氏有好女，自名为罗敷。
罗敷喜蚕桑，采桑城南隅。
青丝为笼系，桂枝为笼钩。
头上倭堕髻，耳中明月珠。
缃绮为下裙，紫绮为上襦。
行者见罗敷，下担捋髭须。
少年见罗敷，脱帽著帩头。
耕者忘其犁，锄者忘其锄。
来归相怨怒，但坐观罗敷。

使君从南来，五马立踟蹰。
使君遣吏往，问是谁家姝？
“秦氏有好女，自名为罗敷。”
“罗敷年几何？”
“二十尚不足，十五颇有余。”
使君谢罗敷：“宁可共载不？”
罗敷前致辞：“使君一何愚！
使君自有妇，罗敷自有夫。”

“东方千余骑，夫婿居上头。
何用识夫婿？白马从骊驹；

青丝系马尾，黄金络马头；
腰中鹿卢剑，可值千万余。
十五府小吏，二十朝大夫，
三十侍中郎，四十专城居。
为人洁白皙，鬑鬑颇有须。
盈盈公府步，冉冉府中趋。
坐中数千人，皆言夫婿殊。”

——《陌上桑》

这首《陌上桑》通篇都是五言句式。诗中叙述了罗敷的美丽，使君的无耻以及罗敷严词拒绝使君的故事。

卖炭翁，伐薪烧炭南山中。
满面尘灰烟火色，两鬓苍苍十指黑。
卖炭得钱何所营？身上衣裳口中食。
可怜身上衣正单，心忧炭贱愿天寒。
夜来城外一尺雪，晓驾炭车辗冰辙。
牛困人饥日已高，市南门外泥中歇。
翩翩两骑来是谁？黄衣使者白衫儿。
手把文书口称敕，回车叱牛牵向北。
一车炭，千余斤，宫使驱将惜不得。
半匹红纱一丈绫，系向牛头充炭直。

——白居易《卖炭翁》

这是白居易新乐府诗中的一首。七言句式中夹有三言。这首诗以叙事为主，通过卖炭老人被宫中使者以低价强买货物的不幸遭遇，反映了劳动人民的疾苦，揭露了统治阶级及其爪牙的罪恶。

三、用乐府旧题的乐府诗

古乐府题多用歌、行、曲、引、吟、谣等来命名。诗人们常常用这些乐府的旧题来写诗，如《塞下曲》《燕歌行》《从军行》等等。虽然用的是旧题，但他们抒写了崭新的思想内容和社会内容，给后人留下了大量的不朽篇章。他们还以五言、七言、杂言等不同句式，古风、绝句、律诗等不同体裁入诗，使乐府诗在形式上也得以更加丰富起来。

汉家烟尘在东北，汉将辞家破残贼。
男儿本自重横行，天子非常赐颜色。
摐金伐鼓下榆关，旌旆逶迤碣石间。
校尉羽书飞瀚海，单于猎火照狼山。
山川萧条极边土，胡骑凭陵杂风雨。
战士军前半死生，美人帐下犹歌舞。
大漠穷秋塞草腓，孤城落日斗兵稀。
身当恩遇常轻敌，力尽关山未解围。
铁衣远戍辛勤久，玉箸应啼别离后。
少妇城南欲断肠，征人蓟北空回首。
边庭飘飖那可度，绝域苍茫更何有。
杀气三时作阵云，寒声一夜传刁斗。
相看白刃血纷纷，死节从来岂顾勋。
君不见沙场征战苦，至今犹忆李将军。

——高适《燕歌行》

烽火照西京，心中自不平。
牙璋辞凤阙，铁骑绕龙城。
雪暗凋旗画，风多杂鼓声。
宁为百夫长，胜作一书生。

——杨炯《从军行》

玉帛朝回望帝乡，乌孙归去不称王。
天涯静处无征战，兵气销为日月光。

——常建《塞下曲》

《燕歌行》《从军行》都是古乐府旧题，《塞下曲》是唐乐府题。后面两首诗，都是在平仄节奏、黏对、用韵等方面完全合律的格律诗。前者是五言律诗，后者是七言绝句。

四、不用乐府旧题的乐府诗

至唐代，乐府诗发展到了一个新的阶段。自杜甫弃乐府古题，到白居易倡导的“新乐府运动”，乐府诗从内容到形式都发生了重大变化。自此以后的乐府诗，减少了限制，无论是内容还是形式都更加丰富多彩。

暮投石壕村，有吏夜捉人。
老翁逾墙走，老妇出门看。
吏呼一何怒，妇啼一何苦。
听妇前致词，三男邺城戍。
一男附书至，二男新战死。
存者且偷生，死者长已矣。
室中更无人，惟有乳下孙。
有孙母未去，出入无完裙。
老妪力虽衰，请从吏夜归。
急应河阳役，犹得备晨炊。
夜久语声绝，如闻泣幽咽。
天明登前途，独与老翁别。
——杜甫《石壕吏》

这首《石壕吏》是杜甫著名的新题乐府诗“三吏”之一。诗中描写了差吏夜间捉丁的故事，反映了当时社会的黑暗以及战乱给人民带来的苦难。这首诗没有采用乐府的旧题，但它仍然是一首杰出的现实主义作品。

杜陵叟，杜陵居，岁种薄田一顷余。

三月无雨旱风起，麦苗不秀多黄死。
九月降霜秋早寒，禾穗未熟皆青干。
长吏明知不申破，急敛暴征求考课。
典桑卖地纳官租，明年衣食将何如？
剥我身上帛，夺我口中粟。
虐人害物即豺狼，何必钩爪锯牙食人肉？
不知何人奏皇帝，帝心恻隐知人弊。
白麻纸上书德音，京畿尽放今年税。
昨日里胥方到门，手持尺牒榜乡村。
十家租税九家毕，虚受吾君蠲免恩。

——白居易《杜陵叟》

这是白居易仿照乐府体制创作的“新乐府”中的一首。他已经不用乐府旧题，而是以诗的内容为题。诗中讲述了在官吏急敛暴征下，农民的苦难生活。诗中以七言为主，杂以少量的非七言句式。

第二十五讲 词的特点与分类

词起源于乐府民歌，萌芽于南朝，形成于唐代，盛行于两宋。宋代的词，无论是数量上还是质量上都达到了一个崭新的高度。宋代为词的巅峰时代。词最初是配音乐的，是先有曲调，后有文词，所以又称曲子词。后来词在发展中渐渐地脱离了音乐，形成了一种崭新的、独立的诗歌体裁。人们一般都认为它是由诗歌发展而来，是诗的别体，故又称其为诗余。词在句式上有长有短，因此又称为长短句。

词的特点是在其发展中形成的。由于它和音乐、诗歌的渊源，所以在它的特点中带有浓厚的音乐和诗歌的色彩。但是，词与诗相比，还是有着明显的不同。

词并没有一个统一、固定的格式。词是每一个词调都有自己的格式。每一个词调的句式长短、平仄排列、用韵变化都是不同的，这种词调的句式、平仄、用韵格式就是词谱。词是依靠词谱来展现每一个词调自己独特的格式。

词的句式不像格律诗那么整齐。它的句式长短不一，最短的句子可以少到一个字一句，两个字一句；字数多的可以七字以上。

词有严格的平仄限制。在一个词牌中，每一个句子都有自己的平仄格式。不管每句是几个字，它们的平仄格式都是固定的。除了可平可仄处之外，其他平仄是不能改变的。在同一个词牌中，相同句式的平仄也有可能不同。词句多以律句为主，但也有一些拗句。有些词不但限制平仄，甚至对某一句韵脚的声调也要做出限定。这些都是词谱中规定好的，填词时必须遵守。

词在用韵的形式上多种多样。既有连续押韵的，也有隔句押韵或隔多句押韵的；既有押平声韵，也有押仄声韵；既有一韵到底，也有中间换韵；既有平仄通押，还有平仄错落押韵。词的押韵形式虽然很多，但是，每个词调的押韵形式都是固定的。

词的分类也有自己的特点。如果把词按照字数的多少来划分，可以分为小令、中调和长调，这种划分是明朝顾从敬编选的《类编草堂诗余》中首次提出的。后人又按照这种划分方法，明确了小令、中调、长调的具体字数，五十八字以内为小令，五十九字至九十字为中调，九十一字以上为长调。但这种划分后来引起了一些不同意见。有的人提出，以一个具体数字把小令、中调、长调之间截然分开，如五十八字为小令，五十九字则为中调，九十字为中调，九十一字则为长调，以此作为区别小令与中调、中调与长调的依据，未免有些牵强。对此，我们没有必要去计较。按照字数多少把词划分为小令、中调和长调，掌握个大体的概念就可以了。

如果把词按照结构划分，可以分为单调、双调、三叠和四叠。

1. 单调

一首词只有一段的，叫作单调。单调都属小令，没有太长的篇幅。从句式外观上看，它很像一首杂言的短诗。但是由于词的平仄句式和用韵的独特性，我们吟诵它的时候，则会明显地体会到，它的韵味和杂言古诗是大不相同的。

归。
目断吾庐小翠微。
斜阳外，
白鸟傍山飞。
——袁去华《归字谣》

昨夜雨疏风骤。
浓睡不消残酒。
试问卷帘人，

却道海棠依旧。
知否。
知否。
应是绿肥红瘦。
——李清照《如梦令》

《归字谣》又名《十六字令》，单调小令。它只有一段，四句，十六字，三平韵。

《如梦令》也是单调小令。只有一段，七句，三十三字，五仄韵，一叠韵。

单调的词常见的有《十六字令》《渔歌子》《潇湘神》《捣练子》《江南春》《忆王孙》《如梦令》等。

有的单调词，除了本格之外还有变格。它的本格是单调，它的变格却是双调，如《江城子》《忆江南》《天仙子》等。

2. 双调

一首词有两段的，叫作双调。词的段也叫阕或片，第一段叫上阕或上片，第二段叫下阕或下片。也有叫前片后片的。双调的上下片有的完全相同，有的则不同。这些主要体现在句式、平仄和押韵等方面。双调是词的主体。双调既有小令，也有中调，还有长调。

松冈避暑。
茅檐避雨。
闲去闲来几度。
醉扶孤石看飞泉，
又却是、前回醒处。

东家娶妇。
西家归女。
灯火门前笑语。
酿成千顷稻花香，

夜夜费、一天风露。
——辛弃疾《鹊桥仙·山行书所见》

这首《鹊桥仙》是双调，上片和下片在句数、句式、平仄、押韵等方面完全相同。

两条红粉泪。
多少香闺意。
强攀桃李枝。
敛愁眉。

陌上莺啼蝶舞，
柳花飞。
桃花飞。
愿得郎心，
忆家还早归。
——牛峤《感恩多》

这首《感恩多》是双调，上下片完全不同。它的前片四句，两仄韵，两平韵；后片五句，两平韵，一叠韵。其句式、押韵也各不相同。

3. 三叠、四叠

一首词有三段的叫三叠，一首词有四段的叫四叠。三叠、四叠的词调都不多。三叠的有《兰陵王》《宝鼎现》《夜半乐》《戚氏》等，四叠的有《莺啼序》。下面三叠、四叠各选一首，以供参考。

山庄图画，
锦囊吟咏，
胸中丘壑。
年少日、如虹豪气，
吐凤词华浑忘却。

便袖手、向岩前溪畔，
种满烟梢雾箨。
想别墅平泉，
当时草木，
风流如昨。

瘦藤闲倚看锄药。
双芒鞋、雨后常著。
目送处、飞鸿灭没，
谁问蓬蒿争燕雀。
乍霁月、望松云南渡，
短艇敧沙夜泊。
正万里清冥，
千林虚籁，
从渠缯缴。

携幼尚有筠丁，
谁会得、人生行乐。
岸帻纶巾归去，
深户相迷翠幕。
恐未免、上凌烟阁。
好在秋天鹗。
念小山丛桂，
今宵狂客，
不胜杯勺。

——张元干《宝鼎现》

金陵故都最好，
有朱楼迢递。
嗟倦客、又此凭高，

槛外已少佳致。
更落尽梨花，
飞尽杨花，
春也成憔悴。
问青山、三国英雄，
六朝奇伟。

麦甸葵丘，
荒台败垒。
鹿豕衔枯荠。
正潮打孤城，
寂寞斜阳影里。
听楼头、哀笳怨角，
未把酒、愁心先醉。
渐夜深，
月满秦淮，
烟笼寒水。

凄凄惨惨，
冷冷清清，
灯火渡头市。
慨商女不知兴废。
隔江犹唱庭花，
余音亹亹。
伤心千古，
泪痕如洗。
乌衣巷口青芜路，
认依稀、王谢旧邻里。
临春结绮。
可怜红粉成灰，

萧索白杨风起。

因思畴昔，
铁索千寻，
谩沉江底。
挥羽扇、障西尘，
便好角巾私第。
清谈到底成何事。
回首新亭，
风景今如此。
楚囚对泣何时已。
叹人间、今古真儿戏。
东风岁岁还来，
吹入钟山，
几重苍翠。
——汪元量《莺啼序·重过金陵》

第二十六讲　词牌与词谱

一、词牌

词牌是词的格式的名称。每个词牌都有自己的格式。有的只有一个格式；有的除一个正格之外，还有一个或多个变格。词人就是按照这些格式填词的。值得注意的是，词牌不等于词的标题。标题是内容的题目，是内容的概括。词牌则不同，词牌是格式的名称，它只代表了它的格式，即这一词牌的句式、句数、平仄、用韵等，它与所填词的内容无关。比如，选择了词牌《蝶恋花》，那就是要用《蝶恋花》的格式去填词，而不须涉及花、蝶之类的内容。

词牌的来源主要有两个方面。

一是来源于乐曲的名称，如《菩萨蛮》《蝶恋花》《风入松》等。它们原本是乐曲的名称，后来演变为仅用于限定字数、句式、平仄、用韵规则的格式名称，也就是词牌。后人在使用这个词牌填词的时候继续使用了这个名称。而这个名称就代表了它原有的格式。

二是来源于这个词牌最初的第一首词的标题。最初第一个使用这个词牌的作者，根据这首词的内容从中概括出一个标题，或者从这首词中有选择地摘出几个字、词或词组，甚至句子，来做标题。后人按照他的这首词的格式填词的时候，就以最初的这个标题作为词牌，如《渔歌子》《更漏子》以及《秦楼月》《如梦令》之类。

词牌的突出特点有两个，一是一词多格，二是一牌多名。

1. 一词多格

一词多格是词牌的特点之一，前面说过，每个词牌都有一个或多

个格式，词人就是按照这些格式填词的。在众多的词牌之中，有些词牌只有一个格式，有些词牌则不止一个格式。多个格式的，其中有一个格式叫作本体，或本格、正格、定格，另外的一个或多个格式则叫作别体、又一体、变格、别格等。别体与本体的差别有大有小。有的字数、句式相同，只是用韵不同；有的只差几个字；有的则完全不同；有的本体是单调，而别体是双调。下面就以《柳梢青》为例，看一下它们的区别。（本书在词谱中和举例时涉及需标注平仄、押韵时，采用符号进行标注。“—”代表平声；“|”代表仄声；“+”代表可平可仄。句末标“（韵）”字处，表示此句末一字要押韵。末一字为“—”者，押平声韵；为“|”者，押仄声韵；“叠”代表叠韵。个别处，根据需要，以符号“◎”代表押平声韵，符号“△”代表押仄声韵。）

暮山层碧。△
掠岸西风急。△
一叶软红深处，
应不是、利名客。△

玉人还伫立。△
绿窗生怨泣。△
万里衡阳归恨，
先倩雁、寄消息。△
——辛弃疾《霜天晓角》

人影窗纱。◎
是谁来折花。◎
折则从他折去，
知折去、向谁家。◎

檐牙。◎
枝最佳。◎

折时高折些。◎
说与折花人道，
须插向、鬓边斜。◎
——蒋捷《霜天晓角》

上面这两首词的词牌都是《霜天晓角》。一首是正格，一首是变格。都是双调，四十三字。两首的前段句式相同，后段稍有变化。在用韵上，一首是仄声韵，一首是平声韵。

2. 一牌多名

一牌多名是词牌的又一特点。一牌多名就是一个词牌有多个名称。在众多的词牌中，有的词牌只有一个名称，也有一些词牌有好几个名称。一个词牌除了最初的那个名称之外，其他的可以叫作别名。比如《十六字令》又叫《苍梧谣》《归字谣》，《满庭芳》又叫《满庭霜》《满庭花》《潇湘夜雨》《话桐乡》等。一词多名的词牌还是很多的。有些词牌在格式上特点比较明显，一看就与众不同，人们就以此给它又取了一个“外号”。这个“外号”，就成为它的别名。如《苍梧谣》因为只有十六个字，就又叫它《十六字令》。又如《念奴娇》因全首共一百字，所以又叫《百字令》。

还有些词由于受到人们的特别喜爱，产生的影响较大，于是人们就把该词中的一个词，一个词组，或是一个句子拿出来作为它的别名。而这个别名往往就成了最常用的名称，它与原来那首词的内容已经没有关系了。比如《忆江南》，最初它的本名叫《谢秋娘》，出自晚唐，后改为《望江南》《梦江南》等。白居易作《忆江南》三首，本调遂改名为《忆江南》，一直沿用至今。又如《念奴娇》，因为苏轼《念奴娇·赤壁怀古》词中有“大江东去”“一尊还酹江月”句，所以又名《大江东去》《酹江月》。《齐天乐》因为周邦彦的一首《齐天乐·秋思》中有“绿芜凋尽台城路”句，所以又名《台城路》。

箫声咽。
秦娥梦断秦楼月。

秦楼月。
年年柳色，
霸陵伤别。

乐游原上清秋节。
咸阳古道音尘绝。
音尘绝。
西风残照，
汉家陵阙。
——李白《忆秦娥》

楼阴缺。
栏干影卧东厢月。
东厢月。
一天风露，
杏花如雪。

隔烟催漏金虬咽。
罗帏暗淡灯花结。
灯花结。
片时春梦，
江南天阔。
——范成大《秦楼月》

上面的这两首词《忆秦娥》和《秦楼月》，其实就是同一个词牌的两个不同名称而已。最初李白写了这首词，因词中有“秦娥梦断秦楼月”句，所以叫《忆秦娥》，又叫《秦楼月》。后来，宋代范成大写的这首《秦楼月》就和“秦娥”“秦楼”没有关系了。他只是把它当作这一格式的名称，也就是词牌。

二、词谱

词谱是指每个词牌的具体格式，即每个词牌在字数、句式、平仄、用韵等方面的规则。词谱包含了一个词牌在格律方面的所有信息。词人就是按照词谱所提供的信息来填词的，所以说，它是词人填词的依据。比如：

忆江南

又名《谢秋娘》《江南好》《望江南》《梦江南》《春去也》等。

单调，二十七字。五句，三平韵。中间两句七言宜用对仗。

—＋|

江南好，

＋||——（韵）

风景旧曾谙。

＋|＋——||

日出江花红胜火，

＋—＋||——（韵）

春来江水绿如蓝。

＋||——（韵）

能不忆江南。

——白居易《忆江南》

这是《忆江南》的词谱。在这个词谱中，我们可以看到，它的词牌名后面标有别名是《谢秋娘》《江南好》《望江南》《梦江南》《春去也》等。它是单调，二十七字；五句，三平韵。然后附一首例词，用符号标出平仄、押韵的位置。有的词谱书上还标出别名的来历，有的还标有一些特殊的要求。如哪一处须用叠韵，哪一处须用去声韵或入声韵等等。这首《忆江南》的词谱，就标注了“中间两句七言宜用对仗”。

把能代表各种词牌格式的前人作品，有选择地集中起来，标上格式要求，编成一个集子，以便于词人填词时查找和遵循，我们把这样的集子统称为词谱书，如《词律》《钦定词谱》《白香词谱》等。各家词谱书所标的平仄、押韵等符号各不相同，如《钦定词谱》用白圈表示平声，用黑圈表示仄声，用半黑半白表示可平可仄；《词律》则只在例词的可平可仄处标注可平或者可仄，未标注处均按例词中字的平仄为准。

第二十七讲　词的句式与平仄

一、词的句式

在每一个词牌中，它的句式的长短和不同句式的数量都是固定的，所以它的字数也是固定的。一个词牌共有多少句，分几段、在什么位置分段等，都在词谱中做了明确标注。如《十六字令》单调，十六字，四句；《蝶恋花》双调，六十字，前后段各五句；《水调歌头》双调，九十五字，前段九句，后段十句；《念奴娇》双调，一百字，前后段各十句等等。现在，我们看两个例子。

江城子

又名《江神子》《村意远》。

单调，三十五字。八句，五平韵。

+－+||－－（韵）
|－－（韵）
|－－（韵）
+－+|，
+||－－（韵）
+|+－－||，
－||，
|－－（韵）

从这个词谱中我们可以看到，这个词牌叫作《江城子》的词，是单调，也就是一段，一共三十五个字。共八句，其中四个三言句，一个四言句，一个五言句，两个七言句。这些都是固定的。

阮郎归

又名《碧桃春》《醉桃源》《宴桃源》《濯缨曲》。

双调，四十七字，前段四句，四平韵；后段五句，四平韵。

+——||——（韵）
+—+|—（韵）
+—+||——（韵）
+—+|—（韵）

++|，|——（韵）
+—+|—（韵）
+—+||——（韵）
+—+|—（韵）

这是《阮郎归》的词谱。在这个词谱中，我们可以看到，它是双调，四十七个字；前段四句，两个五言句，两个七言句；后段五句，两个三言句，两个五言句，一个七言句。这些也都是固定的。

从这两个词谱我们可以看到，每一个词牌都有自己的格式。它们的句式长短和字数多少各不相同，这些都是由不同的词牌来决定的。

这里所说的，主要是词牌的定格。而词牌的变格，与定格比，在字数、句式上所产生的变化，则是另外的问题。

二、词的平仄

词的平仄特点，主要体现在两个方面：一是平仄格式，二是可平可仄。

1. 平仄格式

词没有一个统一固定的平仄格式。但是，具体到每一个词牌，它的每一句的平仄格式都是固定的。这种固定，既不是词的统一的固定，也不是相同句型中平仄的固定，而是每一个词牌有每一个词牌自己的固定格式。也就是说，虽然是相同的句型，如果放在同一词牌的不同位置，或者放在不同的词牌中，那么，它们的平仄就有可能相同，也有可能不同。不管句型的长短，它们都是按照不同的格式要求，被确定在不同的位置，或者不同的词牌中。词人填词时，就按照这种平仄格式去填。例如，一字句，在这一句中被确定为平声，那么填词的时候就只能填平声字，而在另一句或另一个词牌中被确定为仄声，那么填词的时候就只能填仄声字。同样是三字句，在这个词牌中的某一句是“平平仄”，而在另一句或另一个词牌中就可能不是“平平仄”，而是“仄仄平”或者“仄平仄”“平仄平”。五言、七言等句式也是一样。

词的平仄句式多以律句为主，这是由于受到律诗的影响。其中五字句和七字句多是律诗的四种基本句型。

如《十六字令》《忆江南》《渔家傲》中的五字句、七字句就多是规范的律句句型。

词的平仄句式虽然是以律句为主，但是，拗句的使用也并不少见。如《声声慢》中的“仄仄仄”“仄仄仄仄”“平平仄平平仄”“平平仄仄仄仄”，《黄莺儿》中的“平平平平”，《忆旧游》中的“仄平平平仄”，《锦堂春慢》中下片首句的“仄平平平平仄”，《寿楼春》中“平平平平平”等，这些都是很常见的拗句。

词中拗句的使用，是词的平仄格式的一个特色。它是词牌格式即具体某一词谱所确定下来的。如果词谱中确定了某一句为律句，那就要按照律句去填；如果词谱中确定了某一句为拗句，那也只能按照拗句去填。它既不需要拗救，也不能随意改变。因为词的格律中没有拗救一说，所以也谈不上拗救。

2. 可平可仄

在词的各种句式中，有些位置上的字也是可平可仄的。但是，相同句式在同一词牌的不同位置或不同的词牌中，所使用的可平可仄也有所不同。如三字句，《忆江南》中的“－＋｜”，第二字就用了可平可仄，而《十六字令》中的“－－｜”，《江南春》的“－｜｜”，则都不用可平可仄。《阮郎归》中，后片第一句的“＋＋｜”则用了两个可平可仄。就是在同一词牌的相同句式，也有不同。如《忆秦娥》中，第一句“－＋｜”用了可平可仄，而下片第三句和第四句叠韵的“－－｜”则都不用可平可仄。

词中可平可仄的位置也有一个规律，一般大都是在一、三、五的位置上可平可仄。在其他位置上的可平可仄也有，但是比较少，如“＋－＋｜”“＋－＋｜－－”“＋－＋｜｜－－”“＋｜－－＋｜－”，都是在一、三、五的位置。个别在第二字的位置上的，一般是三字句，如“－＋｜”。也有一、二字都可平可仄的，如“＋＋｜”。

在可平可仄的处理上，我们大多是依靠词谱书。可是我们所常用的那些词谱书中，所载词谱的可平可仄并不完全相同。词谱书所载的词谱，大多是以最早的那首词为标准，适当参酌一些名家作品把同一位置平仄不一致的，都作为可平可仄。由于参酌的作品不同，参酌的作品数量不同，所以最后确定的可平可仄也就不同，甚至造成有的句子全句都是可平可仄。下面以《生查子》的词谱为例，看一看它在《词律》《钦定词谱》和《白香词谱》中所标注的可平可仄有多大的区别。

生查子

又名《楚云深》《梅和柳》《晴色如青山》等。

双调，四十字。前后段各四句，两仄韵。

《词律》注：“作者平仄多有参差。”

＋｜｜－－，＋｜－－｜（韵）＋｜｜－－，＋｜－－｜（韵）

＋｜｜－－，＋｜－－｜（韵）＋｜｜－－，＋｜－－｜（韵）

烟雨晚晴天，零落花无语。难话此时情，梁燕双来去。

琴韵对薰风，有恨和情抚。肠断断弦频，泪滴黄金缕。

——魏承班

《钦定词谱》注："此调以此词为正体，因此调创自韩偓，故以韩词作谱。"

＋＋＋＋＋，＋｜——｜（韵）＋＋｜＋—，＋｜——｜（韵）

＋＋＋＋—，＋｜——｜（韵）＋｜｜——，＋＋＋—｜（韵）

侍女动妆奁，故故惊人睡。那知本未眠，背面偷垂泪。

懒卸凤凰钗，羞入鸳鸯被。时复见残灯，和烟坠金穗。

——韩偓

《白香词谱》：

＋—＋｜—，＋｜——｜（韵）＋｜｜——，＋｜——｜（韵）

＋—＋｜—，＋｜——｜（韵）＋｜｜——，＋｜——｜（韵）

去年元夜时，花市灯如昼。月上柳梢头，人约黄昏后。

今年元夜时，月与灯依旧。不见去年人，泪湿春衫袖。

——欧阳修《元夕》

从上面的例子可以看出，同一个词牌在不同的词谱书中，有的句子可平可仄的标注差别很大。比如这个《生查子》的词牌，有的词谱书一句只标了一个可平可仄，而有的词谱书则把一整句都标为可平可仄。但是我们在实际运用中，一般是不会把这一整句中的每个字，全都用作仄声，或者全都用作平声的。

第二十八讲　词韵与押韵格式

一、词韵

词韵源于诗韵，但与诗韵又略有不同。格律诗的用韵比较严格，而词的用韵比较宽松。清代中叶，戈载编的《词林正韵》问世，自此，这部韵书即成为词界通用的词韵。戈载的《词林正韵》“以《集韵》为本”（引自《词林正韵》发凡），韵目按二百〇六韵，列平上去十四部，入声为五部，共十九部。张珍怀先生所辑《词韵简编》将《词林正韵》中的生僻字删去，改为一百〇六韵的平水韵标目。这部《词韵简编》，由于简捷方便的特点，一直深受广大词家和爱好者的喜爱。笔者近年所编《诗韵词韵速查手册》中的《词韵》，是依据《词林正韵》重新拣选。除对生僻字删去不录外，对《词林正韵》未收之常用字，依据其他典籍酌加增补。在韵部划分上，将原来的十九部改为十七部，即把原第十三部合入第六部，把原第十四部合入第七部。平上去声共十二部。入声五部不变，但序号改为第十三部至第十七部。为与其他词韵版本区别，本书将其更名为《词林十七部韵》。之所以将其改为十七部，主要理由是：一、所合并韵部内之各韵，在《词林正韵》十九部出现之前的宋人词中就已经通用，所以没有必要把这些韵目划分到不同的韵部中去；二、所合并韵部内之各韵的韵母基本相近或相同，合并后既不影响对前人优秀词篇的欣赏，也更符合现今实际，更适应当前实际需要。详细内容可参看《诗韵通押与词韵通押》一讲中的“词韵通押”部分。

下面是《词林十七部韵》的分部目录。分部是按平上去十二部，入声五部，共十七部。其中韵目则依一百〇六韵之平水韵。

前十二部为平声、上声、去声：

	平声	上声	去声
第一部	东冬	董肿	送宋
第二部	江阳	讲养	绛漾
第三部	支微齐灰半	纸尾荠贿半	寘未霁泰半队半
第四部	鱼虞	语麌	御遇
第五部	佳半灰半	蟹贿半	泰半卦半队半
第六部	真文元半侵	轸吻阮半寝	震问愿半沁
第七部	元半寒删先 覃盐咸	阮半旱潸铣 感俭豏	愿半翰谏霰 勘艳陷
第八部	萧肴豪	篠巧皓	啸效号
第九部	歌	哿	箇
第十部	佳半麻	马	卦半祃
第十一部	庚青蒸	梗迥	敬径
第十二部	尤	有	宥

以下五部为入声：

第十三部　屋沃

第十四部　觉药

第十五部　质陌锡职缉

第十六部　物月曷黠屑叶

第十七部　合洽

本书将《词林十七部韵》与《诗韵精选》部分一同作为附录附于书后，以方便参考和使用。

二、词的押韵格式

词的押韵方式与诗不同。诗的押韵位置是固定的，而词则不同。词是不同的词牌有不同的押韵要求，这里把词的押韵方式划分为五种格式。

1. 平韵到底式

平韵到底式是指在一首词中，从头至尾只押一个平声韵。至于押韵的位置，没有固定的统一要求。是句句押，还是隔几句押，不同的词牌有不同的规则。

平韵到底式的押韵形态是：“平韵——押平——押平——……”。即第一个韵脚，可以是首句，也可以不是首句。然后是第二句，或隔一句或几句为第二个韵脚，要押前面的平声韵。再后是相邻一句，或隔一句或几句为第三个韵脚，仍押前面的平声韵。后面依此类推，直到最后一个韵脚都用同一个平声韵。比如：

帘外雨潺潺。◎
春意阑珊。◎
罗衾不耐五更寒。◎
梦里不知身是客，
一晌贪欢。◎

独自莫凭栏。◎
无限江山。◎
别时容易见时难。◎
流水落花春去也，
天上人间。◎
——李煜《浪淘沙》

这首词中从头到尾所用的“潺、珊、寒、欢、栏、山、难、间”等八韵，都是同一韵部的平声韵。所以，是平韵的一韵到底。它的前三句都是句句押韵，而后面则是隔句押韵。上下片的句式、押韵都完全相同。

常见的平韵到底式有：

浪淘沙　一剪梅　渔歌子　忆江南　捣练子　长相思　浣溪沙　采桑子　江城子　阮郎归　破阵子　临江仙　鹧鸪天　满庭芳　沁园春　水调歌头　十六字令　巫山一段云

2. 仄韵到底式

仄韵到底式是指在一首词中，从头至尾只押一个仄声韵。它的押韵位置和方式，同样没有固定的统一要求，也是不同的词牌有不同的规则。

仄韵到底式的押韵形态是：“仄韵——押仄——押仄——……”。它的押韵方式与平韵到底式是一样的，只不过是把平声韵改成了仄声韵。即第一个韵脚，可以是首句，也可以不是首句。然后是第二句，或隔一句或几句为第二个韵脚，要押前面的仄声韵。再后是相邻一句，或隔一句或几句为第三个韵脚，仍押前面的仄声韵。后面依此类推，直到最后一个韵脚都用同一个仄声韵。比如：

雾失楼台，
月迷津渡。△
桃源望断无寻处。△
可堪孤馆闭春寒，
杜鹃声里斜阳暮。△

驿寄梅花，
鱼传尺素。△
砌成此恨无重数。△
郴江幸自绕郴山，
为谁流下潇湘去。△

——秦观《踏莎行·郴州旅舍》

这首词中从头到尾所用的“渡、处、暮、素、数、去”等六韵，都是同一韵部的仄声韵。所以，是仄声韵的一韵到底。这首词有句句押韵处，也有隔句押韵处，上下片相同。

常见的仄韵到底式有：

踏莎行　如梦令　卜算子　天仙子　生查子　点绛唇　忆秦娥　醉花阴　鹊桥仙　渔家傲　蝶恋花　满江红　声声慢　念奴娇

水龙吟　齐天乐　雨霖铃　永遇乐　贺新郎　祝英台近

3. 平仄转换式

平仄转换式，是指一首词中，押平声韵后又转换为押仄声韵，或者押仄声韵后又转换为押平声韵。这种格式既可以换韵一次，也可以交替换韵多次。但是在平仄转换之后，平仄并不互押。也就是说，换韵之后不押换韵之前的韵。

它的押韵形态是："平韵——押平——换仄韵——押仄——换平韵——押平——换仄韵——押仄……"。如果第一步是仄韵，后几步的形态则相反。这种押韵方式中，不管是押平声韵还是押仄声韵，换韵之后（包括第一步韵）可以押一次，也可以押多次。这取决于这首词篇幅的长短和词谱确定的押韵位置。比如：

郁孤台下清江水。△
中间多少行人泪。△
西北望长安。◎（换平）
可怜无数山。◎

青山遮不住。△（换仄）
毕竟东流去。△
江晚正愁余。◎（换平）
山深闻鹧鸪。◎

——辛弃疾《菩萨蛮·书江西造口壁》

这首词属首句入韵。上片前两句押仄声韵，后两句转换为平声韵。下片前两句又换另一个仄声韵，后两句再换另一个平声韵。

这首词的用韵与现在的词韵对照，上片首两句为第三部仄声，次两句为第七部平声；下片首两句为第四部仄声，后两句为第四部平声。

常见的平仄转换式有：

菩萨蛮　清平乐　南乡子　调笑令　昭君怨　更漏子　虞美人

4. 平仄互押式

平仄互押式，是指在一首词中，同一韵部的平声韵和仄声韵通押。它与平仄转换式不同。平仄转换式，是不同韵部的平仄韵转换，而不通押。它们的区别是：一个是同一韵部，一个是不同韵部；一个是通押，一个是不通押。

它的押韵形态是："平韵——（押平）——押侧声仄——（押仄）——押平……"。如果第一步是仄声韵，后几步的形态则相反。（括号中的一步可有可无。）

昨夜扁舟京口，
今朝马首长安。◎
旧官何物与新官。◎
只有湖山公案。△

此景百年几变，
个中下语千难。◎
使君才气卷波澜。◎
与把新诗判断。△

——苏轼《西江月·送别》

这首词里的"案、断"（仄声）与"安、官、难、澜"（平声），同为第八部韵。也就是同一韵部的平仄通押。这种情况也叫作押侧声韵。这首词首句不入韵，上下片同。

常见的平仄互押式有：

西江月　哨遍　戚氏　醉翁操　渡江云　曲玉管

5. 隔韵相押式

隔韵相押式，是指在一首词中，换韵之后再押换韵前的那个韵。这种隔韵相押式，中间都是要换韵的。

它的押韵形态有两种。一种是换韵时平仄互换，它的押韵形态是："平韵1——（押平1）——换仄1——（押仄1）——押平韵1——换仄2……”。如果第一步是仄声韵，后几步的形态则相反。

莫听穿林打叶声。◎（平1）
何妨吟啸且徐行。◎（押平1）
竹杖芒鞋轻胜马。△（换仄1）
谁怕。△（押仄1）
一蓑烟雨任平生。◎（押平1）

料峭春风吹酒醒。△（换仄2）
微冷。△（押仄2）
山头斜照却相迎。◎（押平1）
回首向来萧瑟处。△（换仄3）
归去。△（押仄3）
也无风雨也无晴。◎（押平1）

——苏轼《定风波》

这首《定风波》中，“生”“迎”“晴”是隔着仄声韵“马、怕”“醒、冷”“处、去”与首句“声、行”押韵的。

另一种隔韵相押式的押韵形态是同声换韵，即仄声韵还换仄声韵，只不过是换成不同韵部的仄声韵。它的押韵形态是：“仄韵1——（押仄1）——换仄2——（押仄2）——押仄韵1——（押仄1）——押仄2——……”。如果第一步是平声韵，后几步的形态则相反。

红酥手。△（仄1）
黄縢酒。△
满城春色宫墙柳。△
东风恶。△（换仄2）
欢情薄。△
一怀愁绪，
几年离索。△

错。错。错。△（叠韵）

春如旧。△（押仄1）
人空瘦。△
泪痕红浥鲛绡透。△
桃花落。△（押仄2）
闲池阁。△
山盟虽在，
锦书难托。△
莫。莫。莫。△（叠韵）
——陆游《钗头凤》

陆游的这首《钗头凤》，上片“手、酒、柳”为十二部仄声韵（上声有韵），接下来换“恶、薄、索、错”为十四部入声药韵（仄声）。下片的前三韵又押十二部仄声韵（去声宥韵），后四韵又押换十四部仄声韵（入声药韵）。它们虽然同是仄声韵，但一个是十二部，一个是十四部。

这种隔韵相押式，中间换韵的次数，隔几韵相押，隔押几次，都没有统一的规定，这些都要看具体词牌各自的词谱是怎么要求的。

常见的隔韵相押式有：

钗头凤　诉衷情　定风波　定西番　相见欢　荷叶杯　上行杯　酒泉子　最高楼

第二十九讲　词的特殊押韵形态与限韵

一、词的特殊押韵形态

词的押韵有一种特殊形态，那就是叠韵。这种叠韵，是指在一首词中后一句的韵脚用与前句相同的韵字去押韵，形成两个或多个韵脚的韵字连续相同的形态。这种叠韵，既可以叠一次，也可以叠多次。叠韵不能算作一种押韵的格式，它只是一种押韵的形态，所以这里把它叫作特殊押韵形态。

为向东坡传语。△
人在玉堂深处。△
别后有谁来，
雪压小桥无路。△
归去。△
归去。（叠）
江上一犁春雨。△
——苏轼《如梦令·有寄》

《如梦令》是单调，五仄韵一叠韵，属仄韵到底。第六句用了与第五句相同的韵字“去”，形成了叠韵。

汴水流。◎
泗水流。（叠）

流到瓜洲古渡头。◎
吴山点点愁。◎

思悠悠。◎
恨悠悠。（叠）
恨到归时方始休。◎
月明人倚楼。◎
——白居易《长相思》

这首《长相思》是双调，上片一叠韵，下片一叠韵，分别是两个相同的韵字相押。

夜饮西真洞。△
群仙惊戏弄。△
素娥传酒袖凌风，
送。送。送。（叠）
吸尽金波，
醉朝天阙，
斗班星拱。△

碧简承新宠。△
紫微恩露重。△
忽然推枕草堂空。
梦。梦。梦。（叠）
帐冷衾寒，
月斜灯暗，
画楼钟动。△
——朱敦儒《醉春风》

这首《醉春风》是双调，上下片各七句，四仄韵，两叠韵。它与前面提到的陆游《钗头凤》词中上下片最后一句的“错。错。错。”和“莫。莫。莫。”一样，都是分别由两叠韵形成了三个相同韵字相连的形态。

常见的含有叠韵的词牌有：

长相思　如梦令　忆秦娥　醉花间　醉春风　调笑令　钗头凤

二、词的限韵

所谓限韵，就是在具体的词牌内，对用韵做出的一些具体限定。如《西江月》上下片第四句就限定为押侧声韵，《忆秦娥》则宜押入声韵等。这类要求大多是源自于最初那首词，或者被人们认可的那些词而因袭下来，成了约定俗成的规矩。后人一般都按这些规矩去填词，然而这些也不是绝对的，如《忆秦娥》多依李白词用入声韵，但亦有不用入声韵者。比如：

风惊幕。△
灯前细雨檐花落。△
檐花落。（叠）
玉台清镜，
泪淹妆薄。△

良时不再须行乐。△
王孙莫负东城约。△
东城约。（叠）
一分春色，
为君留著。△
——贺铸《忆秦娥》

晓朦胧。◎
前溪百鸟啼匆匆。◎
啼匆匆。◎

凌波人去，
拜月楼空。◎

去年今日东门东。◎
鲜妆辉映桃花红。◎
桃花红。◎
吹开吹落，
一任东风◎。

——贺铸《忆秦娥》

千里草。△
萋萋尽处遥山小。△
遥山小。（叠）
行人远似，
此山多少。△

天若有情天亦老。△
此情说便说不了。△
说不了。（叠）
一声唤起，
又惊春晓。△

——万俟咏《忆秦娥·别情》

上面是三首《忆秦娥》。前两首都是贺铸所作，第一首用的是入声韵（药韵），第二首用的是平声韵（东韵）。最后一首是万俟咏所作，他所用的是仄声中的上声韵，这种情况是比较多的。我们现在填词时要看具体情况。《忆秦娥》，古人用平声韵、上声韵皆有，所以，我们也不一定非用入声韵不可。然而，《西江月》则不同。《西江月》上下片第四句押侧声韵已经成为它的一大特色。填《西江月》如果不按上下片第四句押侧声韵，那么就失去了它的这一特色。所谓押侧声韵，就是前边押平声韵，后边用同韵部的仄声去押。反之亦同。也就是说，在同一韵部的不同声调的字，互为侧声。用于韵，就叫作侧声韵。

照野弥弥浅浪，
横空暧暧微霄。◎
障泥未解玉骢骄。◎
我欲醉眠芳草。△

可惜一溪明月，
莫教踏破琼瑶。◎
解鞍欹枕绿杨桥。◎
杜宇一声春晓。△
——苏轼《西江月》

这首《西江月》中，“霄、骄、瑶、桥”都是《词韵》第八部的平声韵，而“草、晓”也是在第八部，但它们是仄声字。所以，它们就是“霄、骄、瑶、桥”这些平声字的侧声字。

这些用韵的限制，有些是在词谱中标明的，有些是没有在词谱中标明，只是从前人影响较大的作品中沿用下来的。还有一些虽然在词谱中标注了，但多以“宜用……”“多……”的口气。也就是并不强求一致。这就要求我们多读一些前人的优秀作品，从中去对比、感悟和体会。前人用得好的，我们可以学习和继承；当然，过于牵强的东西，我们就没有必要太拘泥，而是该舍弃的就舍弃掉。

第三十讲　词的对仗与特殊对仗形态

律诗要求除首联和尾联之外，中间各联都要使用对仗。而词则不同，词在对仗上没有统一要求，即对仗可用可不用。如果词中的上下句在句式上符合了对仗的条件，那就可以使用对仗。当然，尽管符合了对仗的条件，不用对仗也是可以的，而且这种情况也很常见。所以，我们常常看到在同一词牌的同样位置上有的用了对仗，有的却并不使用对仗。甚至同一作者同一词牌的不同词作的相同位置，有的用了对仗，有的也不用对仗。但是，有的词牌的词谱中，明确标注了某处“宜用对仗”，那就要按照词谱的要求去做了。词的对仗一般都是由于最初的那首词，或者是前人影响比较大的那首词，词中某个位置上使用了对仗，后人填词就会沿用下来照着也用对仗。这些位置上的对仗就成了约定俗成的规则。

格律诗中的对仗与修辞中的对偶是有区别的，格律诗中的对仗不仅要具备对偶的要素，它还必须符合格律的要求。而词中的对仗更接近于修辞手法。历代词家的许多优秀作品中都使用了对仗，而且许多对仗用得绝佳绝妙，甚至成为一首词的代表特色。尽管对词来说，对仗不是硬性规定，但是我们研究学习前人在使用对仗上的特点和规律，仍然是很有必要的。

一、词中对仗的一般特点

词中使用对仗，是比较宽松的。它的位置不固定，平仄不严格，可以同字相对，也可以同韵相对。

1. 对仗的位置与平仄

每一个词牌都有自己的格式。每一个词牌的字数、句式都与另一个词牌不同，所以，它不可能像律诗那样把对仗固定在哪个位置上。在一个词牌中，只要上下句字数相等，它就符合了对仗的条件，这种情况就可以使用对仗了。所以，在词中，没有使用对仗的固定位置，而是要看有没有符合对仗条件的句式。

古庙依青嶂，
行宫枕碧流。
水声山色锁妆楼。
往事思悠悠。

云雨朝还暮，
烟花春复秋。
啼猿何必近孤舟。
行客自多愁。

——李珣《巫山一段云》

这首词中一共有八句，有两组字数相同的句式。第一组是上片五字句“古庙依青嶂”和“行宫枕碧流”用了对仗，第二组是下片五字句“云雨朝还暮”和“烟花春复秋”也用了对仗。这首词中符合对仗条件的句式都用了对仗。

小令尊前见玉箫。
银灯一曲太妖娆。
歌中醉倒谁能恨，
唱罢归来酒未消。

春悄悄，

夜迢迢。

碧云天共楚宫遥。

梦魂惯得无拘检，

又踏杨花过谢桥。

——晏几道《鹧鸪天》

这首词上下两片，上片四句，下片五句。词中有四组相同句式，只有两处用了对仗。上片开头两个七字句没有用对仗，后两句用了对仗。下片开头的两个三字句用了对仗。最后的两个七字句也没有用对仗。

词的对仗在平仄上不像律诗那样严格。在词中，对符合对仗的两个句式，没有必须平仄相对的要求。相反，它们的平仄往往还会出现完全相同的情况。以《钗头凤》为例，陆游在《钗头凤》中，把符合对仗的句式都用了对仗，并且每一组对仗的上下句都是平仄相同，如三字句的“红酥手，黄縢酒”“东风恶，欢情薄”“春如旧，人空瘦”“桃花落，闲池阁（犄角对）”都是“——｜”对“——｜”，五字句的“一怀愁绪，几年离索”“山盟虽在，锦书难托”则是“+——｜”对“｜——｜”。这些对仗中，除“山”“锦”二字平仄相对外，其他都是平仄相同。

词中没有必须使用对仗的要求，而平仄除了可平可仄之外都是固定的，所以也就没有办法保证对仗中的平仄必须相对。那么，我们在填词时，要特别注意不能为了适应对仗而改变句式的平仄。因为在词中，律句也好，拗句也好，平仄相对也好，平仄相同也好，这些都不影响对仗的使用，更不影响我们把语言组织成生动、美妙的佳对。

2. 同字相对与同韵相对

在对仗中，对句与出句的相同位置上用了相同的字叫作同字相对。这在律诗的对仗中，是不允许的。但是，在词中则不然。词的对仗不但可以同字相对，而且并不罕见。这种同字相对既可以起到强化表现内容的作用，同时，还使词更具韵味，更加突出了词的韵律美。

天如洗。
金波冷浸冰壶里。
冰壶里。
一年得似，
此宵能几。

等闲莫把栏干倚。
马蹄去便三千里。
三千里。
几重云岫，
几重烟水。

——万俟咏《忆秦娥》

这首词下片最后两个四言句对仗中对句与出句都用了“几重”二字，构成了两个字的同字相对。

因为同字相对不是词的格律要求，也不是某一个词牌词谱的规定。它只是一种修辞手段，是表现词的内容的需要。所以，在词的对仗中，同字相对的使用也并不一致。比如，同是《忆秦娥》，下面这首在对仗和同字相对的使用上就有所不同。

愁无语。
黄昏庭院黄梅雨。
黄梅雨。
新愁一寸，
旧愁千缕。

杜鹃叫断空山苦。

相思欲计人何许。
人何许。
一重云断，
一重山阻。
——程垓《忆秦娥》

这也是一首《忆秦娥》，与前面万俟咏的那首不同的是，词的上下片最后两个四言句对仗中都用了同字相对。上片四字句的对仗中的“愁”字，构成了一个同字相对。下片四字句的对仗中则有两个相同的字“一重”，构成了两个字的同字相对。

如果在对仗中，对句和出句的韵脚押在了一个韵上，就叫作同韵相对。

构成同韵相对的条件有两种。一是词谱中规定了句句押韵，或者词谱中明确了上下两个字数相同的句子的末一字都要押韵。这样的句子用了对仗，自然就会同韵相对了。比如《菩萨蛮》上片的开头两句就是：

＋－＋｜－－｜（韵），
＋－＋｜－－｜（韵）。

这两句字数相同，符合词中可以对仗的条件。平仄完全相同，韵脚自然相同，规则中又明确要求押韵，所以构成了同韵相对。看一个例子：

平波不尽蒹葭远。△
清霜半落沙痕浅。△
烟树晚微茫。◎
孤鸿下夕阳。◎

梅花消息近。△

试向南枝问。△
记得水边春。◎
江南别后人。◎
——叶梦得《菩萨蛮·湖光亭晚集》

这首《菩萨蛮》上片开头两句用了对仗。这一词牌中要求这两句要押韵。“远”和“浅”是同一韵部的仄声韵，构成了同韵相对。

一片春愁待酒浇。
江上舟摇。
楼上帘招。
秋娘渡与泰娘桥。
风又飘飘。
雨又萧萧。

何日归家洗客袍。
银字笙调。
心字香烧。
流光容易把人抛。
红了樱桃。
绿了芭蕉。
——蒋捷《一剪梅·舟过吴江》

这是《一剪梅》的一个别格。它的特点是要求句句押韵。由于句句押韵，那么使用了对仗的句子，就必然要形成同韵相对了。这首词中对仗使用的“摇、招”“飘、萧”“调、烧”“桃、蕉”都是同一韵部中的平声韵，所以，也都是同韵相对。

张先的《天仙子》中“临晚镜，伤流景”“风不定，人初静”两处对仗，使用了“镜、景”“定、静”都是仄声韵的同韵相对。沈蔚的《天仙子》中“衣未解，心先快”“山一带，水一派”两处对仗，也都是仄声韵的同韵相对。

二是字数相等的两个句子，对句的末一字和出句末一字的平仄相同，如果用了相同的字，不但构成同字相对，而且也是同韵相对。这种同字、同韵相对，也叫作叠韵。但这种叠韵，有的并不是词谱规定的。比如：

剩蕊惊寒减艳痕。◎
蜂也销魂。◎
蝶也销魂。（叠）
醉归无月傍黄昏。◎
知是花村。◎
不是花村。（叠）

留得闲枝叶半存。◎
好似桃根。◎
可似桃根。（叠）
小楼昨夜雨声浑。◎
春到三分。◎
秋到三分。（叠）
——张炎《一剪梅》

张炎的这首《一剪梅》是句句押韵体。词中多处用了对仗。对仗中都构成了同字、同韵相对，形成了叠韵。

红藕香残玉簟秋。
轻解罗裳，
独上兰舟。
云中谁寄锦书来？
雁字回时，
月满西楼。

花自飘零水自流。
一种相思，
两处闲愁。
此情无计可消除，
才下眉头，
却上心头。

——李清照《一剪梅》

李清照的这首词，是《一剪梅》的正格。按照词谱，正格下片的“才下眉头”末一字虽是平声，但不要求入韵。这里用了对仗，上下两句都用了“头”字，形成了同字相对。所以，也必然形成同韵相对。

二、词的特殊对仗形态

词的特殊对仗形态，是指带有一字领的对仗。

1. 关于一字领

一字领也叫一字豆，也称领字、领格。领字除了有一个字的，还有两个字的，三个字的，它们分别叫二字领、三字领或二字豆、三字豆。它们在句中最前面起引领作用，带动后面的字词或句子以完成需要表达的完整意思。

把吴钩看了，栏杆拍遍。

——辛弃疾《水龙吟·登建康赏心亭》上片两句

但凭栏无语，烟花三月春愁。

——郑觉斋《扬州慢·琼花》下片两句

当时暗水和云泛酒，空山留月听琴。

——王沂孙《八六子》下片两句

便纵有千种风情，更与何人说？

——柳永《雨霖铃》下片两句

上面是一字领、二字领、三字领的例子。一字领的用字，多以去声字为宜，但也不排除其他声调。三字领的句子，有时也在这三个字的后面加上一个顿号，表示在这里停顿一下。

2. 一字领后面的对仗

一字领、二字领、三字领后面如果是两个字数相同的句子，那么这两句就可以使用对仗。这种对仗统称为一字领后面的对仗。从形态上看，它与前面讲过的对仗有所不同。它是在具备了对仗条件的两个或四个相同句式的前面，有一个、两个或三个领字。这种形态的对仗，我们把它叫作词的特殊对仗形态。

下面是领字后面使用对仗的例子：

愁一箭风快，半篙波暖。

——周邦彦《兰陵王·柳》中片两句

有渔翁共醉，溪友为邻。

——陆游《沁园春》下片两句

那堪片片飞花弄晚，蒙蒙残雨笼晴。

——秦观《八六子》下片两句

更那堪鹧鸪声住，杜鹃声切。

——辛弃疾《贺新郎·别茂嘉十二弟》上片两句

想当年花遮柳护，凤楼龙阁。

——岳飞《满江红·登黄鹤楼有感》上片两句

如果一字领的后面是四个字数相同的句子，它们则可以构成对仗中的扇面对。

扇面对我们在格律诗的对仗中讲过。扇面对，也叫隔句对，即四个句子构成两联，后一联的出句对前一联的出句，后一联的对句对前一联的对句。也就是出句对出句，对句对对句。从这四句连续排列顺序上看，就是隔句相对，所以也叫隔句对。下面看几个例子：

怅燕然未勒，南归草草，
长安不见，北望迢迢。
——刘克庄《沁园春·答九华叶贤良》下片四句

渐月华收练，晨霜耿耿；
云山摛锦，朝露漙漙。
——苏轼《沁园春》上片四句

似谢家子弟，衣冠磊落；
相如庭户，车骑雍容。
——辛弃疾《沁园春·灵山齐菴赋》下片四句

刘克庄《沁园春·答九华叶贤良》中的“长安不见”与“燕然未勒”相对，“北望迢迢”与“南归草草”相对。苏轼《沁园春》中的“云山摛锦”与“月华收练”相对，“朝露漙漙”与“晨霜耿耿”相对。辛弃疾《沁园春·灵山齐菴赋》中的“相如庭户”与“谢家子弟”相对，“车骑雍容”与“衣冠磊落”相对。

有的一字领后面虽然具备了字数相同的句式，也不一定都用对仗。下面就是没有用对仗的几个例子：

叹门外楼头，悲恨相续。
——王安石《桂枝香》下片两句

又不道流年，暗中偷换。

——苏轼《洞仙歌》下片两句

问篱边黄菊，知为谁开。

——秦观《满庭芳·碧水惊秋》下片两句

又斜风细雨，重门须闭。

——李清照《念奴娇》上片两句

上面的一字领后面，都是字数相等的句子，但是都没有使用对仗。

由于词中对仗的要求比较宽松，这就给词家在填词使用对仗时创造了更加广阔的自由空间。也正因为如此，词中对仗的形式也就显得更为丰富多彩。

第三十一讲　诗韵通押与词韵通押

通押是指在同一首诗中，两个相邻韵目的韵字互押。古体诗的通押较为宽泛，格律诗则比较严格，词则另有不同。所以，我们把诗韵的通押与词韵的通押分开来讲。

一、诗韵的通押

对诗韵的通押，历来都有不同的意见，这些意见综合起来大体有三种。第一种意见是，主张用韵应严格，不可通押。即使是邻韵，也不可通押。如果通押，则属出韵或错韵。第二种意见是，主张通押只限于首句入韵者。也就是首句可以入邻韵。支持这种意见的人比较多，古今很多优秀诗篇也都是这样用的。第三种意见是，不但首句入韵可以通押，其他位置也可通押。在唐代的一些优秀诗篇中，也可以找到很多这样的例子。诗韵通押的特点是，只限于邻韵的通押。所谓邻韵，就是韵母相同或者相近。对于可以通押的，不管是首句通押，还是非首句通押，都必须是邻韵。这是诗韵通押的原则。下面分别看几首首句通押和非首句通押的例子。

首句通押：

洛阳城里见秋风，欲作家书意万重。
复恐匆匆说不尽，行人临发又开封。
——张籍《秋思》

百啭千声随意移，山花红紫树高低。

始知锁向金笼听，不及林间自在啼。

——欧阳修《画眉鸟》

上面两首诗都是首句入韵的。前一首唐代张籍的《秋思》中“重、封”押的是二冬韵，而首句“风”是一东韵，属首句通押邻韵。后一首宋代欧阳修的《画眉鸟》中“低、啼”是八齐韵，首句“移”则是四支韵，也是首句通押邻韵。

非首句通押：

寥落古行宫，宫花寂寞红。
白头宫女在，闲坐说玄宗。

——元稹《行宫》

这首诗起句的“宫”与第二句的“红”都是一东韵，末句的“宗”是二冬韵，属东冬韵通押。

破却千家作一池，不栽桃李种蔷薇。
蔷薇花落秋风起，荆棘满亭君自知。

——贾岛《题兴化寺园亭》

以“推敲”闻名的贾岛，在他的这首《题兴化寺园亭》中也采用了通押。“池、知”是四支韵，“薇”是五微韵。属支微韵通押。

陈迹随人事，初秋别此亭。
重来梨叶赤，依旧竹林青。
风幔何时卷，寒砧昨夜声。
无由出江汉，愁绪月冥冥。

——杜甫的《客旧馆》

杜甫在这首诗中也采用了通押。诗中“亭、青、冥”是九青韵，

"声"是八庚韵。这是庚青韵通押。

凤尾香罗薄几重，碧文圆顶夜深缝。
扇裁月魄羞难掩，车走雷音语未通。
曾是寂寥金烬暗，断无消息石榴红。
斑骓只系垂杨岸，何处西南待好风。
——李商隐《无题》

李商隐的这首诗中，"重、缝"是二冬韵，"通、红、风"则是一东韵。为东冬韵通押。

上面这些诗都是采用了通押的例子。有的是东冬韵通押，有的是支微韵通押，有的是庚青韵通押。从这些例子可以看出，古人并不避忌邻韵的通押。这样的例子很多，从唐、宋直到明、清，从普通诗人到名人大家都是屡见不鲜的。

虽然自古以来，人们对格律诗中是否可以采用通押见解不一，但我倒觉得可以互不影响。不喜欢通押的，可继续从严不用通押；喜欢通押的，因有前人为例，自然也可以放心大胆地去用而不必避忌。当然，还必须以表现内容的需要为前提。

二、词韵的通押

《词韵》把邻韵、侧声韵合为一部。除入声韵部外，其他各部都含平上去声及其邻韵。每一部中不同韵目的韵字都可通押。如果需要押侧声韵时，本部平仄即可通押。后五部是入声韵。入声韵也是在一个韵部中的不同韵目的韵字可通押。这样，哪些可以通押，哪些不可以通押的问题就非常明确了。

我们举例来说明。比如：

分部	平声	上声	去声
第八部	萧肴豪	篆巧皓	啸效号

第九部　歌　　　　　哿　　　　　箇

第九部中平声以歌韵独用，上声以哿韵独用，去声以箇韵独用。歌韵、哿韵、箇韵没有邻韵，所以不存在邻韵通押问题。而这三个韵互为侧声韵，在词谱中如果要求押侧声韵的话，则可按要求通押。第八部中的平声萧韵、肴韵、豪韵互为邻韵，上声篠韵、巧韵、皓韵互为邻韵，去声啸韵、效韵、号韵互为邻韵。平上去各自的互押可以叫作通押。它们中的平、上、去声韵互为侧声韵，如果需要也可以通押。

严格意义上讲，在词韵中，抛开侧声韵通押外，每部之内同声不同韵目之互押，不能算作通押，因为它们都在一个韵部之内。虽然韵目与韵目是邻韵关系，这只是相当于诗韵中的邻韵通押，但在词韵中因为是以韵部为单位的，所以不能叫作通押。

词的真正意义上的通押，应该是两个不同韵部之间的通押。词韵的每一韵部都是相对独立的，一般都不主张通押。但是，戈载《词林正韵》“以唐宋诸名家为据”，“列平上去为十四部，入声为五部，共十九部，皆取古人之名词参酌而审定之”（引自《词林正韵发凡》）。这样就难免有所疏漏。有些唐宋名家之词的通押就没有完全为十九韵部所接纳，比如，一首词内按照十九部对照，同时用了第六部韵和第十三部韵，同时用了第七部韵和第十四部韵者都有。因为当时还没有十九部之说，所以不能把它们称为两个部之间的通押。为了指导现在的填词用韵，这里拿十九部对照前人的词作来举例分析，权且把它叫作通押。下面只以平声韵为例。

1. 第六部和第十三部的通押

在宋代词人中，秦观、朱敦儒、张元干、叶梦得、张才翁、赵构、薛梦桂、程武等都有现在所说的《词林正韵》第六部韵和第十三部韵通押的词作。

过秦淮旷望，
迥潇洒、绝纤尘。◎

爱清景风蛩，
吟鞭醉帽，
时度疏林。◎
秋来政情味淡，
更一重烟水一重云。◎
千古行人旧恨，
尽应分付今人。◎

渔村。◎
望断衡门。◎
芦荻浦、雁先闻。◎
对触目凄凉，
红凋岸蓼，
翠减汀蘋。◎
凭高正千嶂黯，
便无情到此也销魂。◎
江月知人念远，
上楼来照黄昏。◎

——秦观《木兰花慢》

秦观的这首词中“尘、云、人、村、门、闻、蘋、魂、昏”都是《词林正韵》中的第六部韵，而第五句的“林”则是第十三部韵。

红稀绿暗掩重门。◎
芳径罢追寻。◎
已是老于前岁，
那堪穷似他人。◎

一杯自劝，
江湖倦客，

风雨残春。◎
不是酴醾相伴，
如何过得黄昏。◎
——朱敦儒《朝中措》

《朝中措》是上片三平韵，下片两平韵。朱敦儒的这首词中“门、人、春、昏”都是《词林正韵》的第六部韵，而前片第二句“寻”是《词林正韵》第十三部韵。

上面这两个例子，都属于现在所说的《词林正韵》第六部韵和第十三部韵通押的情况。

2. 第七部和第十四部的通押

宋代词人中，黄庭坚、辛弃疾、周邦彦、朱敦儒、周密等也都有现在所说的《词林正韵》中的第七部韵和第十四部韵通押的词作。

一叶扁舟卷画帘。◎
老妻学饮伴清谈。◎
人传诗句满江南。◎

林下猿垂窥涤砚，
岩前鹿卧看收帆。◎
杜鹃声乱水如环。◎
——黄庭坚《浣溪沙》

《浣溪沙》是上片三平韵，下片两平韵。黄庭坚的这首词中“帘、谈、南、帆”都是《词林正韵》的第十四部韵，最后一句的“环”则是《词林正韵》的第七部韵。

绕床饥鼠。△
蝙蝠翻灯舞。△

屋上松风吹急雨。△
破纸窗间自语。△

平生塞北江南。◎
归来华发苍颜。◎
布被秋宵梦觉，
眼前万里江山。◎
——辛弃疾《清平乐·独宿博山王氏庵》

《清平乐》为平仄转换式，它的上片四仄韵，下片三平韵。辛弃疾的这首词的下片三平韵中，“颜、山”为现在的第七部韵，“南”字则是现在的第十四部韵。

这两个例子，都属于现在所说的《词林正韵》第七部韵和第十四部韵通押的情况。

从以上的例子来看，在没有十九部划分之前的宋代，上平声的十一真、十二文、十三元（部分）三韵与下平声的十二侵韵是通用的，也就是可以通押。上平声的十三元（部分）、十四寒、十五删三韵与下平声的十三覃、十四盐、十五咸三韵也是通用的，即可以通押。《词林正韵》按十九部划分之后，上平声的十一真、十二文、十三元（部分）三韵划为第六部，下平声的十二侵韵独用划为第十三部，上平声的十三元（部分）、十四寒、十五删三韵划为第七部，下平声的十三覃、十四盐、十五咸三韵划分为第十四部。虽然这些韵目没有划分在一个韵部，但是既有前人的用法作为参考，又有这些韵字的韵母相近或相同的特点，第六部韵和第十三部韵完全可以通押，第七部韵和第十四部韵也完全可以通押。据此，把第六部韵和第十三部韵划为同一部，把第七部韵和第十四部韵划为同一部，更加符合词韵的韵部划分原则。这样的划分，也更加切合实际，更加方便实用。这也是笔者在《诗韵词韵速查手册》中把第十三部合入第六部，把第十四部合入第七部的具体原因。

在宋人词作中还有把八庚、九青、十蒸韵与十一真、十二文、十三元及十二侵韵通押的，即《词林正韵》十九部中的第十一部、第六部和第十三部。但是，按照现在的读音，庚、青、蒸韵的韵母与真、文、元及侵韵的韵母并不能说是相近。所以不足为例，也就不做分析了。

（本讲摘自笔者所著《诗词格律新讲》第四编第二章第二节“韵的通押”。其中个别文字略有改动。）

第三十二讲　唱和（一）和韵与和诗

诗人之间以诗词互相唱酬应答称为唱和，唱和是诗人常用的一种相互交流形式。唱和从不同的角度有不同的分类。从唱和中的两首诗词用韵的角度，可以把唱和分为两大类，即和韵与和诗。依照你要唱和的那首诗词的原韵进行唱和的叫作和韵，不依照你要唱和的那首诗词的原韵进行唱和的叫作和诗。

一、和韵

在唱和中，依照你要唱和的那首诗词的原韵进行唱和的叫作和韵。由于和韵需依照原韵，所以它在用韵上就有一定的约束性。同时，也增加了难度。

和韵分为次韵、用韵和依韵。它们是和韵中不同的押韵方式，也是对和韵的一种分类。

1. 次韵

次韵亦称步韵，意思是步别人之韵。次韵是和韵中最严格的一种。次韵的要求是要使用所唱和的那首诗词原来的韵、原来的韵字，而且每个韵字都要用在原来的位置上。这里把它叫作“三原”原则，即“原韵——原韵字——原位置”。次韵也是诗人常用的一种和韵形式，它要求严格，难度大，具有一定的束缚性。所以，这种形式也是最见功底的。也正因如此，它更受到诗人词家的喜爱。

早闻一箭取辽城，相识虽新有故情。
清句三朝谁是敌，白须四海半为兄。

贫家薙草时时入，瘦马寻花处处行。
不用更教诗过好，折君官职是声名。
——白居易《赠杨秘书巨源》

旧与杨郎在帝城，搜天斡地觅诗情。
曾因并句甘称小，不为论年便唤兄。
刮骨直穿由苦斗，梦肠翻出暂闲行。
因君投赠还相和，老去那能竞底名。
——元稹《和乐天赠杨秘书》

元稹的《和乐天赠杨秘书》，与白居易原诗的韵字“城、情、兄、行、名”完全一样，都是八庚韵，而且每个韵字所处的位置也都完全一样，符合次韵要使用“原韵——原韵字——原位置”的“三原”原则。

水边沙外。
城郭春寒退。
花影乱，
莺声碎。
飘零疏酒盏，
离别宽衣带。
人不见，
碧云暮合空相对。

忆昔西池会。
鹓鹭同飞盖。
携手处，
今谁在。
日边清梦断，
镜里朱颜改。
春去也，

飞红万点愁如海。
——秦观《千秋岁》

岛边天外。
未老身先退。
珠泪溅，
丹衷碎。
声摇苍玉佩，
色重黄金带。
一万里，
斜阳正与长安对。

道远谁云会。
罪大天能盖。
君命重，
臣节在。
新恩犹可觊，
旧学终难改。
吾已矣，
乘桴且恁浮于海。
——苏轼《千秋岁·次韵少游》

苏轼的这首《千秋岁》词与秦观的原词，所押的韵字也完全相同，在用韵上符合次韵要使用“原韵——原韵字——原位置”的“三原”原则。

2. 用韵

用韵是要使用所唱和的那首诗词原来的韵、原来的韵字就可以了，不必按照原诗词押韵的顺序去用。只需“三原”原则中的“二原”，即“原韵——原韵字”的原则。由于少了一个原位置的要求，看起来少了一个束缚，与次韵比起来也宽松了一些，但使用这种和韵形式唱和的却远不及用次韵的多。

庭树晓禽动，郡楼残点声。
灯挑红烬落，酒暖白光生。
发少嫌梳利，颜衰恨镜明。
独吟谁应和，须寄洛阳城。
——刘禹锡《冬日晨兴寄乐天》

漏传初五点，鸡报第三声。
帐下从容起，窗间昽昒明。
照书灯未灭，暖酒火重生。
理曲弦歌动，先闻唱渭城。
——白居易《和梦得冬日晨兴》

白居易与刘禹锡的这两首诗都用了八庚韵。所用的韵字也都相同，只是它们的位置有所改变。刘禹锡诗中的韵字是“声、生、明、城”的顺序，而白居易诗中则变成了“声、明、生、城”的顺序，也就是只符合“原韵——原韵字”的原则。

3. 依韵

依韵是只要使用所唱和的那首诗词原来的韵就可以了，不需用原来的韵字，因此也不涉及原来韵字的位置。也就是唱和的诗词只要与原诗词同韵即可，韵字可以另行选择。所以，依韵在次韵的“三原”的原则中只需一“原”，即“原韵”的原则。

堤柳才黄已落梅，寻芳弭盖共徘徊。
桑城日暖蚕催浴，麦垅风和雉应媒。
别浦人嬉遗翠羽，弋林春废锁歌台。
归鞍暮逼宫街鼓，府吏应惊便面回。
——欧阳修《昨日偶陪后骑同适近
郊谨成七言四韵兼呈圣俞》

洛水桥边春已回，柳条葱蒨眼初开。
无人拾翠过幽渚，有客寻芳上古台。
林邃珍禽时一啭，酒酣红日未西颓。
知君最是怜风物，更约偷闲取次来。
——梅尧臣《依韵和欧阳永叔同游近郊》

欧阳修的诗中用了十灰韵的“梅、徊、媒、台、回”，梅尧臣的依韵诗中用了“回、开、台、颓、来”，也是十灰的韵。但除了“台”和“回”字外，其他三字都不是原来的韵字，所以更谈不上原来的位置了。这首诗只符合“三原”原则中的一个原则即“原韵”，也就是只与原诗同韵，而韵字则是在同一韵中另行选择的，所以是依韵。

上面讲的次韵、用韵、依韵是现在和韵中比较通行的三种押韵方式，它们是在中国古典诗词的发展中逐渐形成的。古人作诗和韵时，最初并没有次韵、用韵、依韵的说法。到了唐代后期才有了次韵的名称，至宋代次韵、依韵、用韵才盛行起来。但这时也没有把它们当作一种分类，而只是当作和韵中押韵方式的不同名称而已。前人在唱和时，虽然既用原诗的原韵，又用原诗的原韵字，还把原韵字用在原位置上，却在标题中标为用韵或依韵的这种现象，在一些诗词大家的作品中也不乏例证。可见，在当时次韵、用韵、依韵还没有一个明确的区别和划分。

二、和诗

和诗是不依照你要唱和的那首诗词的原韵进行的唱和。由于和诗不依原韵，所以在用韵上就显得比较自由和随意。与和韵比较起来，就简单得多。这样，没有了依照前韵的束缚，给诗人留下用韵的余地就更大些。但是，不可忽略的是，和诗必须与唱和的那首原诗词相关联。

银烛熏天紫陌长，禁城春色晓苍苍。
千条弱柳垂青琐，百啭流莺绕建章。

剑珮声随玉墀步，衣冠身惹御炉香。
共沐恩波凤池里，朝朝染翰侍君王。
——贾至《早朝大明宫呈两省僚友》

绛帻鸡人报晓筹，尚衣方进翠云裘。
九天阊阖开宫殿，万国衣冠拜冕旒。
日色才临仙掌动，香烟欲傍衮龙浮。
朝罢须裁五色诏，佩声归向凤池头。
——王维《和贾舍人早朝大明宫之作》

鸡鸣紫陌曙光寒，莺啭皇州春色阑。
金阙晓钟开万户，玉阶仙仗拥千官。
花迎剑珮星初落，柳拂旌旗露未干。
独有凤凰池上客，阳春一曲和皆难。
——岑参《奉和中书贾至舍人早朝大明宫》

五夜漏声催晓箭，九重春色醉仙桃。
旌旗日暖龙蛇动，宫殿风微燕雀高。
朝罢香烟携满袖，诗成珠玉在挥毫。
欲知世掌丝纶美，池上于今有凤毛。
——杜甫《奉和贾至舍人早朝大明宫》

上面第一首诗是当时中书舍人贾至上朝之后写的一首诗，这里把它叫作原诗，后面三首诗分别是王维、岑参和杜甫针对贾至原诗所作的唱和诗。王维、岑参和杜甫的诗虽然没有使用贾至原诗的韵，但却都与贾至原诗中早朝大明宫这一内容相关联。这些唱和诗没有使用贾至原诗韵，所以叫作和诗。

为我引杯添酒饮，与君把箸击盘歌。
诗称国手徒为尔，命压人头不奈何。

举眼风光长寂寞，满朝官职独蹉跎。
亦知合被才名折，二十三年折太多。
——白居易《醉赠刘二十八使君》

巴山楚水凄凉地，二十三年弃置身。
怀旧空吟闻笛赋，到乡翻似烂柯人。
沉舟侧畔千帆过，病树前头万木春。
今日听君歌一曲，暂凭杯酒长精神。
——刘禹锡《酬乐天扬州初逢席上见赠》

刘禹锡的这首和诗没有用白居易赠诗的原韵，它属于和诗而不属于和韵。但刘禹锡的这首诗是对白居易赠诗的酬答，所以它们的内容也是相关联的。这首诗沉郁中见豪放，是赠酬诗中的优秀篇什。诗中“沉舟侧畔千帆过，病树前头万木春”一联，已成为无人不晓的千古佳句。

第三十三讲　唱和（二）联句与赠酬

如果从形式上划分，唱和又可以分为联句、唱酬、追和、自和等。追和是对别人已经写出来较长一段时间的诗词或前人的诗词为对象去唱和。追和既可以采用和诗的方法，也可以采用和韵的方法。自和是依照自己作过的诗的原韵，再作一首，也有把它叫作叠韵的。自和诗一般都采用和韵的方法，并根据诗词的内容需要和个人喜好来选择次韵、用韵或者依韵。追和与自和并不复杂，也比较好理解，所以这里不做具体讲解。本讲重点学习联句和赠酬。

一、联句

大家围绕一个主题，共同来作一首诗叫作联句。联句的参加人数不限，每人的句数多少也不限。在用韵上，可以限韵，也可以不限韵。限韵也可以采取分韵的形式，每个人分拈韵字，依韵而作。

东阁听泉落，能令野兴多。（行式）
散时犹带沫，淙处即跳波。（裴度）
偏洗磷磷石，还惊泛泛鹅。（张籍）
色清尘不染，光白月相和。（白居易）
喷雪萦松竹，攒珠溅芰荷。（刘禹锡）
对吟时合响，触树更摇柯。（张籍）
照圃红分药，侵阶绿浸莎。（白居易）

日斜车马散，余韵逐鸣珂。（刘禹锡）

——《西池落泉联句》

这一联句的篇幅并不长，只有十六句。每人两句，而且是一联一换人。

离别言无期，会合意弥重。（张籍）
病添儿女恋，老丧丈夫勇。（韩愈）
剑心知未死，诗思犹孤耸。（孟郊）
愁去剧箭飞，欢来若泉涌。（张彻）
析言多新贯，摅抱无昔壅。（张籍）
念难须勤追，悔易勿轻踵。（韩愈）
吟巴山荦峃，说楚波堆垄。（孟郊）
马辞虎豹怒，舟出蛟鼍恐。（张彻）
狂鲸时孤轩，幽狖杂百种。（韩愈）
瘴衣常腥腻，蛮器多疏冗。（张籍）
剥苔吊斑林，角饭饵沉冢。（韩愈）
忽尔衔远命，归欤舞新宠。（孟郊）
鬼窟脱幽妖，天居觌清栱。（韩愈）
京游步方振，谪梦意犹恟。（张籍）
诗书夸旧知，酒食接新奉。（韩愈）
嘉言写清越，愈病失痃肿。（孟郊）
夏阴偶高庇，宵魄接虚拥。（韩愈）
雪弦寂寂听，茗碗纤纤捧。（孟郊）
驰辉烛浮萤，幽响泄潜蛩。（韩愈）
诗老独何心，江疾有余尰。（孟郊）
我家本瀍榖，有地介皋巩。（韩愈）
休迹忆沉冥，峨冠惭阘茸。（孟郊）
升朝高辔逸，振物群听悚。（张彻）
徒言濯幽泌，谁与薙荒茸。（张籍）

朝绅郁青绿，马饰曜珪珙。
国雠未销铄，我志荡邛陇。（孟郊）
君才诚倜傥，时论方汹溶。（韩愈）
格言多彪蔚，悬解无梏拱。（韩愈）
张生得渊源，寒色拔山冢。（韩愈）
坚如撞群金，眇若抽独蛹。（韩愈）
伊余何所拟，跛鳖讵能踊。
块然堕岳石，飘尔罥巢氄。（孟郊）
龙旆垂天卫，云韶凝禁甬。（韩愈）
君胡眠安然，（孟郊）
朝鼓声汹汹。（韩愈）
——《会合联句》

这是著名的《会合联句》。元和六年韩愈被召为京官，张籍、张彻、孟郊与其相会京师而作此联句。这篇联句篇幅比较长。除了有一人两句的，还有一人四句的。而最后两句，是由孟郊和韩愈分别一人一句组成了一联。

联句的形式是可以随意去定的。定什么规矩，就遵照什么规矩去作。其中有一种就是一个人出首句，接下来每个人对出前句，再出一个上句，直到最后对出尾句结束。韩愈和孟郊的《城南联句》就是采用了这种形式。《红楼梦》第五十回“芦雪庵争联即景诗”中，所写的就是一个多人联句的故事。这次联句的前半部分，也是这种形式，到了后半部分大家你争我抢的，就变成一人一句了。

联句还可以在字数上确定出有规律的变化，如果把它写下来，并以中间对齐，它就是一个金字塔式的排列：

东，西，（鲍　防）
步月，寻溪。（严　维）
鸟已宿，猿又啼。（郑　概）
狂流碍石，迸笋穿溪。（成　用）

望望人烟远，行行萝径迷。（陈元初）
探题只应尽墨，持赠更欲封泥。（陈元初）
松下流时何岁月，云中幽处屡攀跻。（张叔政）
乘兴不知山路远近，缘情莫问日过高低。（贾　弇）
静听林下潺潺足湍濑，厌问城中喧喧多鼓鼙。（周　颂）
——《一至九字诗联句》

二、赠酬

赠酬是指诗人词家之间互相赠诗和回赠，也叫作唱酬、酬唱。以诗词相赠，称赠；以诗词回赠，称酬，称答，亦称酬答、酬和、奉和、和答等。赠酬诗要有针对性，即赠诗所赠的对象要明确；回赠诗则要针对赠诗的内容回赠。也有原诗不属针对某人的赠诗，而是唱和者对这首诗有所感触而进行的唱和。那么，这样的唱和诗就不能叫作回赠诗，只能叫唱和诗。包括回赠诗在内的唱和诗既可以采用和诗的方法，也可以采用和韵的方法。也就是说，它没有必须使用原诗韵的要求。是否使用所和诗的原韵，或者是选择次韵、用韵还是依韵，取决于诗人自己。

青青麦垄白云阴，古寺无人新草深。
乳燕拾泥依古井，鸣鸠拂羽历花林。
千年驳藓明山履，万尺垂萝入水心。
一卧漳滨今欲老，谁知才子忽相寻。
——李端《野寺病居喜卢纶见访》

野寺钟昏山正阴，乱藤高竹水声深。
田夫就饷还依草，野雉惊飞不过林。
斋沐暂思同静室，清羸已觉助禅心。
寂寞日长谁问疾，料君惟取古方寻。
——卢纶《酬李端公野寺病居见寄》

卢纶的《酬李端公野寺病居见寄》采用的是次韵的形式，也就是用了李端《野寺病居喜卢纶见访》诗中的原韵、原韵字、原位置。

凌波不过横塘路。
但目送、芳尘去。
锦瑟华年谁与度。
月桥花院，
琐窗朱户。
只有春知处。

飞云冉冉蘅皋暮。
彩笔新题断肠句。
若问闲情都几许。
一川烟草，
满城风絮。
梅子黄时雨。

——贺铸《青玉案》

千峰百嶂宜州路。
天黯淡、知人去。
晓别吾家黄叔度。
弟兄华发，
远山修水。
异日同归处。

樽罍饮散长亭暮。
别语缠绵不成句。
已断离肠能几许。
水村山馆，
夜阑无寐。

听尽空阶雨。

——黄大临《青玉案·和贺方回韵，送山谷弟贬宜州》

烟中一线来时路。
极目送、归鸿去。
第四阳关云不度。
山胡新啭，
子规言语。
正在人愁处。

忧能损性休朝暮。
忆我当年醉时句。
渡水穿云心已许。
暮年光景，
小轩南浦。
同卷西山雨。

——黄庭坚《青玉案·至宜州次韵上酬七兄》

上面第一首词是贺铸的原词。贺铸填了这首词后，和韵者颇多，其中黄庭坚的哥哥黄大临就填了《青玉案·和贺方回韵，送山谷弟贬宜州》赠送给黄庭坚。上面的第三首是黄庭坚又以原韵相酬的词。这三首词中，贺铸词情景动人，黄大临词悲凉伤别，黄庭坚词乡思情切。后两首词表达了黄大临与黄庭坚的深厚情谊与相互牵挂的兄弟情怀。

附录：

诗韵精选

本编以《诗韵合璧》为蓝本，去其生僻字，收入韵字6333个。其中《诗韵合璧》未收入的常用字，依据《集韵》《古今韵会举要》等典籍酌加增补。与其他各典不一致处则视具体情况，或依《诗韵合璧》收入，或依各典加以补正。韵目仍依106韵不变。为方便查阅，将两韵或两韵以上兼收的字称为双韵字，加方括号以示区别。

本编在《诗韵词韵速查手册》中标为《诗韵》。为与其他诗韵版本区别，故更名为《诗韵精选》。

一、上平声

【一东】

东铜桐筒峒酮童僮潼曈瞳艟狆忠忡盅虫螽融终戎绒狨棕崇嵩崧菘芃蒸洪烘弓躬芎穹穷宫崆隆窿癃风枫疯工讧红攻功蒙濛檬曚朦艨栊珑咙昽胧聋匆葱聪骢蓬篷通雄熊充彤鸿丛公翁嗡鬃沣酆[中][冲][衷][种][空][倥][悾][笼][砻][庞][矇][幪][鲖][恫][侗][同][衕][瞢][懵][梦][冯][洚][虹][总][逢][艟][丰][哄]

【二冬】

冬咚疼农侬浓哝脓秾醲宗踪琮悰容榕熔镕蓉龙茏龚舂蚣松忪凇枞峰蜂锋烽庸慵墉镛鳙佣痈噰饔凶讻匈胸邛筇蛩恭邕钟彤[冲][重][憧][橦][艟][从][纵][逢][缝][茸][供][淙][溶]

［汹］［喁］［雍］［壅］［凇］［跫］［丰］［封］［葑］

【三江】

江茳扛杠矼缸豇泷龙邦梆桩逄双窗腔［降］［洚］［庞］［撞］［幢］［橦］［淙］［悾］［跫］

【四支】

支吱枝岐歧肢之芝瞝黟移簃垂陲卑碑裨脾郫陴奇埼崎琦畸欹猗漪皮披疲知痴蜘踟驰池师狮蛳篩基萁箕綦骐期欺淇棋祺琪蜞旗麒斯澌撕厮词祠颐姬宧谁惟椎帷雌骓锥维潍罹丝兹滋慈磁嵫鹚鸶鸱鸸而洏鲕鲥鳍耆蓍鬐髭龇疵赀资谘粢瓷姿茨炊埘时诗持隋随危卮栀蓠篱漓缡螭醨魑麾縻糜蘼醾麋肌脂匣狸眉湄嵋楣郿箈怡饴贻规窥夷姨痍丕伾邳祁芪祇祗泜胝禧嘻嬉僖熹熙罴羁伊咿虒篪妫沩追逵逶痿萎蕤夔葵荽绥虽蚩嗤媸鳌蘩莿淄缁锱辎缌飔嫘孜尸怩妮呢墀宜仪悲辞疑亏羲曦私彝衰匙牺巇羸蜊娭貔枇纰毗蚍琵圮儿弥霉鼒［吹］［噫］［遗］［迟］［迤］［弛］［施］［匜］［医］［累］［锤］［箠］［委］［倭］［仔］［孳］［比］［仳］［伎］［偲］［思］［尼］［居］［丽］［鹂］［骊］［酾］［台］［治］［眙］［睢］［推］［唯］［差］［嵯］［氏］［坻］［椅］［锜］［剞］［骑］［踦］［剂］［荠］［蓰］［莳］［蕲］［觯］［槌］［椑］［庳］［靡］［氂］［犛］［訾］［觜］［堕］［机］［饥］［蛇］［蠵］［蠡］［其］［澌］［涯］［为］［陂］［离］［璃］［龟］［司］［嶷］［馗］［蠶］［提］［戏］［褫］［寅］

【五微】

微薇徽挥晖辉翚韦帏袆违闱围讥叽矶玑非霏扉绯腓圻沂祈颀旂肥淝希晞稀威葳妃飞畿依巍归［菲］［诽］［蜚］［痱］［欷］［豨］［几］［机］［饥］［衣］［俟］

【六鱼】

鱼渔裾琚腒舒好余徐狳蜍滁渠蕖诸猪潴储庐驴胪胥蔬梳虚墟歔璩蘧摅蛆疽菹趄雎锄闾榈樗初书舆袪祛［居］［据］［椐］［屠］［予］［纾］［且］［苴］［沮］［狙］［咀］［如］［茹］［洳］［於］［淤］［龉］［衙］［嘘］［醵］［车］［誉］［疏］［除］［与］［欤］［畬］［胠］［躇］［湑］［糈］

【七虞】

虞吴娱蜈禺愚嵎髃隅刍雏趋无芜巫诬于吁盱纡竽迂盂邘都欋衢癯氍需儒濡嚅襦须媭朱侏诛洙姝珠株殊铢蛛邾茱窬渝愉瑜榆覦歈逾毹氍臾萸谀腴岖枢躯柎苻符夫芙扶肤蚨趺麸厨蹰拘驹劬朐谟嫫模哺匍逋蒲敷辜沽姑菇枯蛄骷鸪胡湖猢瑚糊鹕葫醐酥酴途荼菰孤狐弧觚罛奴拏驽乎呼滹吾梧鼯徂殂租粗卢垆泸栌轳胪鲈鸬颅炉芦孚俘莩郛稃呜乌凫俱壶徒摹图毋苏殳雩洿刳[区][呕][驱][娄][溇][镂][蒌][芋][菟][莆][铺][醂][酤][俞][揄][喻][输][愈][鼯][喁][呱][瓠][句][岣][枹][罦][桴][污][涂][屠][瞿][诹][裯][膜][瓳][於][帑][麌][懦][恶][阇][庑][跗]

【八齐】

蛴脐跻齑犁梨黎藜蒺萋凄圭奎畦闺邽堤低羝啼蹄绨梯稊鹈鸡奚傒溪蹊鼷倪猊蜺鲵嘶西栖粞醯暌睽笄篦砒嵇赍荑犀鼙迷携兮乩[齐][挤][提][缇][醍][题][骊][鹂][巂][蠵][徯][氐][诋][批][蠡][黧][妻][璃][泥][缔][霓][澌][榫][稽]

【九佳】

佳淮鞋街睚崖牌阶皆偕谐喈揩俳排埋霾骸乖怀豺侪斋钗挨崽[娲][蜗][娃][哇][蛙][洼][涯][柴][差][楷][槐][荄]

【十灰】

灰诙恢盔偎隈煨回茴洄徊徘裴哀缞媒煤禖陪醅酶梅莓枚玫瑰魁雷罍堆崔催摧杯坯胚薹苔抬胎炱郃鲐鳃腮该陔孩垓赅咳唉埃才材财来莱崃桅哉灾猜皑开呆颓[思][偲][傀][隗][槐][嵬][裁][栽][台][骀][推][悝][培][欸][脢][能][荄][颏][徕][虺]

【十一真】

真嗔禛瞋因茵姻洇骃裀氤辛莘新薪辰唇宸晨申伸神绅呻宾滨嫔缤槟邻粼璘辚鳞麟匀旬荀询恂峋洵珣郇秦蓁溱榛蓁臻逡踆皴堙禋钧昀均筠珍春椿频蘋濒颦银民珉岷筤缗伦沦轮驯肫窀莼淳醇鹑巡遵旻斌赟贫臣人仁身巾彬尘陈津循纫闽豳贇[嶙][磷][瞵][湮]

[敹][甄][振][娠][抡][纶][屯][纯][垠][填][囷][麇][亲][竣][寅][谆][惇][狺][泯][傧][鄞][琎][畛]

【十二文】

文纹蚊雯云芸妘纭耘焚棼芬棻汾纷黺雰氛氲煴君裙群军荤皲勤勋涢郧熏薰曛獯醺芹昕欣筋豮[堇][鄞][坟][垠][龈][闻][分][颁][员][贲][斤][听][殷][缊][麇][狺][蕲]

【十三元】

元芫沅园原源嫄袁猿辕蕃幡璠燔膰蹯翻藩萱喧暄浑裈祥温辒瘟痕根跟轩尊樽蹲墩暾昏惛婚阍爰谖鹓鸳仑昆馄琨锟鹍鲲炖饨盆溢孙狲荪门扪掀鼋冤言魂存豚村烦埙坤垣晅恩吞蘩矾樊飧髡臀鞬[屯][纯][囤][圈][溷][论][抡][湲][媛][援][闷][怨][智][宛][蜿][奔][贲][喷][洹][貆][缊][蕰][蕴][繁][敦][惇][反][番][垠][甗][犍][豲][阮]

【十四寒】

寒箪殚郸竿杆玕肝刊邗鼾安鞍兰拦栏丸纨汍芄峦栾滦鸾銮端湍姗珊跚蹒瞒颟顸官倌棺馒鳗盘槃磐瘢宽髋潘磻蟠完刓刓酸狻獾抟桓檀丹韩餐残阑襕团欢摊[单][弹][瘅][曼][蔓][谩][墁][漫][镘][难][滩][谰][澜][洹][貆][乾][干][汗][奸][叹][观][翰][看][冠][钻][豲][胖][弁][莞][坛][般][敦][繁][智][娈][攒][揣]

【十五删】

删弯湾鬘鬟寰澴阛班斑环还闲娴鹇痫顽颜关菅攀山鳏媥艰斓悭扳僝[孱][潺][般][殷][湲][潸][间][纶][擐][讪][患][颁][奸]

二、下平声

【一先】

前湔千芊阡迁跹戋笺玄弦蚿舷船沿铅田畋坚贤阗滇颠癫巅颧肩捐娟涓鹃妍岍骈胼焉蔫嫣然燃边笾延筵涎蜓连莲涟鲢廛瀍躔婵蝉蠕蜷鬈拳篇偏编蹁鳊翩翾儇楩鞭鞯全荃筌诠佺拴栓铨痊专砖悛

篅颛遄鸢鹯澶膻鳣邅椽橼宣揎瑄仙籼骞褰璇悬愆绵棉杈天胭烟怜年眠渊蠲泉毡旃联镌川圆虔挛［先］［佃］［钿］［单］［禅］［鄢］［鲜］［湮］［甄］［歅］［犍］［键］［旋］［漩］［燕］［煎］［谝］［扁］［扇］［煽］［纯］［缘］［孱］［潺］［湲］［浅］［溅］［钱］［传］［便］［填］［牵］［研］［员］［穿］［咽］［零］［平］［卷］［惓］［蜎］［搴］［竣］［纤］［缠］［阏］［乾］

【二萧】

萧箫潇蟏蜩凋雕苕招怊弨昭轺貂韶龆岧髫迢超条枭撩獠寮尧荛哓峣饶骁浇蛲跷翘宵霄绡消硝销逍魈朝潮焦蕉谯憔樵鹪乔荞侨桥骄晁姚珧祧谣徭猺瑶鳐飖遥窑嫖幖膘瓢薸飘飙苗描猫枵鸮辽邀聊喓腰寥刁杓幺镳钊椒妖翛莜幧［肖］［哨］［蛸］［摇］［繇］［鹞］［佻］［挑］［洮］［朓］［铫］［跳］［侥］［娆］［桡］［烧］［娇］［峤］［轿］［僚］［嘹］［潦］［燎］［镣］［鹩］［要］［漂］［摽］［剽］［劭］［标］［橇］［夭］［调］［徼］［嚣］［髟］［陶］［鲦］［料］［僬］［噍］［廖］［藨］

【三肴】

肴崤淆巢爻交茭洨蛟鲛郊包苞咆胞跑匏庖筲捎梢艄抄抓抛呶哮坳硗铙茅蝥嘲唬猇磬硇脬凹［佼］［咬］［姣］［胶］［筊］［蛸］［鞘］［鄗］［敲］［泡］［枹］［炮］［飑］［刨］［掊］［唠］［啁］［教］［鞶］［謷］［艽］［鸼］［窌］［钞］［剿］

【四豪】

豪壕嚎濠毫毛酕髦旄刀叨忉舠魛咷桃逃鼗曹嘈槽螬糟遭艚艘高蒿篙涛皋嗥槔翱遨敖嗷璈獒熬螯鳌慅搔骚羔糕萄掏绹淘醄醪慆滔韬臊尻绦猱弢褒袍牢饕捞痨薅麀［劳］［涝］［唠］［骜］［謷］［洮］［挑］［挠］［裯］［绸］［缫］［缲］［操］［号］［陶］［膏］［氂］［嚣］［咎］［漕］［潦］［芼］［梼］［叨］

【五歌】

歌哥多罗啰锣萝箩苛疴何诃阿呵珂柯河菏莎桫挲摩魔瘸坡波禾科蝌他佗陀驼柁跎酡讹靴莪俄哦娥蛾鹅骡螺嶓皤鄱窝埚涡锅挪搓傞蹉蹉矬痤窠鼍蓑唆梭婆戈囮［茄］［枷］［迦］［逻］［过］［瑳］

［嵯］［磋］［瘥］［峨］［硪］［砢］［轲］［荷］［和］［磨］［娑］［沱］［那］［哪］［颇］［拖］［傩］［么］［番］［驮］［献］［倭］［髁］［陂］

【六麻】

麻纱沙砂鲨裟袈加珈跏笳嘉痂牙芽呀鸦邪琊耶椰揶挝瓜窊爬巴芭笆琶吧耙疤葩夸奢拿佘赊嗟槎艖骅哗叉杈桠楂渣查虾蟆葭霞瑕遐蕸遮花茶家斜爷丫［娃］［哇］［洼］［涯］［蛙］［蛇］［蜗］［娲］［茄］［枷］［迦］［衙］［爹］［哆］［哑］［咤］［呱］［华］［桦］［杷］［畲］［涂］［污］［溠］［差］［车］［阇］［苴］［瘕］［些］［划］

【七阳】

阳场扬杨旸肠钖疡殇觞乡芗光洸胱香昌菖猖鲳阊章嫜樟漳獐璋彰鄣方芳坊枋肪钫鲂邡房唐塘搪溏糖螗戕斨妆装尝常棠裳堂镗螳蹚霜骦孀央殃秧鸯蔷墙嫱樯粱粱庄赃黄簧璜仓沧呛玱舱跄鸧疮皇篁徨湟惶煌蝗艎隍遑凰囊襄骧禳镶瓤箱湘缃厢亡芒忙邙肓茫荒郎螂廊狂汪康慷糠冈钢纲刚匡筐洭眶良莨娘狼琅稂粮踉杭航苌伥姜羌蜣僵缰礓疆徜徉羊佯详洋祥翔庠床筜珰裆旁滂磅螃螿锵浆桑伤商昂帮臧［长］［张］［涨］［苍］［抢］［枪］［创］［倘］［趟］［行］［桁］［桄］［防］［彷］［妨］［汤］［炀］［砀］［飏］［攘］［穰］［将］［蒋］［亢］［吭］［肮］［颃］［当］［铛］［锽］［凉］［泱］［浪］［潢］［王］［相］［忘］［望］［偿］［倡］［强］［庆］［量］［榔］［丧］［障］［彭］［藏］［慌］［阆］［膀］

【八庚】

庚鹏赓虻氓盲绷棚亨烹英瑛苹伻抨坪枰砰怦怔钲京惊琼勍明萌茔茕莺萦潆营荣嵘蝾生笙牲甥鲸黥衡蘅宏纮翃闳泓茎硁罂婴缨嘤撄璎樱鹦鸣争筝峥琤铮狞菁清情晴睛蜻精鲭祊旌盈楹赢嬴籝瀛贞桢祯赪成城诚郕呈程酲柽蛏名洺浜兵枨栟姘拼撑瞠町粳羹觥荆兄卿擎耕甍晶声倾饧黉伧珩铿轰訇橙蕄澎膨蟛坑［平］［评］［正］［征］［行］［桁］［搒］［榜］［横］［更］［彭］［盟］［莹］［檠］［迎］［盛］［轻］［令］［并］［枪］［丁］［侦］［顷］［裎］［猩］［狰］［铛］［锽］［趟］

【九青】

青泾陉形邢刑硎铏型亭葶停婷渟聍哼仃汀叮玎厅疔星惺腥灵棂

苓笭伶泠玲铃聆蛉羚舲龄囹翎鸰瓴瓶帡冥螟荥荧萤萍坰扃馨霆醽酃俜铭［廷］［莛］［蜓］［庭］［宁］［丁］［钉］［町］［溟］［暝］［瞑］［蓂］［经］［猩］［醒］［零］［屏］［娉］［听］

【十蒸】

蒸承丞症惩登簦澄菱陵凌绫崚鲮棱楞膺鹰绳蝇誊塍腾縢滕藤朋崩鬅鹏曾罾僧增缯嶒憎噌矰艿仍扔礽弘肱薨冰升兢矜灯絙恒层［胜］［塍］［冯］［凝］［烝］［应］［乘］［兴］［征］［徵］［称］［能］［堋］［凭］［瞢］［镫］［蹬］

【十一尤】

尤优忧疣莸由抽油蚰鲉邮流琉旒硫鎏鎏镠璆樛瘳榴骝游蝣酋猷遒鞧鳅秋啾楸鳅愁鹙鸠仇修脩攸悠牛牟侔眸蛑蟊矛柔揉周惆稠州洲酬舟侜辀筹俦畴踌休髹貅鸺庥囚泅求俅球赇裘逑浮蜉侯篌猴喉缑糇讴抠鸥瓯喽搂楼蝼髅骰投耰鄹诌邹驺罘抔沟钩齁兜篼刘羞馐丘邱蚯虬谋陬偷头幽彪裒篝呦阄飕搜锼廋麀［区］［沤］［呕］［欧］［留］［溜］［馏］［遛］［瘤］［娄］［偻］［溇］［蒌］［篓］［调］［绸］［啁］［裯］［叟］［溲］［诹］［鲰］［掫］［掊］［揄］［缪］［戮］［蹂］［鞣］［罦］［桴］［枹］［枸］［句］［售］［噍］［咻］［涑］［浏］［湫］［梼］［帱］［艽］［馗］［鲦］［繇］［收］［不］［卣］［龟］［瞀］［犹］［髟］［柚］［妯］［鸺］

【十二侵】

侵骎寻浔鲟林森霖淋琳郴今衿芩琴岑涔衾禽擒檎谌斟音愔歆壬淫霪箴忱砧心钦嵚襟金针阴琛［任］［妊］［椹］［湛］［沉］［深］［浸］［祲］［镡］［蟫］［吟］［黔］［临］［禁］［喑］［参］［簪］［荫］

【十三覃】

覃潭谭昙骖毵含贪盦聃耽龛戡堪坍倓谈郯痰甘坩泔柑蚶酣邯苷褴蓝篮南男谙鹌庵涵岚蚕惭儋婪［镡］［蟫］［醰］［眈］［酖］［淦］［湛］［澹］［楠］［函］［参］［三］［担］［探］［坛］［憨］［颔］［簪］［弇］

【十四盐】

詹谵幨檐瞻襜蟾蒹鬑谦嫌缣磏鳒鹣廉镰蠊拈沾鲇黏觇霑佥签

菰淹腌阉阎歼髯蚺忺恹恬湉甜钳钤尖奁潜添炎暹帘［盐］［占］［苫］［阽］［痁］［纤］［锨］［严］［兼］［砭］［渐］［黔］［楠］［崦］

【十五咸】

咸缄搀馋凡衫杉岩衔芟鸽喃［巉］［镵］［谗］［函］［监］［嵌］［掺］［锨］［严］［帆］［髟］

三、上声

【一董】

董懂蓊塕唪动孔汞捅桶蠓拢［侗］［洞］［幪］［矇］［总］［笼］［空］［倥］［偬］［懵］［玤］

【二肿】

肿宠陇垄奉捧拥甬俑涌蛹踊勇恿怂耸拱栱珙冗冢悚竦踵氄巩［溶］［汹］［种］［壅］［茸］［重］［恐］［鲖］

【三讲】

讲港棒蚌项銗耩［玤］

【四纸】

纸舐枳轵咫诡姽跪技妓皮庳庀匕妣秕止芷址沚祉耻趾齿此紫嘴倚绮旖旎尔你玺迩耳弭旨指笫姊秭宄氿轨匭市柿恃峙畤痔己芑圮屺杞纪已巳汜祀洧鲔敉耔子李枲矢雉癸揆以苡似拟姒史驶俚娌理鲤士仕侈矣涘诔耜逦彼徙俾婢梓滓是毁髓葸蕊豸豕捶视美兕水喜蟢嚭痞鄙簋晷死履垒跬起芈舣［蓰］［屣］［弛］［迤］［匜］［氏］［坻］［抵］［砥］［底］［靡］［庳］［髀］［剞］［掎］［椅］［锜］［踦］［跂］［伎］［仔］［傀］［使］［俟］［仳］［比］［泚］［觜］［訾］［里］［悝］［委］［累］［褫］［箠］［揣］［企］［否］［蚁］［始］［巂］［哆］［唯］［被］［岿］［酾］［几］［机］［珥］［只］［徵］［耒］

【五尾】

尾娓扆苇伟玮炜韪悱棐斐匪篚榧鬼虮岂唏［菲］［诽］［蜚］［蚁］［虺］［卉］［几］［豨］［纬］

【六语】

圉圄敔吕莒侣稆旅膂苎伫纻贮抒杼序渚绪楮褚煮许杵巨苣拒炬

钜距阻俎龃举榉叙溆汝暑鼠黍醑虡所础屿墅［语］［龉］［衙］［予］［纾］［苴］［诅］［沮］［咀］［女］［茹］［著］［与］［欤］［处］［糈］［湑］［楚］［去］［御］［讵］［柜］

【七麌】

羽诩栩禹瑀踽龋抚妩怃庾腐腑俯府拊鼓瞽虏虎琥古罟估诂岵怙牯祜股羖蛊簠土杜肚主拄柱麈普谱户沪扈午仵浒努弩坞甫浦辅脯黼溥组祖鲁橹堵赌睹五伍缕褛窭窳宇武鹉父斧釜滏伛侮舞卤乳补竖妈姥部矩［麌］［蒌］［篓］［偻］［溇］［嵝］［数］［苦］［酤］［枸］［蒟］［莽］［雨］［贾］［吐］［树］［煦］［莆］［圃］［咻］［取］［剖］［愈］［怒］［炷］［雇］［迕］［簿］［庑］［聚］

【八荠】

米澧鳢醴牴邸陛弟礼体启棨［荠］［挤］［济］［氐］［诋］［坻］［抵］［柢］［砥］［底］［娣］［递］［涕］［悌］［泥］［洗］［泚］［蠡］［髀］［徯］［缇］［醍］［眯］［稽］

【九蟹】

蟹獬澥买荬骇奶摆拐矮锴［解］［洒］［楷］［罢］［夥］

【十贿】

贿蓓倍绐殆怠迨馁猥亥毐每海垲恺凯闿改浼儡待睬彩罪宰醢蕾璀乃腿磊［诒］［骀］［嵬］［傀］［隗］［悔］［采］［在］［载］［铠］［礌］［鼐］［欸］［颏］［汇］［琲］

【十一轸】

轸胗疹敏允狁陨殒闵悯纼蚓尹窘肾脤尽忍愍准隼笋哂牝蠢紧簨缜稹楯菌［诊］［畛］［赈］［蜃］［引］［盾］［泯］［纯］［吮］［朕］［闲］［黾］［嶙］

【十二吻】

吻刎谨槿粉愤恽沄韫［忿］［坋］［坟］［抆］［揾］［蕰］［蕴］［隐］［听］［近］［堇］［瑾］［殷］［龀］

【十三阮】

挽晚坂返偃蝘鼹郾忖悃捆阃绲混棍辊焜很恳垦撙鲧苑婉琬踠幰本笨损衮滚稳畚沌烜［阮］［远］［反］［阪］［饭］［宛］［菀］［漉］

[畹][蜿][盾][遁][堰][鄢][蹇][囤][圈][绻][巘][龈][娩][潓][鳟]

【十四旱】

旱秆罕缓暖管琯坦袒满趱浣脘碗伞短款诞疃纂儹懒亶[馆][盥][卵][散][断][伴][但][侃][算][瓒][悍][潓]

【十五潸】

限眼板版钣盏划产浐铲简赧柬皖[潸][拣][撰][绾][栈][莞][阪][孱]

【十六铣】

铣筅跣践典腆犬畎免冕勉辩辨辫篆笕岘泫铉碥褊匾湎缅勔狝茧蒇藓剪翦辇软沔演兖脔喘展显謇舛戬件琏墡鳝殄燹癣阐隽撚[善][遣][缱][转][辗][碾][选][冼][浅][饯][栈][钱][键][搴][蹇][宴][狷][蚬][蜎][蜓][衍][卷][眄][扁][谝][谳][巘][鲜][吮][甗][趼][黾][娩][娈][瑑]

【十七篆】

筿沼绍杪秒眇渺缈缥鳔缭瞭皎皦窅窈窕兆旐悄愀小表鸟茑枭了扰晓杳舀矫皫藐淼肇殍赵[侥][绕][娆][娇][佻][朓][挑][掉][摽][慓][少][蓼][湫][标][夭][僚][燎][缴][剿][藨]

【十八巧】

巧饱鲍卯昴泖狡绞铰爪搅吵炒[挠][拗][茆][佼][咬][姣][筊]

【十九皓】

皓浩皞皂澡藻璪早草枣考拷栲老栳恼脑瑙杲昊滈槁稿镐保葆褓堡岛捣鸨宝道稻讨嫂颢灏袄蚤媪抱[缟][鄗][涝][潦][好][造][倒][祷][扫][埽][缫][缲][夭][燠]

【二十哿】

哿可舸婀娜果裸蜾颗裹朵垛舵椭火伙我琐锁妥嬴蓏叵左爸祸脞亸[坷][轲][荷][砢][硪][峨][堕][惰][跛][颇][簸][哆][沱][傩][坐][那][哪][么][夥][瘅][卵][娑][爹][揣][拖][瑳]

【二十一马】

马玛者赭踝痄野寡剐社写冶也灺扯傻厦椵槚惹喏姐耍雅罜［假］［瘕］［哑］［哆］［泻］［洒］［下］［夏］［贾］［舍］［若］［且］［奼］［髁］［打］［把］［鲊］［瓦］

【二十二养】

痒象像橡奖桨敞氅仿纺昉党谠漭蟒囊滉幌网罔惘辋魍魉丈枉掌赏嗓磉颡谎怳恍鞅朗昶沆驵响想爽享襁鲞壤往厂蒡飨［养］［泱］［怏］［慌］［广］［犷］［挡］［抢］［苍］［莽］［蒋］［彷］［傥］［倘］［仰］［仗］［杖］［榔］［榜］［膀］［强］［穰］［荡］［两］［攘］［盎］［长］［涨］［上］［吭］［肮］［脏］［帑］［晃］［奘］

【二十三梗】

梗埂绠哽鲠景憬璟影冷岭领颈颍颖丙炳郢皿猛艋蜢靖静饼省眚境幸倖悻警永井骋逞整瘿杏秉耿荇矿冏［请］［婧］［靓］［并］［屏］［顷］［犷］［狰］［黾］［檠］［邴］［裎］［打］［儆］［阱］

【二十四迥】

迥泂炯侹挺梃珽铤艇颋酊酩茗到等鼎顶肯拯謦婞［町］［泞］［溟］［醒］［莛］［并］［诇］［胫］

【二十五有】

酉酒口抖蚪苟笱狗久玖羑丑扭纽忸钮偶耦藕薮擞莠诱肘纣绺纠赳陡手朽柳友受瞍牖阜九帚亩舅臼韭牡缶黝耇糗某母拇殴垢郈叩溇［有］［右］［后］［否］［咎］［培］［剖］［瓿］［掊］［扣］［篓］［溇］［嵝］［走］［取］［擞］［鲰］［守］［嗾］［叟］［溲］［绶］［首］［厚］［蹂］［狃］［卣］［岣］［枸］［浏］［茆］［寿］［斗］［吼］［欧］［呕］［妇］［姆］［负］［灸］［服］

【二十六寝】

寝锓锦蕈葚荏饪恁怎谂稔审婶禀廪懔凛沈品［噤］［甚］［椹］［枕］［衽］［朕］［饮］

【二十七感】

感撼揽览榄橄敢惨糁黪萏菡胆坎毯揞昝罯［椠］［錾］［澹］［颔］［喊］［晻］［眈］［醰］［嵌］［赣］

【二十八俭】

俭捡检脸睑险陕奄埯掩罨冉苒芡谄玷点飐嗛琰剡染簟贬俨黡闪［狝］［敛］［潋］［渐］［歉］［魇］［忝］［崦］［晻］［弇］［焰］

【二十九豏】

豏减碱犯范槛舰斩黯［湛］［掺］［阚］［喊］［滥］［歉］［巉］

四、去声

【一送】

送弄哢冻栋凤讽众瓮贡痛仲粽恸控鞚赗蕻［同］［洞］［恫］［衕］［梦］［中］［衷］［空］［哄］［幪］［砻］［瞢］［偬］［凇］［赣］［戆］

【二宋】

宋统综讼颂用诵俸疭共［供］［从］［纵］［封］［葑］［重］［种］［缝］［雍］［恐］

【三绛】

绛巷［降］［洚］［淙］［撞］［憧］［幢］［艟］［哄］［虹］［戆］

【四寘】

寘寄寐至轾致笥伺嗣饲饵刵馈匮帜炽备畀痹秘毖庇挚贽鸷四驷泗利莉痢痣志忌怼恚意惎次恣懿弃异记试谊诿寺侍义议位莅遂隧燧邃鼻劓惴瑞臂避譬詈置萃翠悴粹醉瘁芰忮豉翅愧魅谥缢稚穗穊冀骥季悸睡泪自洎字牸示祟啻謚喂嗜肆肄屃赑厕赐勚贰腻蔵地事吏器伪智类媚坠二诐帔觊渍糒鞴缒［诒］［治］［始］［眙］［眯］［睢］［眦］［柴］［晒］［思］［累］［蒉］［篑］［掎］［骑］［吹］［咥］［识］［织］［积］［值］［埴］［植］［柜］［槌］［迟］［遗］［跂］［踬］［跸］［跛］［陂］［被］［其］［澌］［刺］［戏］［使］［易］［帅］［食］［暨］［比］［觯］［荔］［莳］［薏］［彗］［企］［为］［贲］［谇］［屣］［锤］［眥］［施］［庳］［司］［里］［瑟］［泌］［珥］［出］［欬］［亟］［孳］

【五未】

未味气饩讳畏胃谓渭猬狒费贵翡慰魏毅既［髴］［沸］［汇］［溉］［暨］［尉］［蔚］［芾］［诽］［痱］［卉］［衣］［忾］［欷］［纬］

【六御】

箸翥署薯曙倨锯踞豫预蓣滪遽觑絮恕庶虑瘀助驭饫[御][去][胠][女][如][茹][洳][沮][诅][狙][据][椐][淤][处][著][与][欤][疏][语][醵][除][楚][嘘][讵][誉]

【七遇】

遇寓赋赂辂路潞露璐鹭固痼锢铸镀渡库袴务雾布怖忤募墓暮慕蠹蛀住注驻驸付附鲋阼胙祚裕捂悟晤寤捕哺傅赙措醋酗互冱枑骛婺娶姹妪妒护戽具飓惧愫嗉素屦履澍溯塑腧谕误诉讣赴趣步兔故顾戍绔孺[厝][怒][恶][胯][瓠][铺][圃][酺][酤][苦][瞿][雇][属][句][煦][蒟][吐][味][喻][俞][输][仆][作][芋][获][菟][树][度][数][骛][聚][污][驱][雨][炷][迕][妇][负][副][富][足][跗]

【八霁】

霁哜岁刿制蓟薙艺呓蕙惠蟪慧憩眄睨睥睇剃第逝势誓砌砺厉蛎励疠敝蔽弊箅羿翳帝蒂禘谛计诣谜髢髻帨税锐屉戾唳隶棣桂筮噬噎芮汭枘傺穄薜嬖踶鳀细继例俪袂禊滞澳世卫币际婿媲彘毙裔系替脆睿毳曳赘瘗[齐][挤][济][剂][娣][涕][悌][递][说][蜕][泥][泄][贳][蹶][鳜][偈][揭][捩][丽][契][祭][闭][缀][缔][彗][柢][达][逮][掣][妻][眯][眦][题][粝][离][荔][轪][切][哲][裼][医]

【九泰】

泰会荟侩浍绘桧脍郐赖籁濑癞贝狈沛霈霭蔼太汰带外旆蔡害最艾兑丐柰[大][奈][轪][盖][粝][蜕][酹][狯][哕]

【十卦】

卦挂诖懈廨邂迈劢虿戒诫械介芥玠疥瘵夬快拜湃债败呗哙喟嘬隘卖派怪坏界薤蒯稗届惫砦寨聩[杀][铩][蒉][篑][喝][噫][嗌][话][晒][眦][瘥][画][瀣][解][祭][狯][价][块][衩]

【十一队】

队内爱暧叆逮倅淬碎睟晦诲溃愦辈代玳岱贷袋黛妹昧眛赉

肺慨概乂刈对耐戴襶褦吠喙碍碓佩退憝态秽菜废配埭焙背再赛邶［栽］［载］［裁］［孛］［悖］［忾］［悔］［脢］［劾］［欬］［溉］［瀣］［塞］［逮］［敦］［铠］［在］［琲］［瑁］［礌］［酹］［徕］［采］［北］［谇］［啐］［鼐］［块］［耒］

【十二震】

震闰润慎镇刃仞轫牣韧鬓摈殡殉徇晋缙搢瑨馑觐蔺躏俊峻骏浚畯舜瞬荩烬赆遴讯汛迅进吝信印阵顺衅胤榇慭仅认衬疢趁［振］［娠］［赈］［蜃］［磷］［瞵］［诊］［谆］［傧］［瑱］［琎］［瑾］［引］［亲］［龀］

【十三问】

问运酝晕郓郡捃汶紊韵粪奋偾愠焮靳训璺［分］［坋］［忿］［斤］［近］［组］［蕰］［蕴］［抆］［员］［隐］［闻］

【十四愿】

愿巽噀建健艮恨褪寸困宪劝券钝逊嫩贩畈坌楦诨［揾］［远］［遁］［绻］［圈］［溷］［论］［闷］［怨］［濆］［饭］［献］［曼］［蔓］［喷］［奔］［敦］［涴］［畹］［堰］［媛］［瑗］［键］［焌］［鳟］［万］［顿］

【十五翰】

旰矸扞垾捍焊岸炭半泮绊畔靽判叛逭涫瀚汉涣奂换唤焕赞灌瓘罐鹳粲璨惋腕窜撺段缎锻乱旦玩烂贯爨幔灿惮蒜喭祼彖［翰］［干］［汗］［骭］［悍］［难］［滩］［谰］［澜］［谩］［墁］［漫］［镘］［缦］［叹］［观］［断］［散］［算］［冠］［弹］［看］［钻］［胖］［伴］［但］［侃］［馆］［晏］［盥］［瓒］［攒］

【十六谏】

谏涧锏裥襻涮汕疝扮盼嫚慢惯雁赝宦办豢串苋绽幻篡孪丱瓣［缦］［谩］［讪］［栈］［栅］［患］［间］［晏］［绾］［骭］［擐］［羼］

【十七霰】

霰见现砚缐线缮膳鄯鄄练炼绚绢罥睊眩炫卞汴忭彦谚谴茜荐唁啭颤擅嬗掾殿面县变箭战贱院电甸眷倦羡奠骗遍恋钏片淀靛楝嬿馔［传］［转］［辗］［碾］［研］［趼］［先］［选］［煎］［燕］［咽］［穿］

[宴][堰][弁][瑗][援][媛][瑑][缘][缠][拣][撰][佃]
[钿][遣][缱][眄][瞑][饯][溅][便][倩][单][禅][扇]
[煽][蚬][狷][旋][漩][甗][牵][善][瑱][衍][卷][惓]
[谳]

【十八啸】

啸叫噭召诏邵照曜耀俏诮峭票骠俵裱庙疗笑窍妙钓眺尿粜醮
[僬][噍][敫][徼][绕][烧][朓][铫][跳][嘹][镣][鹩]
[鹞][摇][掉][摽][剽][漂][慓][要][劭][调][吊][少]
[料][峤][轿][肖][哨][鞘][约][爝]

【十九效】

效珓校孝酵罩淖棹袎靿疱闹豹貌窖稍笊[较][胶][教][桡]
[爆][拗][乐][觉][敲][泡][炮][趵][刨][窌][钞]

【二十号】

噪燥躁诰部靠糙耗耄到报菢帽导盗灶奥懊悼犒蹈傲嫪奡套臑
[号][告][造][暴][瀑][劳][涝][潦][漕][隩][澳][燠]
[冒][瑁][帱][祷][焘][缟][膏][操][好][纛][骜][倒]
[凿][扫][埽][芼][眊]

【二十一箇】

箇个莝挫锉座贺货做佐饿课糯唾播破卧剁[大][奈][驮]
[坷][轲][磋][磨][獐][作][那][些][过][逻][和][簸]
[坐][惰][懦][髁][涴]

【二十二祃】

祃骂驾架谢榭嫁稼亚娅乍诈诧侘偌讶砑迓灞柘靶化夜暇赦蔗
罅跨麝怕卸坝鹧汊嗄[奼][咤][价][假][借][蜡][藉][把]
[杷][华][桦][下][吓][罢][夏][霸][炙][舍][射][胯]
[贳][泻][溠][差][话][衩][帕][鲊][瓦]

【二十三漾】

漾恙样壮状帐胀怅怆悢酿圹纩旷旺放舫访让诳谅谤傍况贶嶂
瘴伉抗炕向饷唱畅葬匠尚酱鬯亮妄宕[荡][汤][炀][砀][飏]
[长][张][涨][亢][吭][颃][防][妨][怏][盎][行][桁]

［桄］［相］［杖］［仗］［仰］［偿］［傥］［倡］［当］［挡］［搒］［掠］［凉］［阆］［浪］［潢］［上］［望］［将］［晃］［量］［障］［藏］［养］［王］［丧］［两］［忘］［广］［创］［脏］［奘］

【二十四敬】

敬政姓性泳咏净诤竟獍镜柄病郑进摒命圣映晟劲竞孟聘硬帧夐［请］［倩］［婧］［靓］［盛］［盟］［榜］［横］［评］［诇］［正］［证］［令］［行］［庆］［更］［迎］［轻］［并］［侦］［儆］［邴］［檠］［娉］［阱］［趟］

【二十五径】

径定碇锭嶝磴瞪凳蹭赠甑订饤罄罄滕邓孕滢剩佞亘［经］［胫］［廷］［庭］［应］［听］［胜］［乘］［称］［莹］［证］［兴］［宁］［泞］［醒］［钉］［镫］［蹬］［暝］［烝］［凭］［凝］［堋］

【二十六宥】

宥侑候堠就僦鹫秀绣锈透奏凑辏腠狖狩戊茂宙岫袖鼬胄臭嗅嗽漱漏佑豆饾脰逗籀贸购构冓媾觏遘诟姤逅谬鹨疚柩绉皱瘘袤糅懋酎寇究窦笳箧授兽陋昼旧救幼瘦咒彀骤毵僽又螢蔻厩耨［畜］［留］［溜］［馏］［遛］［瘤］［右］［扣］［后］［售］［柚］［辐］［副］［富］［复］［覆］［蹂］［鞣］［瞀］［蔟］［嗾］［味］［吼］［狃］［犹］［守］［宿］［窌］［仆］［伏］［绶］［缪］［廖］［偻］［镂］［走］［繇］［首］［句］［沤］［收］［厚］［读］［寿］［斗］［有］［囿］［姆］［灸］

【二十七沁】

沁渗谮谶鸩赁窨闯妗［枕］［酖］［沉］［深］［禁］［噤］［吟］［喑］［任］［妊］［衽］［祲］［浸］［饮］［临］［甚］［荫］

【二十八勘】

勘磡啖淡暂绀缆憾瞰暗［憨］［阚］［淦］［錾］［滥］［澹］［担］［探］［三］［赣］［参］［醰］［嵌］

【二十九艳】

艳滟念埝验殓赡韂垫堑坫店俺僭窆酽掞厌餍［猃］［剑］［敛］［潋］［占］［苫］［阽］［痁］［欠］［椠］［砭］［盐］［兼］［忝］［焰］［焱］

【三十陷】

陷鉴梵忏赚蘸站泛［监］［帆］［剑］［镵］［阚］［谗］［欠］

五、入声

【一屋】

屋木沐霂竹竺筑簏簇族镞目苜腹蝮馥蝠福禄碌縠縠縠毂孰塾熟鹿簏麓漉辘菊掬鞠麴逐轴舳牧犊渎椟牍黩粥鬻育淯叔菽淑卜扑蔌簌速觫斛槲柷祝蹙茯洑濮蹼醭薁昱蓿缩穆秃谷肉陆肃骕鹔六哭蓄搐滀独睦衄矗蹴谡毓夙彧倏髑曝［幅］［辐］［副］［匐］［暴］［瀑］［蓼］［缪］［戮］［复］［覆］［隩］［澳］［燠］［俶］［伏］［仆］［朴］［柚］［妯］［宿］［读］［畜］［鹜］［恧］［蔟］［菔］［服］［觳］［郁］［囿］［涑］［碡］［啄］［煜］

【二沃】

沃鋈烛触录菉箓绿渌逯醁酷喾梏牿鹄鹆欲俗浴峪辱蓐缛溽褥鄏蜀蠋躅跼局续赎玉曲粟狱束促嘱瞩旭顼幞笃督瘃勖毒亍［足］［属］［纛］［告］［仆］［碡］

【三觉】

角桷确浞捉娖卓倬诼涿琢椓学岀雹壳悫擢濯偓渥握幄喔龌龊鬻珏璞榷岳朔槊搠搦斲剥驳浊镯荦皃邈［觉］［乐］［朴］［数］［爆］［觳］［较］［药］［趵］［飑］［瞀］［眊］［啄］

【四质】

质锧日驲骘桎郅厔室窒实密蜜必铋镒谧溢漆膝疾蒺嫉悉蟋蟀率聿律失佚帙泆秩栗溧溧篥毕荜筚笔吉佶诘姞恤怵秫术述逸遹鹬潏橘栉七叱一乙壹黜弼虱戌昵佾觱匹［出］［茁］［侄］［咥］［蛭］［苾］［瑟］［泌］［汨］［跸］［蹶］［卒］［捽］［啐］［崒］［轶］［唧］［帅］［尼］［拮］［焌］

【五物】

物勿芴茀弗佛刜拂佛绋绂韨祓黻屈倔崛乞仡屹迄讫诎熨欻鼩［尉］［蔚］［芾］［菀］［沸］［鬅］［艴］［掘］［厥］［郁］［不］［吃］

【六月】

月谒蝎羯歇没殁伐筏垡阀阙蕨撅橛劂突窣猝饽脖鹁勃渤笏忽淴惚纥矻兀杌扤屼窟堀曰骨发讷粤罚钺樾［厥］［蹶］［鳜］［孛］［悖］［汩］［滑］［鹘］［讦］［越］［卒］［捽］［崒］［唠］［咄］［掘］［揭］［猲］［碣］［竭］［凸］［刖］［核］［阏］［艴］［袜］［顿］

【七曷】

曷葛渴褐鞨鹖遏末沫抹秣聒括活阔闼挞搽捋捺撮钹跋魃拨泼袯裰笪妲怛割豁钵脱夺萨辣斡刺瘌［拔］［掇］［剟］［喝］［猲］［獭］［阏］［越］［鸹］［适］［袜］［咄］［达］［粝］［磕］［蘖］

【八黠】

黠秸劼扎札轧戛嘎刮刹刷捌揠八叭朳哳察菝猾猰辖瞎煞［杀］［铩］［滑］［鹘］［鸹］［拔］［刖］［茁］［獭］［颉］［帕］

【九屑】

屑节疖别列冽洌裂烈杰蓺热亵结洁桔穴窃彻决诀抉玦缺觖撇瞥蹩鳖楔锲挈絜垤绖耋悦阅阕捏涅隉铁跌迭瓞篾蔑蠛撷缬撤澈辙辍啜惙绁媟揲渫薛孽蘖折浙哲蜇舌呐啮噎臬桀设谲雪绝血灭拽拙劣餮孑锊截［偈］［揭］［碣］［竭］［侄］［咥］［蛭］［掇］［缀］［剟］［讦］［说］［谳］［茁］［茶］［苾］［蘖］［颉］［拮］［批］［捩］［橇］［泄］［咽］［切］［掣］［契］［凸］［闭］［轶］［晢］［霓］

【十药】

博搏缚膊镈薄欂礴各骆洛络恪珞烙硌略酪貉落阁雒雀霍藿擢臛矍籰戄攫镬蠖爵嚼郝椁郭廓勺芍妁灼酌铎萚箨箬诺都萼谔崿愕腭锷鳄鄂鹗鹤鹊碏错粕泊箔绰烁铄跃踱寞摸漠镆瘼怍昨酢迮虐谑噱斫柝壑垩噩弱蒻却脚幕扩托削橐钥龠瀹亳涸疟镢禚［药］［约］［莫］［膜］［昔］［厝］［作］［柞］［著］［躇］［恶］［乐］［栎］［轹］［踯］［若］［凿］［掠］［度］［获］［格］［醵］［魄］［鄗］［敫］［缴］［拓］［爝］［簿］［索］

【十一陌】

陌百貊客喀骼白伯拍柏珀舶帛迫赤赫亦奕弈迹役疫碧石祏跖鼫磔硕额译泽驿择绎怿峄释辟僻擗擘檗璧襞癖脊嵴踖鹡瘠责箦啧

帻碛赜厄扼轭隔嗝槅膈鬲鵅潟掖液腋埸蜴掴帼蝈摭蹠夕汐宅穸窄蚱舴掷踯郤惜籍策逆脉席戟麦册尺隙屐剧益斥坼拆谪虢奭裓螫貘婳绤蓦[昔][借][腊][藉][柞][栅][核][格][魄][积][画][易][适][摘][蹢][射][炙][翟][砉][鬲][鲫][吓][哑][嗌][划][刺][莫][霸][霹][获][只][筴][索][革]

【十二锡】

锡惕踢剔历沥呖枥疬苈雳劈壁甓绩嫡滴镝析淅晰蜥皙狄荻逖的菂砾阒阒觅觋汨涤溺幂寂击笛敌激檄籴鹢鹝戚迪郦倜[焱][摘][蹢][適][霹][霓][翟][鬲][砉][吊][吃][栎][轹][跞][裼][蓂][俶]

【十三职】

职力仂肋勒黑默墨息熄则侧测恻弋忒式拭栻轼或域棫蜮惑阈敕棘匿慝亿忆臆仄昃克翊翌翼殛啬濇穑饬饰蚀洫湜国色极得德贼刻直殖特稷即陟抑愎愊湢逼踣[值][埴][植][幅][副][匐][识][织][唧][鲫][食][北][塞][劾][冒][膱][嶷][葍][薏][恧][亟][万][革]

【十四缉】

缉揖辑葺戢濈立笠泣粒邑挹浥悒给卌廿十什汁及岌芨伋级汲吸执蛰縶翕熠褶霫湿涩集急入习袭隰[唈][笈][圾][歙][熤][拾][楫]

【十五合】

合蛤鸽颌塔搭褡嗒答盒盍溘嗑榼瞌阖塌蹋榻遢邋遝拉垃纳衲沓踏趿靸飒杂匝漯卅奄[唈][喝][盖][磕][腊][蜡][圾][拓]

【十六叶】

叶帖贴谍堞牒蝶蹀鲽屧倢捷婕睫荚侠挟浃铗蛱颊页惬箧晔烨聂摄嗫滠慑镊蹑鬣躐躞燮妾接捻馌叠氎涉协勰靥辄猎詟[魇][霎][荼][笈][筴][箑][喋][歙][楫][拾]

【十七洽】

洽恰祫袷夹狭峡硖郏法怯劫蛱胁甲押狎呷胛柙鸭匣闸业邺插锸歃乏眨压掐劄[喝][喋][筴][箑][霎]

词林十七部韵

一、为满足广大词家和爱好者的需要，依据《词林正韵》重新拣选，辑成本编。

二、《词林正韵》未收入的常用字，依据其他典籍酌加增补。与其他各典不一致处则视具体情况，或依《词林正韵》收入，或依各典加以补正。

三、本编分部改为十七部。将原第十三部合入第六部，原第十四部合入第七部。平上去声共十二部。入声五部不变，但序号改为第十三部至第十七部。为与其他版本区别，故称《词林十七部韵》。改为十七部之理由主要基于两点：一是所合并韵部内之各韵，在《词林正韵》十九部出现之前的宋人词中就已通用；二是所合并韵部内之各韵的韵母基本相同或相近，合并后更切合现今实际。相关内容，可参阅本书第三十一讲 “词韵的通押”部分。

四、为方便查阅，将两韵或两韵以上兼收的字称为双韵字，加方括号以示区别。

第一部

平声：一东二冬通用

【一东】东铜桐筒峒酮童僮潼曈瞳艟狆忡忠盅虫螽融终戎绒狨椶崇嵩崧菘芃渱洪烘弓躬芎穹穷宫崆隆窿癃风枫疯工讧红攻功蒙濛檬曚朦艨栊珑咙昽胧聋匆葱聪骢蓬篷通雄熊充彤鸿丛公翁嗡鬃沣酆[中][冲][衷][种][空][倥][悾][笼][砻][庞][曚][幪][鲖][恫][侗][同][衕][瞢][懵][梦][冯][洚][虹][总][逢][艟][丰][哄]

【二冬】冬咚疼农侬浓哝脓秾醲宗踪琮悰容榕熔镕蓉龙茏龚舂蚣松忪淞枞峰蜂锋烽庸慵墉镛鳙佣痈噰饔凶讻匈胸邛筇蛩恭邕钟彤

［冲］［重］［憧］［橦］［艟］［从］［纵］［逢］［缝］［茸］［供］［淙］［溶］［汹］［喁］［雍］［壅］［凇］［跫］［丰］［封］［葑］

仄声：上声一董二肿
去声一送二宋通用

【一董】董懂蓊塕唪动孔汞捅桶蠓拢［侗］［洞］［幪］［矇］［总］［笼］［空］［倥］［偬］［懵］［琫］

【二肿】肿宠陇垄奉捧拥甬俑涌蛹踊勇恿怂耸拱栱珙冗冢悚竦踵氄巩［溶］［汹］［种］［壅］［茸］［重］［恐］［鲖］

【一送】送弄哢冻栋凤讽众瓮贡痛仲粽恸控鞚赗葼［同］［洞］［恫］［衕］［梦］［中］［衷］［空］［哄］［幪］［砻］［瞢］［偬］［凇］［赣］［戆］

【二宋】宋统综讼颂用诵俸疭共［供］［从］［纵］［封］［葑］［重］［种］［缝］［雍］［恐］

第二部

平声：三江七阳通用

【三江】江茳扛杠矼缸豇泷龙邦梆桩逄双窗腔［降］［洚］［庞］［撞］［幢］［橦］［淙］［悾］［跫］

【七阳】阳场扬杨旸肠钖疡殇觞乡芗光洸胱香昌菖猖鲳阊章嫜樟漳獐璋彰鄣方芳坊枋肪钫鲂邡房唐塘搪溏糖螗戕斨妆装尝常棠裳堂镗螳蹚霜骦孀央殃秧鸯蔷墙嫱樯梁粱庄赃黄簧璜仓沧呛玱舱跄鸧疮皇篁徨湟惶煌蝗艎隍遑凰囊襄骧禳镶瓤箱湘缃厢亡芒忙邙肓茫荒郎螂廊狂汪康慷糠冈钢纲刚匡筐洭眶良莨娘狼琅稂粮踉杭航苌伥姜羌蜣僵缰礓疆徜徉羊佯详洋祥翔庠床筜珰裆旁滂磅螃蝥锵浆桑伤商昂帮臧［长］［张］［涨］［苍］［抢］［枪］［创］［倘］［趟］

[行][桁][桄][防][彷][妨][汤][炀][砀][飏][攘][穰][将][蒋][亢][吭][肮][颃][当][铛][锽][凉][泱][浪][潢][王][相][忘][望][偿][倡][强][庆][量][榔][丧][障][彭][藏][慌][阆][膀]

仄声：上声三讲二十二养
去声三绛二十三漾通用

【三讲】讲港棒蚌项鲘耩[玤]

【二十二养】痒象像橡奖桨敞氅仿纺昉党谠漭蟒曩滉幌网罔惘辋魍魉丈杖掌赏嗓磉颡谎怳恍鞅朗昶沆驵响想爽享襁鲞壤往厂蒡飨[养][泱][怏][慌][广][犷][挡][抢][苍][莽][蒋][彷][傥][倘][仰][仗][杖][榔][榜][膀][强][荡][两][攘][穰][盎][长][涨][上][吭][肮][脏][帑][晃][奘]

【三绛】绛巷[降][洚][淙][撞][憧][幢][艟][哄][虹][戆]

【二十三漾】漾恙样壮状帐胀怅怆悢酿圹纩旷旺放舫访让诳谅谤傍况贶嶂瘴伉抗炕向饷唱畅葬匠尚酱凼亮妄宕[荡][汤][炀][砀][飏][长][张][涨][亢][吭][颃][防][妨][怏][盎][行][桁][桄][相][杖][仗][仰][偿][傥][倡][当][挡][搒][掠][凉][阆][浪][潢][上][望][将][晃][量][障][藏][养][王][丧][两][忘][广][创][脏][奘]

第三部

平声：四支五微八齐十灰（半）通用

【四支】支吱枝岐歧肢之芝眵黟移簃垂陲卑碑裨脾郫陴奇埼崎琦畸攲猗漪皮披疲知痴蜘踟驰池师狮蛳筛基萁箕綦骐期欺淇棋祺

琪蜞旗麒斯凘撕厮词祠颐姬宧谁惟椎帷雌骓锥维潍罹丝兹滋慈磁嵫鹚鸶鸥鸸而洏鲕鲥鳍耆蓍鬐髭龇疵赀资咨粢瓷姿茨炊埘时诗持隋随危卮栀蓠篱漓缡螭醨魑麾縻糜蘼醾麋肌脂厘狸眉湄嵋楣郿笞怡饴贻规窥夷姨痍丕伾邳祁芪衹祇泜胝禧嘻嬉僖熹熙罴羁伊咿虒篪妫沩追逵逶痿萎蕤夔葵荽绥虽蚩嗤媸薋濨螧淄缁锱辎缌飔嫘孜尸怩妮呢墀宜仪悲辞疑亏羲曦私彝衰匙牺巇羸蛡娭貔枇纰毗蚍琵坒儿弥霉鼒[吹][噫][遗][迟][迤][弛][施][匜][医][累][锤][箠][委][倭][仔][孳][比][仳][伎][偲][思][尼][居][丽][鹂][骊][酾][台][治][眙][睢][推][唯][差][嵯][氏][坻][椅][锜][剞][骑][踦][剂][荠][蓰][莳][蕲][觯][槌][椑][庳][靡][麓][犛][訾][觜][堕][机][饥][蛇][蠵][蠡][其][凘][涯][为][陂][离][璃][龟][司][嶷][馗][蠶][提][戏][褫][寅]

【五微】微薇徽挥晖辉翚韦帏袆违闱围讥叽矶玑非霏扉绯腓圻沂祈颀旂肥淝希晞稀威葳妃飞畿依巍归[菲][诽][蜚][痱][欷][豨][几][机][饥][衣][俟]

【八齐】蛴脐跻齑犁梨黎藜蒺萋凄圭奎畦闺邽堤低羝啼蹄绨梯稊鹈鸡奚傒溪蹊鼷倪猊蜺鲵嘶西栖粞醯睽暌笄篦砒嵇赍荑犀鼙迷携兮乩[齐][挤][提][缇][醍][题][骊][鹂][巂][蠵][徯][氏][诋][批][蠡][蠶][妻][璃][泥][绨][霓][凘][椑][稽]

【十灰】灰诙恢偎隈煨回茴洄徊徘裴媒禖煤陪醅酶梅莓坯胚杯桅枚玫瑰魁雷罍堆崔催摧盔颓缞[傀][隗][槐][嵬][推][培][悝][脢][虺]

仄声：上声四纸五尾八荠十贿（半）

去声四寘五未八霁九泰（半）

十一队（半）通用

【四纸】纸舐枳轵咫诡姽跪技妓庋麂庀匕妣秕止芷址沚祉耻趾齿此紫嘴倚绮旖旎尔你玺迩耳弭旨指第姊秭宄氿轨匦市柿恃峙畤痔

己芑圮屺杞纪已巳汜祀洧鲔敉耔子李枲矢雉癸揆以苡似拟姒史驶俚娌理鲤士仕侈矣涘诔耜逦彼徙俾婢梓滓是毁髓葸蕊豸豕捶视美兕水喜蟢嚭痞鄙篚晷死履垒跬起芈舣［蓰］［屣］［弛］［迤］［匜］［氏］［坻］［抵］［砥］［底］［靡］［庳］［髀］［剞］［掎］［椅］［锜］［踦］［跂］［伎］［仔］［傀］［使］［俟］［仳］［比］［泚］［觜］［訾］［里］［悝］［委］［累］［褫］［箠］［揣］［企］［否］［蚁］［始］［蔿］［哆］［唯］［被］［岿］［酾］［几］［机］［珥］［只］［徵］［耒］

【五尾】尾娓扆苇伟玮炜韪悱棐斐匪篚榧鬼虮岂唏［菲］［诽］［蜚］［蚁］［虺］［卉］［几］［豨］［纬］

【八荠】米澧鳢醴牴邸陛弟礼体启棨［荠］［挤］［济］［氐］［诋］［坻］［抵］［柢］［砥］［底］［娣］［递］［涕］［悌］［泥］［洗］［泚］［蠡］［髀］［徯］［缇］［醍］［眯］［稽］

【十贿】贿馁猥每磊儡罪倍蓓蕾璀腿浼［傀］［隗］［嵬］［琲］［悔］［汇］［礧］［诒］

【四寘】寘寄寐至轾致笥伺嗣饲饵刵馈匮帜炽备畀痹秘毖庇挚贽鸷四驷泗利莉痢痣志忌怼恚意惎次恣懿弃异记试谊诿寺侍义议位莅遂隧燧邃鼻劓惴瑞臂避譬詈置萃翠悴粹醉瘁芰忮豉翅愧魅谥缢稚穗概冀骥季悸睡泪自洎字牸示祟啻辔喂嗜肆肄屃赑厕赐勚贰腻蒇地事吏器伪智类媚坠二诐帔觊渍糒犕缒［诒］［治］［始］［眙］［眯］［睢］［眦］［柴］［晒］［思］［累］［蒉］［篑］［掎］［骑］［吹］［咥］［识］［织］［积］［值］［埴］［植］［柜］［槌］［迟］［遗］［跂］［踬］［跸］［跛］［陂］［被］［其］［澌］［刺］［戏］［使］［易］［帅］［食］［暨］［比］［觯］［荔］［莳］［薏］［彗］［企］［为］［贲］［谇］［屣］［锤］［岿］［施］［庳］［司］［里］［瑟］［泌］［珥］［出］［欬］［亟］［孳］

【五未】未味气饩讳畏胃谓渭猬狒费贵翡慰魏毅既［髴］［沸］［汇］［溉］［暨］［尉］［蔚］［芾］［诽］［痱］［卉］［衣］［忾］［欷］［纬］

【八霁】霁哜岁刿制蓟薙艺呓蕙惠蟪慧憩盻睨睥睇剃第逝势誓砌砺厉蛎励疠敝蔽弊箅羿翳帝蒂禘谛计诣谜髢髻帨税锐屉戾唳隶棣桂筮噬嚏芮汭枘傺穄薜嬖踶鳀细继例俪袂禊滞澨世卫币际婿媲毳

毙脔系替脆睿毳曳赘瘗［齐］［挤］［济］［剂］［娣］［涕］［悌］［递］［说］［蜕］［泥］［泄］［贳］［蹶］［鳜］［偈］［揭］［捩］［丽］［契］［祭］［闭］［缀］［缔］［彗］［柢］［达］［逮］［掣］［妻］［睐］［眦］［题］［粝］［离］［荔］［轪］［切］［晳］［裼］［医］

【九泰】会荟侩绘桧脍贝狈沛霈旆外最兑［蜕］［粝］［哕］［狯］［酹］

【十一队】队内倅淬碎晬昧妹晦诲溃愦辈肺乂刈对吠喙佩退秽废配焙背碓憝邶［谇］［啐］［孛］［悖］［悔］［脢］［琲］［瑁］［敦］［北］［耒］［滏］［礌］［酹］

第四部

平声：六鱼七虞通用

【六鱼】鱼渔裾琚腒舒妤余徐狳蜍滁渠蕖诸猪潴储庐驴胪胥蔬梳虚墟歔璩蘧摅蛆疽菹趄雎锄闾榈樗初书舆祛袪［居］［据］［椐］［屠］［予］［纾］［且］［苴］［沮］［狙］［咀］［如］［茹］［洳］［於］［淤］［蝑］［衙］［嘘］［醵］［车］［誉］［疏］［除］［与］［欤］［畲］［胠］［躇］［湑］［糈］

【七虞】虞吴娱蜈禺愚嵎髃隅刍雏趋无芜巫诬于吁盱纡竽迂盂邗都欋衢癯戵需儒濡嚅襦须媭朱侏诛洙姝珠株殊铢蛛邾茱窬渝愉瑜榆覦歈逾毹氍臾萸谀腴岖枢躯柎苻符夫芙扶肤蚨趺麸厨蹰拘驹劬朐谟嫫模哺匍逋蒲敷辜沽姑菇枯蛄骷鸪胡湖猢瑚糊鹕葫醐酥稣途荼菰孤狐弧觚罛奴拏驽乎呼滹吾梧鼯徂殂租粗卢垆泸栌轳舻鲈鸬颅炉芦孚俘莩郛稃呜乌凫俱壶徒摹图毋苏殳雩洿刳［区］［呕］［驱］［娄］［溇］［镂］［蒌］［芋］［菟］［莆］［铺］［酺］［酤］［俞］［揄］［喻］［输］［愈］［蝑］［喁］［呱］［瓠］［句］［岣］［枹］［罦］［桴］［污］［涂］［屠］［瞿］［诹］［裯］［膜］［瓿］［於］［帑］［麌］［懦］［恶］［阇］［庑］［跗］

仄声：上声六语七麌通用
去声六御七遇通用

【六语】圉圄敔吕莒侣稆旅膂苎伫纻贮抒杼序渚绪楮褚煮许杵巨苣拒炬钜距阻俎龃举榉叙溆汝暑鼠黍醑虡所础屿墅［语］［龉］［衙］［予］［纾］［苴］［诅］［沮］［咀］［女］［茹］［著］［与］［欤］［处］［糈］［湑］［楚］［去］［御］［讵］［柜］

【七麌】羽诩栩禹瑀踽龋抚妩怃庾腐腑俯府拊鼓瞽虏虎琥古罟估诂岵怙牯祜股羖蛊簠土杜肚主拄柱麈普谱户沪扈午仵浒努弩坞甫浦辅脯黼溥组祖鲁橹堵赌睹五伍缕褛窭窳宇武鹉父斧釜滏伛侮舞卤乳补竖妈姥部矩［麌］［蒌］［篓］［偻］［溇］［嵝］［数］［苦］［酤］［枸］［蒟］［莽］［雨］［贾］［吐］［树］［煦］［莆］［圃］［咻］［取］［剖］［愈］［怒］［炷］［雇］［迕］［簿］［庑］［聚］

【六御】箸翥署薯曙倨锯踞豫预蓣澦遽觑絮恕庶虑瘀助驭饫［御］［去］［胠］［女］［如］［茹］［洳］［沮］［诅］［狙］［据］［椐］［淤］［处］［著］［与］［欤］［疏］［语］［醵］［除］［楚］［嘘］［讵］［誉］

【七遇】遇寓赋赂辂路潞露璐鹭固痼锢铸镀渡库裤务雾布怖忤募墓暮慕蠹蛀住注驻驸付附鲋阼胙祚裕捂悟晤寤捕哺傅赙措醋酗互沍枑骛婺娶姹妪妒护库具飓惧愫嗉素屡屦澍溯塑腧谕误诉讣赴趣步兔故顾戍绔孺［厝］［怒］［恶］［胯］［瓠］［铺］［圃］［餔］［酤］［苦］［瞿］［雇］［属］［句］［煦］［蒟］［吐］［味］［喻］［俞］［输］［仆］［作］［芋］［获］［菟］［树］［度］［数］［骛］［聚］［污］［驱］［雨］［炷］［迕］［妇］［负］［副］［富］［足］［跗］

第五部

平声：九佳（半）十灰（半）通用

【九佳】佳淮鞋街睚崖牌阶皆偕谐喈揩俳排埋霾骸乖怀豺侪斋

钗挨崽［柴］［差］［涯］［楷］［槐］［荄］

【十灰】薹苔抬胎臭部鲐腮鳃该孩垓陔赅咳唉埃才材财来崃莱哉灾猜哀皑开呆［裁］［栽］［台］［骀］［荄］［颏］［欸］［徕］［能］［思］［偲］

仄声：上声九蟹十贿（半）
去声九泰（半）十卦（半）
十一队（半）通用

【九蟹】蟹獬澥买荬骇奶摆拐矮锴［解］［洒］［楷］［罢］［夥］

【十贿】绐殆怠迨恺垲凯闿睬彩亥海毐改待宰醢乃［欸］［颏］［采］［在］［载］［铠］［骀］［鼐］

【九泰】泰赖籁濑癞霭蔼蔡艾太汰浍郐带外害丐柰［大］［轪］［奈］［盖］

【十卦】懈廨邂戒诫械介芥玠界疥瘵夬快怪拜湃劢迈虿债败呗喟哙嘬隘卖派坏薤稗届惫蒯寨聩砦［蒉］［篑］［杀］［铩］［喝］［噫］［嗌］［晒］［价］［块］［祭］［解］［瀣］［眦］［瘥］［狯］［衩］

【十一队】爱暧瑷叇代玳岱贷袋黛睐赉慨概耐戴襶褦碍态菜埭再赛［栽］［裁］［载］［欬］［劾］［采］［块］［在］［忾］［溉］［塞］［逮］［鼐］［铠］［徕］

第六部

平声：十一真十二文十三元（半）十二侵通用

【十一真】真嗔禛瞋因茵姻洇骃裀氤辛莘新薪辰唇宸晨申伸神绅呻宾滨嫔缤槟邻粼璘辚鳞麟匀旬荀询恂峋洵珣郇秦蓁溱榛螓臻逡踆皴堙禋钧昀均筠珍春椿频蘋濒颦银民珉岷筤缗伦沦轮驯肫窀莼淳醇鹑巡遵旻斌赟贫臣人仁身巾彬尘陈津循纫闽豳夤［嶙］［磷］［瞵］［湮］［歅］［甄］［振］［娠］［抡］［纶］［屯］［纯］［垠］［填］

[困][麇][亲][竣][寅][谆][惇][狺][泯][傧][鄞][琎][畛]

【十二文】文纹蚊雯云芸妘纭耘焚棼芬棻汾纷鼢雰氛氲煴君裙群军荤皲勤勋涢郧熏薰曛獯醺芹昕欣筋豮[堇][鄞][坟][垠][龈][闻][分][颁][员][贲][斤][听][殷][缊][麇][狺][蕲]

【十三元】浑裈温辒瘟尊樽蹲墩暾昏惛婚阍昆琨锟鹍鲲馄饨炖盆溢根跟痕孙荪狲门扪魂存豚村坤恩吞飧仑髡臀[屯][纯][囤][论][抡][贲][喷][缊][蕰][蕴][惇][敦][奔][垠][溷][闷]

【十二侵】侵骎寻浔鲟林森霖淋琳郴今衿芩琴岑涔衾禽擒檎谌斟音愔歆壬淫霪箴忱砧心钦嵚襟金针阴琛[任][妊][椹][湛][沉][深][浸][祲][镡][蟫][吟][黔][临][禁][喑][参][簪][荫]

仄声：上声十一轸十二吻
　　十三阮（半）二十六寝
　　去声十二震十三问十四愿（半）
　　二十七沁通用

【十一轸】轸胗疹敏允狁陨殒闵悯纼蚓尹窘肾脤尽忍愍准隼笋哂牝蠢紧箕缜稹楯菌[诊][畛][赈][蜃][引][盾][泯][纯][吮][朕][困][黾][嶙]

【十二吻】吻刎谨槿粉愤恽沯辒[忿][坋][坟][抆][揾][蕰][蕴][隐][听][近][堇][瑾][殷][龀]

【十三阮】悃捆阃混棍绲焜辊撙鲧很恳垦衮滚本笨沌忖损稳畚[囤][潓][盾][遁][龈][鳟]

【二十六寝】寝锓锦蕈葚荏饪恁怎谂稔审婶禀廪懔凛沈品[噤][甚][椹][枕][衽][朕][饮]

【十二震】震闰润慎镇刃仞轫牣韧鬓摈殡殉徇晋缙搢瑨馑觐蔺

躏俊峻骏浚畯舜瞬荩烬赆遴讯汛迅进吝信印阵顺衅胤榇慭仅认衬疢趁[振][娠][赈][蜃][磷][瞵][诊][谆][傧][瑱][琎][瑾][引][亲][龀]

【十三问】问运酝晕郓郡捃汶紊韵粪奋偾愠焮靳训璺[分][坋][忿][斤][近][缊][藴][蕴][拉][员][隐][闻]

【十四愿】巽馔艮恨褪寸困钝逊嫩坌诨[潓][喷][顿][遁][溷][论][敦][揾][奔][焌][闷][鳟]

【二十七沁】沁渗谮谶鸩赁窨闯妗[枕][酖][沉][深][禁][噤][吟][暗][任][妊][衽][祲][浸][饮][临][甚][荫]

第七部

平声：十三元（半）十四寒
十五删一先十三覃
十四盐十五咸通用

【十三元】元沅芫鼋园原源嫄袁猿辕蕃幡燔璠膰蹯翻藩萱喧暄轩爰谖鸳鹓掀冤言矾烦埙垣暅樊袢蘩鞬[湲][媛][援][怨][智][宛][蜿][洹][狟][阮][甗][繁][番][反][犍][獂][圈]

【十四寒】寒箪殚郸竿杆玕肝刊邗鼾安鞍兰拦栏丸纨汍芄峦栾滦鸾銮端湍姗珊跚蹒瞒颟预官倌棺馒鳗盘槃磐瘢宽髋潘磻蟠完刓剜酸狻獾抟桓檀丹韩餐残阑襕团欢摊[单][弹][瘅][曼][蔓][谩][墁][漫][镘][难][滩][谰][澜][洹][狟][乾][干][汗][奸][叹][观][翰][看][冠][钻][獂][胖][弁][莞][坛][般][敦][繁][智][娈][攒][揣]

【十五删】删弯湾鬘鬟寰澴阛班斑环还闲娴鹇痫顽颜关蛮菅攀山鳏媥艰斓悭扳僝[孱][潺][般][殷][湲][潸][间][纶][擐][讪][患][颁][奸]

【一先】前湔千芊阡迁跹戋笺玄弦蚿舷船沿铅田畋坚贤阗滇颠

癫巅颤肩捐娟涓鹃妍岍骈胼焉蔫嫣然燃边笾延筵涎蜒连莲涟鲢廛瀍躔婵蝉蠕蜷鬈拳篇偏编蹁蝙翩翾儇楩鞭鞯全荃筌诠佺拴栓铨痊专砖悛篅颛遄鸢鹯澶膻鳣邅椽櫞宣揎瑄仙籼骞褰璇悬愆绵棉权天胭烟怜年眠渊蠲泉毡旃联镌川圆虔挛[先][佃][钿][单][禅][鄢][鲜][湮][甄][歅][犍][键][旋][漩][燕][煎][谝][扁][扇][煽][纯][缘][孱][潺][湲][浅][溅][钱][传][便][填][牵][研][员][穿][咽][零][平][卷][惓][蜎][搴][竣][纤][缠][阏][乾]

【十三覃】覃潭谭昙骖毵含贪龛聃耽兔戡堪坍倓谈郯痰甘坩泔柑蚶酣邯苷襤蓝篮南男谙鹌庵涵岚蚕惭儋婪[镡][蟫][醰][酖][眈][淦][湛][澹][楠][函][参][三][担][探][坛][憨][颔][簪][弇]

【十四盐】詹谵幨檐瞻襜蟾蒹鬑谦嫌缣礁鳒鹣廉镰蠊拈沾鲇黏觇霑佥签蔹淹腌阉阎歼髯蚺忺恹恬湉甜钳钤尖奁潜添炎暹帘[盐][占][苫][阽][痁][纤][锨][严][兼][砭][渐][黔][楠][崦]

【十五咸】咸缄搀馋凡衫杉岩衔芟鸽喃[巉][镵][谗][函][监][嵌][掺][锨][严][帆][彭]

仄声：上声十三阮(半)十四旱
十五潸十六铣二十七感
二十八俭二十九豏
去声十四愿(半)十五翰
十六谏十七霰二十八勘
二十九艳三十陷通用

【十三阮】晚挽坂返偃蝘郾苑婉琬踠烜鼹幰[阮][远][反][饭][阪][宛][菀][畹][蜿][涴][绻][圈][堰][鄢][娩][蹇][巘]

【十四旱】旱秆罕缓暖管琯坦袒满趱浣脘碗伞短款诞疃纂儹

懒亶［馆］［盥］［卵］［散］［断］［伴］［但］［侃］［算］［瓒］［悍］［澸］

【十五潸】限眼板版钣盏划产浐铲简赧柬皖［潸］［拣］［撰］［绾］［栈］［莞］［阪］［羼］

【十六铣】铣筅跣践典腆犬畎免冕勉辩辨辫篆笕岘泫铉碥褊匾湎缅勔狝茧葴藓剪翦辇软沔演兖脔喘展显謇舛戬件琏墡鳝殄燹癣阐隽撚［善］［遣］［缱］［转］［辗］［碾］［选］［洗］［浅］［饯］［栈］［钱］［键］［搴］［蹇］［宴］［狷］［蚬］［蜎］［蜓］［衍］［卷］［眄］［扁］［谝］［巘］［巘］［鲜］［吮］［甗］［趼］［黾］［娩］［娈］［瑑］

【二十七感】感撼揽览榄敢橄惨糁黪萏菡胆坎毯揜昝罱［椠］［錾］［澹］［颔］［喊］［晻］［眈］［醰］［嵌］［赣］

【二十八俭】俭捡检脸睑险陕奄埯掩罨冉苒芡谄玷点飐嗛琰剡染簟贬俨靥闪［猃］［敛］［潋］［渐］［歉］［魇］［忝］［崦］［晻］［弇］［焰］

【二十九豏】豏减碱犯范槛舰斩黯［湛］［掺］［阚］［喊］［滥］［歉］［巉］

【十四愿】愿建健贩畈宪劝券楦［媛］［瑗］［远］［圈］［怨］［饭］［献］［曼］［蔓］［绻］［堰］［键］［涴］［畹］［万］

【十五翰】旰矸扞垾捍焊岸炭半泮绊畔靽判叛逭涫瀚汉涣奂换唤焕赞灌瓘罐鹳粲璨惋腕窜撺按案段缎锻乱旦玩烂贯爨幔灿惮蒜喭祼彖［翰］［干］［汗］［骭］［悍］［难］［滩］［谰］［澜］［谩］［墁］［漫］［镘］［缦］［叹］［观］［断］［散］［算］［冠］［弹］［看］［钻］［胖］［伴］［但］［侃］［馆］［晏］［盥］［瓒］［攒］

【十六谏】谏涧锏裥襻涮汕疝扮盼嫚慢惯雁赝宦办豢串苋绽幻篡孪丱瓣［缦］［谩］［讪］［栈］［栅］［患］［间］［晏］［绾］［骭］［擐］［羼］

【十七霰】霰见现砚线线缮膳鄯鄄练炼绚绢罥睊眩炫卞汴忭彦谚谴茜荐唁啈颤擅嬗掾殿面县变箭战贱院电甸眷倦羡奠骗遍恋钏片淀靛楝嫱馔［传］［转］［辗］［碾］［研］［趼］［先］［选］［煎］［燕］［咽］［穿］［宴］［堰］［弁］［媛］［援］［瑗］［瑑］［缘］［缠］［拣］

[撰][佃][钿][遣][缱][眄][瞑][饯][溅][便][倩][单][禅][扇][煽][蚬][狷][旋][漩][甗][牵][善][瑱][衍][卷][惓][谳]

【二十八勘】勘磡啖淡暂绀缆憾瞰暗[憨][阚][淦][錾][滥][澹][担][探][三][赣][参][醰][嵌]

【二十九艳】艳滟念埝验殓赡韂垫堑坫店俺僭窆酽掞厌餍[猃][剑][敛][潋][占][苫][阽][痁][欠][椠][砭][盐][兼][忝][焰][焱]

【三十陷】陷鉴梵忏赚蘸站泛[监][帆][剑][镵][阚][谗][欠]

第八部

平声：二萧三肴四豪通用

【二萧】萧箫潇蟏蜩凋雕苕招怊弨昭轺貂韶龆岧髫迢超条枭撩獠寮尧荛哓峣饶骁浇蛲跷翘宵霄绡消硝销逍魈朝潮焦蕉谯憔樵鹪乔荞侨桥骄晁姚珧祧谣徭猺瑶鳐飖遥窑嫖幖膘瓢薸飘飙苗描猫枵鸮辽邀聊嘤腰寥刁杓幺镳钊椒妖儵莜幧[肖][哨][蛸][摇][繇][鹞][佻][挑][洮][朓][铫][跳][侥][娆][桡][烧][娇][峤][轿][僚][嘹][潦][燎][镣][鹩][要][漂][摽][剽][劭][标][橇][夭][调][徼][嚣][髟][陶][鲦][料][僬][噍][廖][藨]

【三肴】肴崤淆巢爻交茭洨蛟鲛郊包苞咆胞跑匏庖筲捎梢艄抄抓抛呶哮坳硗铙茅蝥嘲虓猇謷硇脬凹[佼][咬][姣][胶][筊][蛸][鞘][鄗][敲][泡][枹][炮][飑][刨][掊][哰][啁][教][犛][謷][艽][鸲][窌][钞][剿]

【四豪】豪壕嚎濠毫毛蚝髦旄刀叨忉舠魛咷桃逃䕇曹嘈槽螬艚遭艚艘高蒿篙涛皋嗥槔翱遨敖嗷璈獒熬鳌螯慅搔骚羔糕萄掏绹淘醄

醪慆滔韬臊尻绦猱弢褒袍牢饕捞痨螃麈[劳][涝][唠][骜][謷][洮][挑][挠][裯][绸][缫][缲][操][号][陶][膏][嶅][嚣][咎][漕][潦][芼][梼][焘]

仄声：上声十七筿十八巧十九皓
去声十八啸十九效二十号通用

【十七筿】筿沼绍杪秒眇渺缈缥鳔缭瞭皎曒窅窈窕兆旐悄愀小表鸟茑枭了扰晓杳舀矫鷕藐淼肇殍赵[侥][绕][娆][娇][恌][朓][挑][掉][摽][慓][少][蓼][湫][标][夭][僚][燎][缴][剿][藨]

【十八巧】巧饱鲍卯昴泖狡绞铰爪搅吵炒[挠][拗][茆][佼][咬][姣][筊]

【十九皓】皓浩皞皂澡藻璪早草枣考拷栲老栳恼脑瑙杲昊滈槁稿镐保葆褓堡岛捣鸨宝道稻讨嫂颢灏袄蚤媪抱[缟][鄗][涝][潦][好][造][倒][祷][扫][埽][缲][缫][夭][燠]

【十八啸】啸叫噭召诏邵照曜耀俏诮峭票骠俵裱庙疗笑窍妙钓眺尿粜醮[僬][噍][敫][徼][绕][烧][朓][铫][跳][嘹][镣][鷯][鹞][摇][掉][摽][剽][漂][慓][要][劭][调][吊][少][料][峤][轿][肖][哨][鞘][约][爝]

【十九效】效珓校孝酵罩淖棹袎靿疱闹豹貌窖稍笊[较][胶][教][桡][爆][拗][乐][觉][敲][泡][炮][趵][刨][窌][钞]

【二十号】噪燥躁诰部靠糙耗耄到报菢帽导盗灶奥懊悼犒蹈傲嫪奡套臑[号][告][造][暴][瀑][劳][涝][潦][漕][隩][澳][燠][冒][瑁][帱][祷][焘][缟][膏][操][好][櫜][骜][倒][凿][扫][埽][芼][眊]

第九部

平声：五歌独用

【五歌】歌哥多罗啰锣萝箩苛疴何诃阿呵珂柯河菏莎桫挲摩魔瘸坡波禾科蝌他佗陀驼柁跎酡讹靴莪俄哦娥蛾鹅骡螺皤皤鄱窝埚涡锅挪搓傞蹉跢矬痤窠鼍蓑唆梭婆戈囮[茄][枷][迦][逻][过][瑳][嵯][磋][瘥][峨][硪][砢][轲][荷][和][磨][娑][沱][那][哪][颇][拖][傩][么][番][驮][献][倭][髁][陂]

仄声：上声二十哿
去声二十一箇通用

【二十哿】哿可舸婀娜果裸蜾颗裹朵垛舵椭火伙我琐锁妥嬴蓏叵左爸祸脞蝉[坷][轲][荷][砢][硪][峨][堕][惰][跛][颇][簸][哆][沱][傩][坐][那][哪][么][夥][瘅][卵][娑][爹][揣][拖][瑳]

【二十一箇】箇个莝挫锉座贺货做佐饿课糯唾播破卧剁[大][奈][驮][坷][轲][磋][磨][瘅][作][那][些][过][逻][和][簸][坐][惰][懦][髁][涴]

第十部

平声：九佳（半）六麻通用

【九佳】佳[娲][蜗][蛙][娃][哇][洼][涯]

【六麻】麻纱沙砂鲨裟袈加珈跏笳嘉痂牙芽呀鸦邪琊耶椰揶挝瓜窊爬巴芭笆琶吧耙疤葩夸奢拿佘赊嗟槎艖骅哗叉杈桠楂渣查虾蟆葭霞瑕遐遮遮花茶家斜爷丫[娃][哇][洼][涯][蛙][蛇][蜗]

［娲］［茄］［枷］［迦］［衙］［爹］［哆］［哑］［咤］［呱］［华］［桦］
［杷］［畲］［涂］［污］［溠］［差］［车］［阇］［苴］［瘕］［些］［划］

仄声：上声二十一马
去声十卦（半）二十二祃通用

【二十一马】马玛者赭踝痄野寡剐社写冶也灺扯傻厦椵檟惹喏姐耍雅罢［假］［瘕］［哑］［哆］［泻］［洒］［下］［夏］［贾］［舍］［若］［且］［奼］［髁］［打］［把］［鲊］［瓦］

【十卦】卦挂诖［话］［画］

【二十二祃】祃骂驾架谢榭嫁稼亚娅乍诈诧侘偌讶砑迓灞柘靶化夜暇赦蔗罅跨麝怕卸坝鹧汊嗄［奼］［咤］［价］［假］［借］［蜡］［藉］［把］［杷］［华］［桦］［下］［吓］［罢］［夏］［霸］［炙］［舍］［射］［胯］［贳］［泻］［溠］［差］［话］［衩］［帕］［鲊］［瓦］

第十一部

平声：八庚九青十蒸通用

【八庚】庚鹒赓虻氓盲绷棚亨烹英瑛苹伻抨坪枰砰怦怔钲京惊琼勍明萌茔苌莺萦潆营荣嵘蝾生笙牲甥鲸黥衡蘅宏纮翃闳泓茎硁罂婴缨嘤撄璎樱鹦鸣争筝峥琤铮狰菁清情晴睛蜻精鲭祊旌盈楹赢嬴籝瀛贞桢祯赪成城诚郕呈程酲柽蛏名洺浜兵栟栟姘拼撑瞠盯粳羹觥荆兄卿擎耕甍晶声倾饧黉伧珩铿轰訇橙薨澎膨蟛坑［平］［评］［正］［征］［行］［桁］［搒］［榜］［横］［更］［彭］［盟］［莹］［檠］［迎］［盛］［轻］［令］［并］［枪］［丁］［侦］［顷］［裎］［猩］［狰］［铛］［锽］［趟］

【九青】青泾陉形邢刑硎铏型亭葶停婷渟聍咛仃汀叮玎厅疔星惺腥灵棂苓笭伶泠玲铃聆蛉羚舲龄囹翎鸰瓴瓶軿冥螟荥荧萤萍坰扃

馨霆醽鄗俜铭[廷][莛][蜓][庭][宁][丁][钉][町][溟][暝][瞑][蓂][经][猩][醒][零][屏][娉][听]

【十蒸】蒸承丞症惩登簦澄菱陵凌绫崚鲮棱楞膺鹰绳蝇誊塍腾縢滕藤朋崩鬅鹏曾罾僧增缯嶒憎噌矰艿仍扔礽弘肱薨冰升兢矜灯絙恒层[胜][塍][冯][凝][烝][应][乘][兴][征][徵][称][能][堋][凭][瞢][镫][蹬]

仄声：上声二十三梗二十四迥
去声二十四敬二十五径通用

【二十三梗】梗埂绠哽鲠景憬璟影冷岭领颈颍颖丙炳郢皿猛艋蜢靖静饼省眚境幸倖悻警永井骋逞整瘿杏秉耿荇矿冏[请][婧][靓][并][屏][顷][犷][狰][黾][檠][邴][程][打][儆][阱]

【二十四迥】迥泂炯侹挺梃珽铤艇颋酊酩茗刭等鼎顶肯拯謦婞[町][泞][溟][醒][莛][并][诇][胫]

【二十四敬】敬政姓性泳咏净诤竟獍镜柄病郑进摒命圣映晟劲竞孟聘硬帧敻[请][倩][婧][靓][盛][盟][榜][横][评][诇][正][证][令][行][庆][更][迎][轻][并][侦][儆][邴][檠][娉][阱][趟]

【二十五径】径定碇锭嶝磴瞪凳蹭赠甑订饤磬罄媵邓孕滢剩佞亘[经][胫][廷][庭][应][听][胜][乘][称][莹][证][兴][宁][泞][醒][钉][镫][蹬][瞑][烝][凭][凝][堋]

第十二部

平声：十一尤独用

【十一尤】尤优忧疣莸由抽油蚰鼬邮流琉旒硫鎏鳌镠璆樛瘳榴

骝游蝣酉猷遒鞧鞦秋啾楸鳅愁鸄鸠仇修脩攸悠牛牟侔眸蛑蝥矛柔揉周惆稠州洲酬舟㑳辀筹俦畴踌休髹貅鸺庥囚泅求俅球赇裘逑浮蜉侯篌猴喉缑糇讴抠鸥瓯喽搂楼蝼髅骰投耰鄹邹谄驺罘抔沟钩齁兜篼刘羞雠丘邱蚯虬谋陬偷头幽彪裒篝呦阄飕搜锼廋麀[区][沤][呕][欧][留][溜][馏][遛][瘤][娄][偻][溇][蒌][篓][调][绸][啁][裯][叟][溲][诹][鲰][掫][掊][揄][缪][戮][蹂][鞣][罦][桴][枹][枸][句][售][噍][咻][涑][浏][湫][梼][帱][艽][馗][鲦][繇][收][不][驺][卣][龟][瞀][犹][髟][柚][妯][鹒]

仄声：上声二十五有
去声二十六宥通用

【二十五有】酉酒口抖蚪苟笱狗久玖羑丑扭纽忸钮偶耦藕薮擞莠诱肘纣绺纠赳陡手朽柳友受瞍牖阜九帚亩舅臼韭牡缶黝耇糗某母拇殴垢郈叩滫[有][右][后][否][咎][培][剖][瓿][掊][扣][篓][溇][嵝][走][取][掫][鲰][守][嗾][叟][溲][绶][首][厚][蹂][狃][卣][岣][枸][浏][茆][寿][斗][吼][欧][呕][妇][姆][负][灸][服]

【二十六宥】宥侑候堠就僦鹫秀绣锈透奏凑辏腠狖狩戊茂宙岫袖鼬胄臭嗅嗽漱漏佑豆饾脰逗籀贸购构冓媾觏遘诟姤逅谬鹨疚柩绉皱瘘衮糅懋酎寇究窦簉箍授兽陋昼旧救幼瘦咒彀骤甃僽又鲎蔻厩耨[畜][留][溜][馏][遛][瘤][右][扣][后][售][柚][辐][副][富][复][覆][蹂][鞣][瞀][蔟][嗾][味][吼][狃][犹][守][宿][窌][仆][伏][绶][缪][廖][偻][镂][走][繇][首][句][沤][收][厚][读][寿][斗][有][囿][姆][灸]

第十三部

入声：一屋二沃通用

【一屋】屋木沐霂竹竺筑箙簇族镞目苜腹蝮馥蝠福禄碌縠穀瀫毂孰塾熟鹿簏麓漉辘菊掬鞠麴逐轴舳牧犊渎椟牍黩粥鬻育淯叔菽淑卜扑蔌簌速觫斛槲柷祝蹙茯洑濮蹼醭薁昱蓿缩穆秃谷肉陆肃骕鹔六哭蓄慉滀独睦衄矗蹴谡毓夙彧倏髑曝［幅］［辐］［副］［匐］［暴］［瀑］［蓼］［缪］［戮］［复］［覆］［隩］［澳］［燠］［俶］［伏］［仆］［朴］［柚］［妯］［宿］［读］［畜］［鹜］［恧］［蔟］［菔］［服］［瀫］［郁］［囿］［涑］［碡］［啄］［煜］

【二沃】沃鋈烛触录菉箓绿渌逯醁酷喾梏牿鹄鹆欲俗浴峪辱蓐缛溽褥鄏蜀蠋躅踽局续赎玉曲粟狱束促嘱瞩旭顼幞笃督瘃勖毒亍［足］［属］［纛］［告］［仆］［碡］

第十四部

入声：三觉十药通用

【三觉】角桷确浞捉娖卓倬诼涿琢椓学岦雹壳悫擢濯偓渥握幄喔龌龊嚣珏璞榷岳朔槊搠搦斲剥驳浊镯荦皃邈［觉］［乐］［朴］［数］［爆］［瀫］［较］［药］［趵］［飑］［瞀］［眊］［啄］

【十药】博搏缚膊镈薄欂礴各骆洛络恪珞烙硌略酪貉落阁雒雀霍藿攉臛矍籰懪攫镬蠖爵嚼郝椁郭廓勺芍妁灼酌铎箨箨箬诺都萼谔崿愕腭锷鳄鄂鹗鹤鹊碏错粕泊箔绰烁铄跃踱寞摸漠镆瘼怍昨酢迮虐谑噱斫柝壑垩噩弱蒻却脚幕扩托削橐钥龠瀹亳涸疟镢襫［药］［约］［莫］［膜］［昔］［厝］［作］［柞］［著］［躇］［恶］［乐］［栎］［铄］［跞］［若］［凿］［掠］［度］［获］［格］［醵］［魄］［鄗］［敫］［缴］

[拓][熻][簙][索]

第十五部

入声：四质十一陌十二锡
十三职十四缉通用

【四质】质锧日驲骘桎郅庢室窒实密蜜必铋镒谧溢漆膝疾蒺嫉悉蟋蟀率聿律失佚帙泆秩栗溧溧篥毕荜筚笔吉佶诘姞恤怵秫术述逸遹鹬潏橘栉七叱一乙壹黜弼虱戌昵佾觱匹[出][茁][侄][咥][蛭][苾][瑟][泌][汩][跸][蹶][卒][捽][啐][崒][轶][唧][帅][尼][拮][焌]

【十一陌】陌百貊客喀骼白伯拍柏珀舶帛迫赤赫亦奕弈迹役疫碧石袥跖鼫磔硕额译泽驿择绎怿峄释辟僻擗擘檗璧襞癖脊嵴踏鹡瘠责箦啧帻碛赜厄扼轭隔嗝槅膈翮舄潟掖液腋埸蜴掴帼蝈摭蹠夕汐宅穸窄蚱舴掷踯郤惜籍策逆脉席戟麦册尺隙屐剧益斥坼拆谪虢奭襫螯貘婳绤蓦[昔][借][腊][藉][柞][栅][核][格][魄][积][画][易][适][摘][蹢][射][炙][翟][砉][鬲][鲫][吓][哑][嗌][划][刺][莫][霸][霹][获][只][筴][索][革]

【十二锡】锡惕踢剔历沥呖枥疬苈雳劈壁甓绩嫡滴镝析淅晰蜥皙狄荻逖的药砾阒阒觅觌汨涤溺幂寂击笛敌激檄籴鹢鹝戚迪郦倜[焱][摘][蹢][適][霹][霓][翟][鬲][砉][吊][吃][栎][轹][跞][裼][蓂][俶]

【十三职】职力仂肋勒黑默墨息熄则侧测恻弋忒式拭栻轼或域棫蜮惑阈敕棘匿慝亿忆臆仄昃克翊翌翼殛啬穑稸饬饰蚀洫淢国色极得德贼刻直殖特稷即陟抑愎愊湢逼踣[值][埴][植][幅][副][匐][识][织][唧][鲫][食][北][塞][劾][冒][膡][嶷][菔][薏][惪][亟][万][革]

【十四缉】缉揖辑葺戢濈立笠泣粒邑挹浥悒给卌廿十什汁及岌

芨伋级汲吸执蛰絷翕熠褶霤湿涩集急入习袭隰[唈][笈][圾][歙][煜][拾][楫]

第十六部

入声：五物六月七曷八黠
九屑十六叶通用

【五物】物勿芴茀弗佛刜拂怫绋绂韨袚黻屈倔崛乞仡屹迄讫诎熨欻黦[尉][蔚][芾][菀][沸][髴][艴][掘][厥][郁][不][吃]

【六月】月谒蝎羯歇没殁伐筏垡阀阙蕨撅橛劂突窣猝饽脖鹁勃渤笏忽淴惚纥矻兀杌扤屼窟堀曰骨发讷粤罚钺樾[厥][蹶][鳜][孛][悖][汩][滑][鹘][讦][越][卒][捽][崒][哱][咄][掘][揭][猲][碣][竭][凸][刖][核][阏][艴][袜][顿]

【七曷】曷葛渴褐鞨鹖遏末沫抹秣聒括活阔闼挞捋捋捺撮钹跋魃拨泼袯掇笪妲怛割豁钵脱夺萨辣斡刺瘌[拔][掇][剟][喝][猲][獭][阏][越][鸹][适][袜][咄][达][粝][磕][蘖]

【八黠】黠秸劼扎札轧戛嘎刮刹刷捌揠八叭杌晰察菝猾猰辖瞎煞[杀][铩][滑][鹘][鸹][拔][刖][茁][獭][颉][帕]

【九屑】屑节疖别列冽洌裂烈杰爇热亵结洁桔穴窃彻决诀抉玦缺觖撇瞥蹩鳖楔锲挈絜垤绖耋悦阅阕捏涅陧铁跌迭瓞篾蔑蠛撷缬撤澈辙辍啜惙绁媟揲渫薛孽蘖折浙哲蜇舌呐喆噎臬桀设谲雪绝血灭拽拙劣餮孑锊截[偈][揭][碣][竭][侄][咥][蛭][掇][缀][剟][讦][说][谳][茁][茶][苾][蘖][颉][拮][批][捩][橇][泄][咽][切][掣][契][凸][闭][轶][晢][霓]

【十六叶】叶帖贴谍堞牒蝶蹀鲽屧倢捷婕睫荚侠挟浃铗蛱颊页惬箧晔烨聂摄嗫滠慑镊蹑鬣躐躞燮妾接捻馌叠氎涉协勰餍辄猎詟

[魇][霎][茶][笈][筴][箑][喋][歙][楫][拾]

第十七部

入声：十五合十七洽通用

【十五合】合蛤鸽颌塔搭褡嗒答盒盍溘嗑榼瞌阘塌蹋榻遢邋遝拉垃纳衲沓踏趿靸飒杂匝漯卅奄[唈][噶][盖][磕][腊][蜡][圾][拓]

【十七洽】洽恰祫袷夹狭峡硖郏法怯劫蛱胁甲押狎呷胛柙鸭匣闸业邺插锸歃乏眨压掐劄[噶][喋][筴][箑][霎]

中华新韵（十四韵）简表

一、麻　a，ia，ua

【阴平】啊腌扒叭巴芭岜疤笆粑羓嚓叉杈差欻旮咖呱瓜胍哈花哗加茄（又皆韵阳平）迦痂枷耞珈袈嘉佳家傢笳葭豭咖夸姱拉啦妈蚂摩嬷趴葩仨杉沙挲莎（又波韵阴平）痧鲨纱砂裟他她它趿哇洼蛙娲虾丫呀鸦哑桠查楂喳渣揸馇挝（又波韵阴平）

【派入阴平的入声字】阿（又波韵阴平）八捌擦插锸耷哒嗒答铬褡发（又去声入）夹嘎浃刮括栝鸹拉邋抹掐袷荚撒杀刹铩煞（又去声入）刷趿塌溻踏挖呷瞎鸭压押扎匝咂拶哳

【阳平】啊茶查搽嵖猹槎楂碴苴垞蛤华哗骅铧麻吗蟆拿扒杷爬钯耙筢琶娃霞遐瑕暇牙伢芽岈玡蚜崖涯睚衙

【派入阳平的入声字】拔茇菝跋魃察檫达鞑沓怛妲笪靼答跶乏伐筏垡砝阀罚嘎滑划猾夹郏荚铗蛱恝戛颊旯拉匣狎柙侠峡狭硖辖黠杂砸扎札轧炸闸铡喋（又读dié）劄

【上声】把靶礤叉衩（又去声）蹅镲打剐寡哈贾假瘕卡佧咔咯侉垮喇俩马吗玛码蚂哪卡洒傻耍瓦佤哑雅砟咋鲊爪

【派入上声的入声字】法砝甲钾岬胛撒鞑塔獭鳎眨

【去声】坝把弝爸耙罢鲅霸灞汊衩（又上声）岔侘诧差姹大尬卦诖挂絓褂罣化划华画话桦价驾髂架假嫁稼挎胯跨落蚂祃骂那娜怕瓦下夏厦（又音shà）罅亚讶迓砑娅氩咤乍蚱痄炸榨

【派入去声的入声字】刹发（又阴平入）珐划剌腊蜡瘌辣镴呐纳肭衲钠捺帕恰洽袷卅飒萨唼歃煞（又阴平入）箑霎拓沓跶挞闼嗒遢

榻鳎漯踏鞳蹋袜腽吓轧压揠栅

二、波 o，e，uo

【阴平】波播菠玻嶓搓磋蹉瑳多哆咼锅过埚涡坡颇陂莎（又麻韵阴平）唆娑梭挲睃嗦嘣蓑拖挝（又麻韵阴平）莴倭涡窝蜗踒唷车的阿（又麻韵阴平入）婀屙痾哥歌戈呵科蝌柯疴苛珂窠轲颗菏棵髁奢赊畲猞遮

【派入阴平的入声字】拨趵钵般嶓饽剥逴踔戳撮咄剟掇裰郭崞聒蝈豁劐擢捋泊泼钹说（又皆韵去声入）缩托脱喔拙捉桌倬涿焯作嘬鸽割搁喝磕瞌榼

【阳平】脖嵯痤瘥矬鹾罗萝啰逻腡猡锣椤箩骡螺谟无（又姑韵阳平）馍馍摹模膜麽摩 磨嬷蘑磨魔哪挪娜傩婆鄱繁（又寒韵阳平）嶓挼蛇佘驮佗陀坨驼柁沱砣鮀酡跎鼍鹅蛾娥莪俄峨哦讹和禾何河荷菏阖

【派入阳平的入声字】孛荸伯驳帛瓟泊柏勃钹铂亳舶博鹁浡渤搏箔魄（又去声入）膊踣薄（又去声）酵欂襮礴夺度（又姑韵去）铎踱佛国掴帼漍腘虢馘活橐灼彴茁踔卓斫浊酌浞诼着凿啄琢（又音zuó）椓缴蠋擢濯镯躅昨作笮德得额革格阁葛（又上声入）蛤颌膜拙棁捽貉曷盍阖鬲隔嗝槅膈滆塥镉骼合纥劾阂核盒涸翮壳咳颏舌折则责择咋泽啧帻舴箦赜折（又音shé）哲辄蛰谪摺磔辙

【上声】跛簸（又去声）脞朵垛躲锤果菓蜾裹火伙夥裸瘰叵颇笸所唢锁琐妥椭我倭左佐坷可砢舸蔴尺（又支韵上声入）扯恶惹舍者赭哿峁喏

【派入上声的入声字】桲抹索撮葛（又阳平入）渴庹

【去声】薄（又阳平入）簸（又上声）播措错剉厝挫锉堕剁舵惰跺垛过货祸和磨蓦懦糯破偌些唾卧涴硪坐座阼怍柞胙做酢祚饿哦那个贺荷课锞驮库社舍射赦麝这柘蔗鹧

【派入去声的入声字】檗擘错婼啜惙婼婥亳绰辍龊歠或获惑霍漍豁嚄臒镬藿蠖籰谍扩括栝适蛞筈阔廓鞟落泺荦酪烙抹袜蓦嘿嘣喔凿怍酢柞洛骆络珞硌跞雒漯万（又寒韵去声）末没殁沫陌冒脉莫

昧秣貊漠寞靺貘墨镆瘼默缪茉诺搦朴迫珀粕魄弱若箬蒻爇偌勺妁烁铄朔硕蒴槊数槊芍蟀拓柝萚箨跅魄（又阳平入）沃偓握幄渥斡龌作恶垩鄂谔萼遏崿愕腭咄咄怪事锷鳄鳄各喝壑鹤溘嗑属虼熇赫策册测侧厕恻彻坼掣撤澈拆厄颏扼呃轭恶蛇赫吓掘客刻克可绰乐（又豪韵去声）勒肋泐讷热色瑟塞涩穑设涉摄慑特慝忒忑螣仄昃浙跖侧埒褐郝榼垃啃这尌

三、皆　ie，üe

【阴平】爹阶皆喈嗟街湝楷乜咩些靴耶倻椰偕掖

【派入阴平的入声字】瘪憋鳖跌节疖结接秸揭噘撅捏撇瞥切缺阙怙贴帖楔歇蝎削薛噎曰约

【阳平】瘸斜邪偕谐鞋携爷耶茄伽鲑趄椰

【派入阳平的入声字】别蹩迭垤昳绖瓞谍堞耋揲喋牒叠碟蝶艓蹀孑节讦劫劼杰诘拮洁结桔桀捷偈玦觉绝倔桷掘崛脚觖厥劂谲獗蕨橛噱爵蹶矍嚼爝攫镢协胁挟絜颉撷勰襭穴学噱

【上声】瘪姐解（又去声）咧苤且写也冶野

【派入上声的入声字】噘咧撇血雪铁帖

【去声】界介届戒诫芥疥蚧借藉解趄卸械谢解（又上声）榭薤獬邂澥蟹懈瀣曳夜炧

【派入去声的入声字】倔列劣冽埒捩烈鬣裂猎趔躐略掠灭蔑蠛陧聂臬涅啮嗫嵲镊颞蹑蘖孽蘖虐疟切妾怯窃挈惬慊朅锲箧却悫雀确阕鹊阙榷飨帖泄泻绁屑亵渫燮媟契躞血谑咽晔烨掖曳邺液谒腋馌靥业页叶月乐刖轨抈玥岳栎钥说（又波韵阴平入）钺阅悦跃越粤龠瀹爚樾

四、开　ai，uai

【阴平】开哎哀埃挨娭唉欸掰偲钗差揣呆该陔垓荄赅乖揩腮毸鳃筛酾（又支韵阴平）衰（又微韵阴平）摔（又上声）苔（又阳平）台（又阳平）胎歪灾哉栽甾斋

【派入阴平的入声字】拆拍塞摘

【阳平】挨骏皑癌才财材裁侪柴豺还（又寒韵阳平）孩骸徊怀淮槐踝来莱崃徕涞埋霾俳排徘牌簰台（又阴平）邰苔（又阴平）抬骀炱鲐

【派入阳平的入声字】白宅翟（又齐韵阳平入）

【上声】嗳矮蔼霭捭摆采彩睬踩揣逮歹傣改拐海醢剀凯垲闿恺铠慨楷锴蒯买乃艿奶氖甩摔（又阴平）崴载宰崽窄

【派入上声的入声字】百柏伯佰

【去声】艾（又齐韵去）爱僾隘碍嗳嗌瑷叆暧败拜稗呗采菜蔡縩虿瘥踹膪嘬大代岱迨绐骀玳带殆贷待怠埭袋逮叇戴黛丐芥钙盖溉概怪亥骇害坏欬忾会块快侩郐哙狯浍脍筷鲙徕赉睐赖濑癞籁劢迈卖奈柰萘耐鼐褦派湃塞赛晒帅率（又齐韵去声入）太汰态泰钛外再在载债砦祭寨瘵拽

【派入去声的入声字】麦脉塞

五、微　ei，ui（uei）

【阴平】欸陂杯卑背悲碑鹎衰（又开韵阴平）崔催摧缞吹榱炊堆敦诶飞妃非菲啡骓绯鲱蜚扉霏鲱归圭龟（又尤、文韵阴平）妫规邽皈闺硅瑰鲑嘿傀瘣灰诙虺挥咴恢袆珲豗晖辉翚麾徽亏刲岿悝盔窥勒胚坯绥虾醅尿（又豪韵去声）虽荽睢濉忒推危委萎威逶偎隈葳椳煨溦巍蝛微薇隹追骓锥椎

【派入阴平的入声字】黑

【阳平】欸垂陲捶椎槌棰倕锤诶篚肥淝腓回茴徊洄蛔奎逵馗隗葵揆骙睽魁戣睽蝰累雷嫘缧擂檑礌镭羸罍虆没玫枚眉莓脢梅嵋猸湄郿媒楣煤酶镅霉糜陪培赔裴蕤绥隋随遂谁颓韦为圩违围帏沩桅唯帷惟薇维嵬巍潍闱

【派入阳平的入声字】贼

【上声】欸璀诶匪悱棐菲诽榧斐篚翡蜚给轨匦氿宄庋佹垝诡鬼姽癸晷悔虺毁傀跬累耒诔垒磊蕾儡藟瘰美镁每浼馁蕊水髓腿伟纬苇唯玮炜洧韪尾娓委诿萎痿痏猥嘴

【派入上声的入声字】北

【去声】欸贝狈钡邶备背褙被辈孛悖倍焙蓓惫糒鞁鞴碚鐾臂萃脺啐淬綷悴瘁粹翠脆毳对怼憝敦诶碓兑队芾肺沸狒痱废吠柜刽桧刿贵桂跪鳜会惠哕秽诲晦慧蟪彗篲嚖靧卉汇蕙阓讳恚贿喙烩绘荟浍桧嘒匮蒉喟馈溃愦愧聩泪类累颣肋酹擂妹昧寐魅瑁痗袂媚内沛霈旆帔佩配辔芮枘锐瑞睿蚋汭睡税说帨岁祟谇繐遂碎晬隧燧穗邃退侻蜕未味胃谓猥熨畏喂渭尉蔚慰卫位遗（又齐韵阳平）魏为坠缀惴缒赘醊最罪醉蕞晬檇

六、豪　ao，iao

【阴平】坳凹熬包苞胞孢剥龅煲褒标彪骠镖瘭飙藨镳瀌膘杓猋骉摽操糙抄怊钞超剿（又上声）刀叨忉刁汈貂雕貂叼碉凋鲷高皋羔槔睾膏篙糕蒿薅嚆交艽郊茭浇娇姣骄胶椒蛟焦蕉教跤僬鲛嶕礁鹪轇尻捞撩（又阳平）猫喵奅抛脬泡剽漂慓飘缥螵悄（又上声）硗跷锹劁敲雀橇缲搔骚缫臊捎烧梢稍筲艄蛸叨涛绦掏滔韬弢饕慆佻祧肖枭枵哓骁嘐逍虓鸮消宵绡萧硝销削蟏蛸翛箫潇霄魈歊嚣哮幺约夭吆妖要喓腰邀遭糟钊招昭嘲啁着朝

【派入阴平的入声字】约剥削

【阳平】豪敖璈遨嗷廒獒熬隞嶅聱翱鳌鏖螯骜薄曹槽螬漕嘈晁巢朝嘲潮捯号嗥毫豪壕濠貉嚎蠔嚼劳崂痨牢唠醪聊辽疗撩（又阴平）僚漻寥嘹獠寮缭嫽燎憭髎毛矛茅牦旄酕锚髦蝥蟊苗描瞄铙挠蛲猱呶刨咆狍庖炮袍匏跑嫖朴瓢薸乔侨荞峤桥硚翘谯荍鞒憔樵瞧荛桡饶娆苕韶咷逃洮桃陶萄梼啕淘绹醄鼗条岧苕调笤龆蜩迢髫岧鲦崤淆洨爻尧侥肴淆轺峣姚窑谣摇徭遥猺瑶飖鳐鹞轺

【派入阳平的入声字】雹勺芍凿着

【上声】袄媪拗饱宝保鸨葆堡（又姑韵上声）褓表婊裱草懆吵炒导岛捣倒祷蹈杲搞缟槁镐稿藁好郝侥佼挢狡饺绞铰矫皎搅角脚剿（又阴平）傲徼缴考拷栲烤老佬姥栳潦了蓼燎憭卯峁泖昴铆杪眇秒淼渺缈藐舀恼脑瑙鸟茑嬲袅跑殍漂缥瞟巧悄（又阴平）雀愀扰娆扫嫂少讨挑窕斢小晓筱杳舀咬夭窈早枣蚤澡璪藻爪找沼

【派入上声的入声字】邈

【去声】奡坳墺拗奡傲奥骜慠澳懊骜鏊报刨抱趵豹鲍暴瀑曝爆鳔摽耖到悼帱倒盗道稻吊铞钓窎调掉铫藋告诰好号昊耗浩滈淏皓镐皞颢灏叫峤觉校轿较教窖酵噍醮嗷嚼徼藠铐犒靠涝唠络酪落烙耢嫪尥料瞭撂廖钌镣茂冒贸耄袤帽媢瑁貌瞀懋妙庙缪闹淖尿（又微韵阴平）溺泡炮疱票僄漂骠俏诮峭窍翘撬鞘绕扫臊埽瘙少邵劭绍哨潲稍套跳眺粜孝哮肖笑效校啸要鹞钥药靿曜耀乐（又波韵去声入）皂灶造慥噪簉燥唣躁召兆诏笊赵棹旐照罩肇曌

七、尤　ou，iu（iou）

【阴平】抽䌷瘳丢都兜蔸勾句佝沟枸（又上声）钩缑篝鞲齁句纠鸠究赳阄揪啾艽抠眍溜熘搂哞妞区讴沤瓯欧殴呕鸥丘邱龟（又微、文韵阴平）秋蚯湫楸鹙鳅鞧收搜嗖锼馊廋溲飕艘偷修脩休咻庥羞鸺貅馐髹优攸忧悠呦幽麀舟州诌侜周洲粥啁赒辀诪邹鄹缴驺诹陬鲰

【派入阴平的入声字】粥

【阳平】俦帱畴筹踌惆绸稠裯仇愁雠侯喉猴篌瘊糇流留榴骝刘浏瘤琉硫旒鹠遛镏飗鎏娄楼偻蒌喽耧蝼髅牟眸谋蛑缪鍪牛抔掊裒囚仇犰求虬泅俅璆酋逑球遒赇裘蝤柔揉糅煣蹂鞣头投骰尤犹疣鱿莸铀由邮油柚游猷繇蝣

【派入阳平的入声字】妯轴（又去声）

【上声】丑扭瞅斗抖蚪陡否缶苟岣狗枸（又阴平）笱吼狃九久玖韭灸酒口柳绺搂嵝篓某纽钮扭忸杻狃偶呕藕掊糗手首守叟瞍薮擞嗾朽宿（又去声）友有酉卣莠牖黝羑帚肘走

【去声】臭凑辏腠豆逗痘读窦斗脰垢构购勾彀诟够媾逅后候厚堠臼柏舅就僦鹫疚旧咎救厩柩叩扣筘寇蔻溜馏遛陋镂瘘漏露谬缪拗耨沤怄受授寿狩售绶瘦擞嗽透秀绣锈岫袖臭嗅溴宿（又上声）又右幼有佑侑柚囿宥诱釉蚴鼬咒纣宙绉轴（又阳平入）胄昼皱甃骤籀酎奏揍

【派入去声的入声字】肉兽六（又姑韵去声入）

八、寒　an，ian，uan，üan

【阴平】安氨唵桉庵谙鹌鞍盦扳班颁斑攽般搬瘢癍参（又文韵

阴平）骖餐觇搀幨襜川穿氽撣镩丹担单眈酖耽郸聃禅儋殚瘅箪端帆番蕃幡藩翻干（又去声）甘杆玕肝柑竿疳尴关观（又去声）纶官冠矜（又文韵阴平）倌棺瘝鳏顸酣憨鼾欢讙獾驩刊看勘龛堪戡宽髋颟囡番潘攀三叁山芟杉删衫姗珊栅舢扇跚煽潸膻闩拴栓酸坍贪摊滩瘫湍弯剜湾蜿豌糌簪占沾毡旃粘詹谵邅瞻专砖颛钻（又去声）躜边砭萹笾编煸蝙鳊箯鞭掂傎癫滇颠巅戋尖奸歼坚间肩艰监兼菅笺渐溅犍湔缄蒹煎缣鹣搛熸鞬镰鞯捐涓娟朘圈鹃镌蠲拈蔫片扁偏篇犏翩千仟阡芊扦迁佥钎牵铅悭谦签愆鸽骞搴磏譽褰圈悛棬巻天添黇仙先纤氙忺籼掀铦酰跹锨鲜暹骞轩宣谖萱揎喧瑄煊禤暄儇嬛咽恹殷胭烟焉崦阉阏奄淹腌湮鄢嫣燕鸢眢鸳冤渊鹓箢

【阳平】残蚕惭单铤馋谗婵禅孱缠蝉廛僝潺澶镡蟾镵巉躔传船遄椽攒凡矾烦墦蕃攀樊璠燔繁（又波韵阳平）蘩邗汗邯含函琀焓晗涵韩寒还（又开韵阳平）环桓闤阛寰缳鬟郇萓洹貆澴轘兰岚拦栏婪阑蓝谰澜褴篮斓镧峦娈孪挛鸾脔滦銮蛮谩蔓馒瞒鞔鳗鬘男南难喃楠爿胖（又唐韵去声）般盘磻磐蹒蟠蚺然燃髯坛昙倓郯谈弹（又去声）覃谭痰潭檀团抟丸纨完玩顽刓汍抚烷咱莶连怜帘莲涟联裢鲢廉濂镰鬑磏眠绵棉年粘黏鲇便（又去声）骈胼蹁钤前虔钱钳乾掮潜黔犍权全佺诠荃泉辁拳铨痊惓筌蜷醛鳈鬈颧田佃畋恬钿甜湉填阗闲贤弦咸挦涎娴衔舷痫鹇嫌玄悬旋漩璇延蜒严言芫妍岩炎沿铅研盐阎筵颜檐元园员（又文韵阳平）沅垣湲袁原圆鼋援媛（又去声）缘猿塬嫄源羱辕橼

【上声】俺铵唵埯揞坂板版钣蝂舨惨黪产刬浐啴谄铲阐舛喘胆亶疸掸短反返杆秆赶敢感橄擀澉鳡莞馆琯筦管罕喊阚缓坎侃砍欿莰槛颇款窾览揽缆榄罱漤壈懒卵满螨赧腩蝻暖冉苒染阮软朊伞散糁馓闪陕掺忐坦钽袒毯疃宛莞挽娩菀晚脘惋婉绾琬皖碗拶昝噆攒趱斩飐盏展崭辗转（又去声）纂贬窆扁匾藊碥褊典点碘踮拣茧柬俭检捡笕减剪睑锏简趼谫戬碱翦蹇謇卷锩琏敛脸免丏免沔黾勉娩冕偭渑湎缅靦腼捻辇碾撵浅遣谴缱犬畎绻忝殄淟铦觍腆舔洗显险蚬崄毨猃筅跣铣鲜藓燹选晅烜癣奄兖俨衍弇掩剡黡郾蝘缜眼琰演偃鼹远

【去声】犴岸按胺案黯暗黯办半扮伴拌绊湴瓣灿掺粲孱忏颤串

钏窜篡爨石（又齐韵阳平入）旦担但诞萏啖淡惮弹（又阳平）氮蛋髡赗禫瘅澹段断塅缎椴煅碫锻簖犯饭范贩梵泛畈干（又阴平）旰绀淦骭赣惯观（又阴平）贯冠掼涫祼盥灌瓘鹳罐汉扞汗旱垾捍菡颔翰撼憾悍焊瀚幻换奂宦涣唤浣患焕痪豢擐镮漶睆看炭嵌勘阚瞰烂滥乱曼谩蔓幔墁漫慢嫚缦熳镘难判拚泮盼叛畔袢錾散讪汕苫钐疝单赸剡掸扇掞善禅骟鄯墡缮擅膳嬗赡蟮鳝涮蒜算叹炭探碳掭象万（又波韵去声入）忨腕蔓暂錾赞占栈战站绽湛颤（又音chàn）蘸传钻（又阴平）转（又上声）啭赚（又音zuàn）撰篆馔攥卞弁昪抃汴忭苄变便（又阳平）遍辨辩辫缏电佃甸阽店玷垫钿淀惦奠殿靛簟癜见件间饯建荐健犍贱剑涧监舰渐楗瞯谏践锏毽腱溅鉴键槛僭箭卷隽倦狷绢桊鄄圈眷练炼恋殓链楝潋面眄廿念埝片骗欠纤绮椠芡茜倩堑嵌慊歉劝券县岘现宪苋限线陷馅羡缐献腺霰券泫眩炫绚眩旋渲楦碹厌砚咽彦艳晏唁宴验谚堰雁焰焱滟酽餍鷃谳燕赝嬿苑怨院垸媛（又阴平）掾瑗愿

九、文　en，in，un（uen），ün

【阴平】奔（又去声）贲锛玢宾彬傧斌滨缤槟（又庚韵阴平）濒豳参（又寒韵阴平）抻郴伧琛嗔瞋春椿蝽村皴踆惇吨墩礅敦蹲恩分芬吩纷玢氛棻雰根跟昏荤阍惛婚巾斤今衿金津衿矜（又寒韵阴平）筋禁襟军均龟（又微、尤韵阴平）君钧皲麇坤昆崑裈堃焜琨髡鹍锟鲲抡拎闷喷拼姘钦侵亲衾骎嵚困逡森申伸身呻砷侁诜参绅珅莘娠深糁燊孙荪狲飧吞暾温瘟心芯辛忻昕欣炘锌新歆薪馨鑫勋埙熏薰獯曛醺窨（又去声）因阴茵洇裀荫音姻氤殷堙喑闉愔禋晕缊氲煴赟贞针侦浈珍帧胗真桢砧祯蓁斟甄獉溱榛箴臻迍肫窀谆尊遵樽鳟

【阳平】岑涔臣橙尘辰沉忱陈宸晨谌纯莼唇淳鹑漘醇存蹲坟汾棼焚濆痕贲贲浑珲馄混哏魂邻林临淋琳粼磷潾嶙遴霖辚瞵鳞麟仑伦论抡沦纶轮门扪们民忞旻岷缗您盆溢贫频嫔颦芹芩矜秦琴覃禽勤懃擒噙螓裙群麇人壬仁任神什屯囤饨豚臀文纹炆闻蚊雯旬郇寻巡询洵荀荨峋浔恂鲟循吟垠龈狺訚崟银淫寅蟫鄞夤嚚霪云匀芸员（又寒韵阳平）沄纭昀畇筠耘篔

【上声】本苯畚硶踸蠢刌忖盹趸粉衮绲滚磙鲧很狠仅尽卺紧堇

锦谨馑瑾槿肯垦恳啃捆阃悃壶凛廪懔檩皿闵抿黾泯闽悯敏湣愍品榀锓寝忍荏稔损笋隼榫沈审婶哂矧吮刎抆吻紊稳尹引饮蚓殷隐瘾允狁陨殒怎诊枕轸畛疹袗缜鬒准墩撙

【去声】奔（又阴平）坋笨倴摈殡膑鬓摁衬疢龀称趁榇讥寸囤沌钝炖盾顿遁分份奋愤忿偾粪瀵亘艮棍恨诨圂混溷恩仅溷妗尽进近劲荩晋赆烬浸琎唫祲靳禁缙覲殣噤俊菌郡峻馂浚骏焌竣裉困吝赁淋蔺躏闷焖懑恁嫩论喷牝（又齐韵上声）聘吣沁亲刃认仞任纫轫饪妊纴衽润闰肾甚渗椹葚蜃慎顺舜瞬问汶璺揾囟信衅训迅汛讯驯徇逊殉浚巽蕈噀印饮荫胤窨（又阴平）孕运郓晕酝愠缊韫韵蕴熨谮圳阵鸩振朕赈揕震镇

十、唐　ang，iang，uang

【阴平】肮邦帮梆浜仓伧苍沧鸧舱昌倡菖猖阊娼伥创疮窗当珰铛（又音chēng）裆筜方坊芳枋邡钫冈岗（又上声）扛刚杠矼肛纲钢缸钉罡堽光咣桄胱夯荒肓塃慌江将姜豇浆僵螀缰疆康慷糠匡劻诓恇筐牤乒雱滂膀抢羌枪戗戕将跄腔蜣锵镪嚷丧桑伤汤殇商觞墒熵双泷霜孀骦鹴汤铴鞝嗟镗蹚汪乡芗相香厢湘缃箱襄骧镶央泱殃鸯秧鞅赃脏臧张章獐彰嫜璋樟蟑妆庄桩装

【阳平】卬昂藏长场（又上声）苌肠尝常偿徜裳嫦床幢防坊妨肪鲂房行（又庚韵阳平）吭远杭绗航颃皇黄凰隍喤遑徨湟惶煌锽潢璜蝗篁磺蟥簧鳇扛狂诳鵟郎狼阆琅榔桹廊螂椰硠锒稂鄉螂良俍莨凉梁椋量粮粱踉邙芒忙杧盲氓茫硭铓牻囊馕娘彷庞逄旁蒡膀磅螃强（又上声）墙蔷嫱樯蘘瀼穰瓤唐堂棠塘搪糖溏瑭樘膛糖螗螳郿亡王（又去声）详降庠祥翔扬阳羊玚飏炀杨旸佯疡徉洋

【上声】绑榜膀厂场（又阳平）昶惝敞氅闯挡党谠仿访彷纺昉舫岗（又阴平）港广犷恍恍晃谎幌讲奖桨蒋耩膙朗两俩魉莽蟒漭曩攮耪抢强（又阳平）镪襁壤攘嚷嗓搡磉颡上（又去声）垧晌赏爽塽帑倘淌惝傥躺网枉罔往惘魍享响饷飨想鲞仰养氧痒驵长涨（又去声）掌奘（又去声）

【去声】盎蚌棒傍谤蒡搒镑磅棓怅畅倡唱创怆当宕荡垱挡砀档

砻放杠篢戆逛沆巷晃滉榥匠降虹将浲绛弶强酱犟糨亢伉抗闶炕圹纩旷况邝矿贶框眶浪莨阆凉悢谅辆靓量晾喨踉齉酿胖（又寒韵阳平）呛戗炝跄让瀼丧上（又上声）尚绱烫趟忘王（又阳平）妄旺望向项巷相象像橡怏样恙烊漾脏奘（又上声）葬藏丈仗杖账帐涨（又上声）胀障幛嶂瘴壮状僮撞幢

十一、庚 eng，ing，ong，iong

【阴平】庚并怦崩祊绷嘣冰兵槟（又文韵阴平）屏柽琤称蛏铛赪撑噌瞠灯登噔蹬镫丁仃叮玎盯钉疔酊靪丰风封枫疯峰烽葑锋蜂更庚耕赓鹒羹亨哼精茎惊京经睛泾荆菁旌晶粳兢鲸坑吭硁铿蒙抨怦砰烹嘭乒俜娉青轻氢倾卿圊清蜻鲭扔僧升生声牲胜（又去声）笙甥鼪厅汀听翁嗡兴星猩惺腥应英莺婴撄嘤罂缨璎樱鹦媖瑛膺鹰曾增憎缯罾正（又去声）争征怔挣峥狰钲症烝睁铮筝蒸冲充忡翀舂憧艟匆苁囱枞葱骢璁聪熜东冬咚鸫工弓公功攻供肱宫恭蚣躬龚觥轰哄訇烘薨埛駉扃空倥崆箜忪松凇菘嵩淞恫通（又去声）嗵痌凶兄芎匈汹恟胸佣痈拥邕庸鄘雍墉镛壅臃鳙中忪忠终钟盅衷螽宗综棕踪鬃

【阳平】层曾嶒成丞呈枨诚承城宬乘盛程惩裎塍酲澄（又去声）橙冯逢缝（又去声）恒姮桁珩横衡蘅楞棱伶灵苓蛉囹泠玲令（又上、去声）瓴铃鸰凌陵聆菱棂蛉舲翎羚绫棱零龄鲮酃醽氓虻萌蒙盟甍瞢幪濛曚朦艨蠓檬名茗明鸣冥铭洺蓂溟暝瞑螟能宁拧咛狞柠凝朋膨堋澎彭棚蓬硼鹏篷鬅平冯评坪苹凭枰洴軿屏瓶萍劻情晴檠擎黥绳渑疼腾誊螣藤廷亭庭停蜓婷霆刑行（又唐韵阳平）形邢陉型荥盈萤莹营萦楹滢蝇潆羸赢瀛虫重崇从丛淙悰琮弘红吰闳宏泓荭虹闳洪翃鸿黉龙茏咙泷珑昽胧眬聋笼隆癃窿农侬哝浓脓秾邛穷茕穹藭筇琼蛩跫戎茸荣绒容嵘蓉溶瑢榕融同彤侗茼峒桐砼垌佟烔鲖崆橦僮铜童潼瞳膧曈艟雄熊喁颙

【上声】菶琫绷（又去声）丙秉柄饼炳屏禀鞞逞骋等戥顶酊鼎讽哮埂耿哽绠梗鲠井阱刭颈景儆憬璟警冷令（又阳平、去声）岭领猛蜢艋蒙獴锰懵蠓酩捧顷请庼謦省眚町侹挺艇蓊滃醒擤影郢颍颖拯整宠董懂巩汞拱珙栱哄唝冏炅迥泂炯褧颎窘孔恐倥陇垄拢笼冗怂耸悚竦

统捅桶筒永咏泳勇涌俑恿蛹踊肿种冢踵总偬

【去声】泵迸绷（又上声）蚌蹦并病摒蹭秤掌邓凳嶝澄（又阳平）磴瞪镫蹬订钉定碇锭凤奉俸缝（又阳平）更横啈劲径净胫痉竞竟婧敬靖静境獍镜愣另令（又阳平、上声）孟梦命宁佞拧泞榁碰庆清箐綮磬罄圣胜（又阴平）晟乘盛剩瓮蕹兴杏幸性姓荇悻婞应映硬媵综锃赠甑正（又阴平）证郑怔诤政挣症铮冲铳动冻侗栋洞恫胴胨垌硐共贡供讧哄澒空控鞚弄讼宋送诵颂通（又阴平）用佣中仲众种重纵粽

十二、齐　i，er，ü

【阴平】氐低羝堤提几（又上声）讥叽饥玑机乩肌矶鸡奇屐（又入声）剞笄姬基期赍犄嵇畸跻箕稽齑畿羁咪眯妮丕邳批纰坯披砒沏妻栖萋期欹攲蹊欺梯兮西溪希茜郗稀熙牺唏悕晞傒豨僖嘻奚嬉熹樨羲蹊粞犀曦醯巇鼷伊铱医衣（又去声）依祎咿猗漪噫繄居车且苴拘驹俱狙罝疽据琚趄雎裾区岖佉驱祛蛆躯焌趋黢吁圩盱须虚嘘墟胥湑谞讶迂纡淤

【派入阴平的入声字】逼嘀滴圾芨唧积屐（又阴平）击缉激迹唧襀劈噼霹七桼戚缉喊漆剔踢夕吸汐昔析矽穸息悉蜥晰淅惜翕皙锡熄噏膝螅歙螅腊窸蟋一壹揖曲（又上声入）屈掬鞠锔蛐欻戌

【阳平】厘狸离骊梨犁鹂喱蓠漓缡璃嫠犛藜黎鲡罹篱黧蠡弥迷眯猕谜縻麋靡（又上声）醾醿尼泥坭呢妮輗怩倪霓猊鲵麑皮陂疲枇芘貔毗蚍陴埤啤琵脾裨蜱罴貔鼙齐祈圻芪岐荠祁其奇歧跂祈祇俟耆颀脐旂萁畦跂崎淇颈骑琪琦棋蛴祺锜綦旗蕲鳍麒謦荑绨提啼鹈騠缇鶗题醍蹄仪圯夷痍匜迤饴怡宜荑贻沂诒眙簃姨胰扅蛇移遗（又微韵去声）颐椸疑嶷彝儿而驴闾榈劬渠蕖瞿蘧氍癯衢璩鸲徐于予妤玙余欤盂臾鱼竽舁俞谀娱萸雩渔隅揄喁畲逾腴渝愉瑜榆虞愚覦與窬髃

【派入阳平的入声字】荸鼻狄迪的籴荻敌涤笛觌髢啇嘀嫡翟（又开韵阳平入）镝及伋吉岌汲级极即佶诘亟革芨急疾棘殛戢集蒺楫辑嵴踖瘠藉籍给脊习席觋袭媳嶍隰檄熄锡局桔菊焗鶪跼橘

【上声】匕牝（又文韵去声）比沘妣秕彼俾鄙氐邸诋坻抵砥骶几（又阴平）己虮掎挤麂礼李里俚逦悝澧醴鲤理娌蠡米芈弭敉靡（又

阳平）拟你旎圮仳否吡痞屺岂企启杞起绮棨晵稽体洗铣玺徙喜葸蓰屣禧螬已以苡尾矣莒迤蚁倚椅旖踦尔耳迩饵珥柜咀沮莒枸矩举榉龃踽蒟吕侣铝旅屡偻缕膂褛履女取娶龋许诩栩湑糈醑与予屿伛宇羽雨俣禹语圄龉圉庾瘐窳瑀偊

【派入上声的入声字】笔给戟脊匹癖擗劈乞乙曲（又阴平入）

【去声】币闭庇诐閟泌驱毖陛髮狴庳敝婢睥薜蓖秘篦蔽髀裨痹弊髀避辟臂地弟的娣菂第帝谛蒂棣睇缔递计记伎纪芰技系忌际妓季剂垍荠洎济既觊继徛祭偈悸寄惎蓟跽骑髻霁鲚漈暨冀罽骥厉吏丽励利例疠砺猁欐隶戾唳荔俪俐疠莉莅粝詈痢泥昵腻睨屁睥媲气弃妻契砌器憩汽剃屉涕绨替悌裼嚏戏（又姑韵阴平）饩系细肸褉亿义艺呓刈忆艾（又开韵去声）议衣（又阴平）羿易率羿谊翌肄裔翊意臆毅薏劓翳翼瘗懿瘞缢殪二贰巨句聚椇讵苣拒具炬沮钜俱倨据距惧飓锯踞屦遽瞿醵虑滤女趣去覰序叙酗绪溆絮煦婿与玉驭芋昱妪雨语预喻御寓裕愈豫谕澦遇誉饫

【派入去声的入声字】必嬖毕苾荜哔筚滗湢愊弼愎腷煏辟碧鮅壁躄鷩襞璧薜的迹寂绩稷鲫髻力历立呖沥枥栗砾瓅疠笠雳溧跞傈篥汩觅宓密蜜幂谧匿溺辟僻澼甓譬迄讫泣葺碛倜逖惕趯却阋舄隙湙舄一壹弋仡屹亦杙抑邑佚役译逆易峄佾泆怿驿绎榏轶疫弈奕挹悒逸益嗌熠溢镒埸蜴剧律绿率（又开韵去声）氯恧衄阒旭畜蓄恤续蓿勖洫玉郁育昱狱钰浴域欲阈尉煜蜮毓鹆鹬燠鬻熨潏峪

十三、支（-i）零韵母

【阴平】哧蚩鸱缔眵笞黐摛嗤痴媸螭魑呲差疵趾骴尸师诗鸤絁狮葹施蓍酾（又开韵阴平）司丝私咝鸶偲斯螄缌飔厮罳澌撕嘶之知支氏芝吱枝肢栀胝祗脂蜘仔吱孜咨姿兹赀资訾（又上声）淄嗞缁辎嵫给粢孳滋趑觜锱龇髭菑鲻

【派入阴平的入声字】吃失虱湿只汁织

【阳平】池弛驰迟坻持匙漦墀踟篪词茈茨祠瓷辞慈磁雌鹚糍时

【派入阳平的入声字】拾十石（又寒韵去声）实识食蚀什湜执直侄值职埴植殖絷跖摭踯蹢

【上声】齿侈耻豉褫此泚史使矢豕始驶屎死止址芷沚祉只枳咫趾旨指酯抵纸轵跐徵子仔籽姊秭茈紫訾（又阴平）耔梓滓

【派入上声的入声字】尺（又波韵上声）

【去声】炽翅眙啻次伺刺赐士氏示世仕市式似事势侍试视贳柿拭是恃莳逝誓筮舐弑谥嗜噬巳四寺似姒汜兕伺饲耜祀泗俟食笥肆嗣至痔窒识帜制轾治峙致智痣滞彘置雉稚踬豸挚贽志质自字恣眦渍

【派入去声的入声字】彳叱斥赤饬敕日拭饰适室释螫式轼郅帙质栉陟桎贽挚铚秩掷鸷炙蛭

十四、姑　u

【阴平】逋晡初搊樗粗都阇嘟夫肤趺柎鄜孵敷估姑咕沽孤轱觚鸪罛菇菰蛄辜酤呱觚箍乎呼戏（又齐韵去声）糊刳矻枯骷撸噜铺痡殳书抒纾枢姝殊梳舒摅毹输疏蔬苏稣乌圬邬污呜於钨巫诬恶（又去声）朱洙侏诛茱珠株诸铢猪蛛槠潴橥租菹

【派入阴平的入声字】出督毂（又上声入）忽惚唿淴哭窟仆扑噗叔倏菽淑窣突秃凸屋

【阳平】刍除厨锄滁蜍橱篨躇蹰雏徂殂凫扶孚罘苻莩俘浮蚨桴符涪蜉郛狐弧和壶葫猢瑚煳蝴糊醐湖鹕卢芦庐垆炉泸栌轳胪鸬颅舻鲈模奴孥驽匍莆菩脯葡蒲如茹儒薷嚅濡孺襦蠕图荼徒途涂菟屠酴无（又波韵阳平）毋芜吾吴捂唔梧蜈鼯

【派入阳平的入声字】醭毒独顿读渎椟牍黩犊髑弗佛艴茀幅袱刜拂氟绋怫芾伏洑茯绂祓服菔匐福蝠辐幞襆囫斛縠鹄鹘璞濮孰赎塾熟秫俗竹术竺逐烛舳瘃躅足卒崒族镞

【上声】补捕哺堡（又豪韵上声）处杵础楮储楚褚肚堵赌睹父甫抚拊斧府俯釜辅腑頫腑腐簠古诂股牯贾罟蛄蛊鼓嘏瞽虎浒唬苦鲁橹镥虏掳卤母牡亩拇姆姥努弩努埔圃浦溥普谱氆汝乳暑黍署鼠数薯曙土吐午五伍仵庑怃忤妩武侮捂牾鹉舞主拄渚煮褚麈诅阻组俎祖

【派入上声的入声字】卜笃谷骨毂（又阴平入）縠汩榾朴蹼辱蜀属（又音zhǔ）嘱瞩属

【去声】布怖步埔部埠蔀箁簿处醋杜肚妒妬度（又波韵阳平入）

渡镀蠹父讣付负妇附咐阜驸赴服副蝮赋傅富鲋缚赙固故顾堌崮雇锢痼户护沪戽扈互冱岵怙瓠库裤绔路赂璐露鹭辂暮幕募墓慕怒铺戍树竖恕塑庶数墅漱澍腧素嗉愫诉溯愬兔吐堍唾菟务杌悟误晤雾恶（又阴平）坞骛鹜戊寤婺焐伫苎助住纻疰贮杼注驻柱炷著蛀铸翥箸

【派入去声的入声字】不亍畜矗触嘱黜俶绌諔怵搐滀促簇蔟蹙蹴卒猝复腹蝮覆缚馥鳆笏梏喾酷六（又尤韵去入）陆录菉鹿渌绿琭禄碌睩蓼僇辘漉麓戮簏箓醁木目沐苜牧睦幕穆霂瀑曝入蓐缛褥溽术束述夙肃速宿骕粟谡蔌鹔鯆缩簌物勿兀杌筑祝

常用词谱精选

（所选词谱主要依据《钦定词谱》，个别处酌参《词律》及《白香词谱》。排列以词牌第一字笔划为序。谱中符号“—”代表平声，“|”代表仄声，“+”代表可平可仄；括号中“韵”字代表押韵，“叠”字代表叠韵。）

一 画

一斛珠

又名《怨春风》《醉落魄》《醉落拓》等。

双调，五十七字。前后段各五句，四仄韵。

+—+|（韵）+—+|——|（韵）+—+|——|（韵）+|——，+|+—|（韵）

++|+—+|（韵）+—+|——|（韵）+—+|——|（韵）+|——，+|+—|（韵）

晚妆初过。沉檀轻注些儿个。向人微露丁香颗。一曲清歌，暂引樱桃破。

罗袖裛残殷色可。杯深旋被香醪涴。绣床斜凭娇无那。烂嚼红茸，笑向檀郎唾。

——李　煜

又有前段第二句作上三下四句法者，如高观国“钩帘翠湿”词。

钩帘翠湿。寒江上、雨晴风急。乱峰低处明残日。雁字成行，写破暮天碧。

故人天外长为客。倚阑一望情何极。新来得个归消息。去棹回舟，数过几千只。

——高观国

一剪梅

又名《腊梅香》《玉簟秋》。

双调，六十字。前后段各六句，三平韵。

+|——+|—（韵）+|——，+|——（韵）+—+||——，+|——，+|——（韵）

+|——+|—（韵）+|——，+|——（韵）+—+||——，+|——，+|——（韵）

无限江山无限愁。两岸斜阳，人上扁舟。阑干吹浪不多时，酒在离尊，情满沧洲。

早是霜华两鬓秋。目送飞鸿，那更难留。问君尺素几时来，莫道长江，不解西流。

——周紫芝

又有前后段第四句亦押韵者，如吴文英“远目伤心楼上山”词；前后段第四句、第五句亦押韵者，如卢炳“灯火楼台万斛莲”词；又有句句押韵者，如蒋捷“一片春愁待酒浇”词。此处仅列二例。

远目伤心楼上山。愁里长眉，别后峨鬟。暮云低压小阑干。教问孤鸿，因甚先还。

瘦倚溪桥梅夜寒。雪欲消时，泪不禁弹。剪成钗胜待归看。春在西窗，灯火更阑。

——吴文英

一片春愁待酒浇。江上舟摇。楼上帘招。秋娘渡与泰娘桥。风又飘飘。雨又萧萧。

何日归家洗客袍。银字笙调。心字香烧。流光容易把人抛。红了樱桃。绿了芭蕉。

——蒋　捷

二　画

十六字令

又名《归字谣》《苍梧谣》。

单调，十六字。四句，三平韵。

－（韵）＋｜－－｜　｜－（韵）－－｜，＋｜　｜－－（韵）

归。猎猎薰风飐绣旗。拦教住，重举送行杯。

——张孝祥

卜算子

又名《缺月挂疏桐》《百尺楼》《楚天遥》《眉峰碧》等。

双调，四十四字。前后段各四句，两仄韵。

＋＋＋＋－，＋｜－－｜（韵）＋｜－－＋＋＋，＋｜－－｜（韵）

＋＋＋＋－，＋｜－－｜（韵）＋｜－－＋＋＋，＋｜－－｜（韵）

缺月挂疏桐，漏断人初静。谁见幽人独往来，缥缈孤鸿影。

惊起却回头，有恨无人省。拣尽寒枝不肯栖，寂寞沙洲冷。

——苏　轼

卜算子慢

双调，八十九字。前段八句，四仄韵；后段八句，五仄韵。

——｜｜，—｜｜—，｜｜｜——｜（韵）+｜——，+｜｜——｜（韵）｜——、｜｜——｜（韵）｜++、——｜｜，——｜｜—｜（韵）

｜｜——｜（韵）｜｜｜——，｜——｜（韵）｜｜——，｜+｜—+｜（韵）+——、+｜——｜（韵）｜｜+、——｜｜，｜——+｜（韵）

江枫渐老，汀蕙半凋，满目败红衰翠。楚客登临，正是暮秋天气。引疏砧、断续残阳里。对晚景、伤怀念远，新愁旧恨相继。

脉脉人千里。念两处风情，万重烟水。雨歇天高，望断翠峰十二。尽无言、谁会凭高意。纵写得、离肠万种，奈归云谁寄。

——柳　永

人月圆

又名《青衫湿》。

双调，四十八字。前段五句，两平韵；后段六句，两平韵。

+—+｜——｜，+｜｜——（韵）+—+｜，——+｜，+｜——（韵）

+—+｜，+—+｜，+｜——（韵）+—+｜，——+｜，+｜——（韵）

小桃枝上春来早，初试薄罗衣。年年此夜，华灯竞处，人月圆时。

禁街箫鼓，寒轻夜永，纤手同携。夜阑人静。千门笑语，声在帘帏。

——王　诜

三　画

三字令

双调，四十八字。前后段各八句，四平韵。

—｜｜，｜——（韵）｜——（韵）—｜｜，｜——（韵）｜——，—｜｜，｜——（韵）
—｜｜，｜——（韵）｜——（韵）—｜｜，｜——（韵）｜——，—｜｜，｜——（韵）

春欲尽，日迟迟。牡丹时。罗幌卷，翠帘垂。彩笺书，红粉泪，两心知。

人不在，燕空归。负佳期。香烬落，枕函欹。月分明，花澹薄，惹相思。

——欧阳炯

山花子

又名《摊破浣溪沙》《添字浣溪沙》《感恩多令》等。

双调，四十八字。前段四句，三平韵；后段四句，两平韵。

+｜——｜｜—（韵）+—+｜｜——（韵）+｜+—++｜，｜——（韵）
+｜+——｜｜，+—+｜｜——（韵）+｜+——｜｜，｜——（韵）

菡萏香销翠叶残。西风愁起绿波间。还与韶光共憔悴，不堪看。

细雨梦回鸡塞远，小楼吹彻玉笙寒。多少泪珠何限恨，倚阑干。

——李　璟

小重山

又名《小重山令》《小冲山》《柳色新》。

双调，五十八字。前后段各四句，四平韵。

+｜——+｜—（韵）+——｜｜、｜——（韵）+—+｜｜——（韵）—+｜、+｜｜——（韵）

+｜｜——（韵）+——｜｜、｜——（韵）+—+｜｜——（韵）—+｜、+｜｜——（韵）

春到长门春草青。玉阶花露滴、月胧明。东风吹断紫箫声。宫漏促、帘外晓啼莺。

愁极梦难成。红妆流宿泪、不胜情。手挼裙带绕阶行。思君切、罗幌暗尘生。

——薛绍蕴

又一体

双调，五十八字。前后段各四句，四仄韵。

｜｜———｜｜（韵）｜——｜｜、｜—｜（韵）———｜｜—｜（韵）｜——、—｜｜—｜（韵）

—｜｜—｜（韵）———｜｜、｜—｜（韵）———｜｜—｜（韵）｜——、—｜｜—｜（韵）

一点斜阳红欲滴。白鸥飞不尽、楚天碧。渔歌声断晚风急。揽芦花、飞雪满林湿。

孤馆百忧集。家山千里远、梦难觅。江湖风月好收拾。故溪云、深处著蓑笠。

——黄子行

四 画

天仙子

单调，三十四字。六句，五仄韵。

+|+——||（韵）+——|——|（韵）+—+||——，—||（韵）|—|（韵）+|+——||（韵）

踯躅花开红照水。鹧鸪飞绕青山觜。行人经岁始归来，千万里。错相倚。懊恼天仙应有以。

——皇甫松

又一体

双调，六十八字。前后段同，各六句，五仄韵。

+|+——||（韵）+|+——||（韵）+—+||——，—+|（韵）—+|（韵）+|+——||（韵）

+|+——||（韵）+|+——||（韵）+—+||——，—+|（韵）—+|（韵）+|+——||（韵）

水调数声持酒听。午醉醒来愁未醒。送春春去几时回，临晚镜。伤流景。往事后期空记省。

沙上并禽池上暝。云破月来花弄影。重重帘幕密遮灯，风不定。人初静。明日落红应满径。

——张　先

长相思

又名《长相思令》《相思令》《吴山青》《山渐青》等。

双调，三十六字。前后段各四句，三平韵，一叠韵。

++－（韵）++－（叠）+｜－－+｜－（韵）+－+｜－（韵）

++－（韵）++－（叠）+｜－－+｜－（韵）+－+｜－（韵）

汴水流。泗水流。流到瓜州古渡头。吴山点点愁。

思悠悠。恨悠悠。恨到归时方始休。月明人倚楼。

——白居易

此词叠韵处有韵同句不同者，如白居易词；有韵同句亦同者，如晏几道词。

长相思。长相思。若问相思甚了期。除非相见时。

长相思。长相思。欲把相思说与谁。浅情人不知。

——晏几道

忆江南

又名《谢秋娘》《江南好》《望江南》《梦江南》《春去也》等。

单调，二十七字。五句，三平韵。中间两句七言宜用对仗。

－+｜，+｜｜－－（韵）+｜+－－｜｜，+－+｜｜－－（韵）+｜｜－－（韵）

江南好，风景旧曾谙。日出江花红胜火，春来江水绿如蓝。能不忆江南。

——白居易

又一体

双调，五十四字。前后段各五句，三平韵。此即单调词加一叠，其平仄、韵与单调同。

江南蝶，斜日一双双。身似何郎全傅粉，心如韩寿爱偷香。天赋与轻狂。

微雨后，薄翅腻烟光。才伴游蜂来小院，又随飞絮过东墙。长是为花忙。

——欧阳修

忆王孙

又名《豆叶黄》《画蛾眉》《阑干万里心》等。

单调，三十一字。五句，五平韵。

＋－＋｜｜－－（韵）＋｜－－＋｜－（韵）＋｜－－＋｜－（韵）｜－－（韵）＋｜－－＋｜－（韵）

萋萋芳草忆王孙。柳外楼高空断魂。杜宇声声不忍闻。欲黄昏。雨打梨花深闭门。

——李重元

忆少年

又名《陇首山》《十二时》等。

双调，四十六字。前段五句，两仄韵；后段四句，三仄韵。

＋－＋｜，＋－＋｜，＋－＋｜（韵）－－｜＋｜，｜＋－－｜（韵）｜｜－－－｜｜（韵）＋＋＋、｜＋－｜（韵）＋－｜＋｜，｜＋－＋｜（韵）

无穷官柳，无情画舸，无根行客。南山尚相送，只高城人隔。

罨画园林溪绀碧。算重来、尽成陈迹。刘郎鬓如此，况桃花颜色。

——晁补之

又有后段首句添一字作三五句式者，如曹组“年时酒伴”词。

年时酒伴，年时去处，年时春色。清明又近也，却天涯为客。

念过眼、光阴难再得。想前欢、尽成陈迹。登临恨如此，把阑干暗拍。

——曹　组

忆秦娥

又名《秦楼月》《双荷叶》等。

双调，四十六字。前后段各五句，三仄韵，一叠韵。

－＋｜（韵）＋－＋｜－－｜（韵）－－｜（叠）＋－＋｜，｜－－｜（韵）

＋－＋｜－－｜（韵）＋－＋｜－－｜（韵）－－｜（叠）＋－＋｜，｜－－｜（韵）

箫声咽。秦娥梦断秦楼月。秦楼月。年年柳色，灞陵伤别。

乐游原上清秋节。咸阳古道音尘绝。音尘绝。西风残照，汉家陵阙。

——李　白

又一体

双调，四十六字。前后段各五句，三平韵，一叠韵。

+——(韵)+—+|———(韵)———(叠)+—+|,||——(韵)

|——|———(韵)+—+|———(韵)———(叠)+—+|,||——(韵)

晓朦胧。前溪百鸟啼匆匆。啼匆匆。凌波人去,拜月楼空。

去年今日东门东。鲜妆辉映桃花红。桃花红。吹开吹落,一任东风。

——贺　铸

忆余杭

双调,四十八字。前段四句,两平韵;后段四句,两仄韵,两平韵。

—|——,+|———||,+—+||——(韵)+||——(韵)

|——|——|(换仄韵)|||——|(韵)|—+||——(换平韵)+||——(韵)

长忆西湖,尽日凭阑楼上望,三三两两钓鱼舟。岛屿正清秋。

笛声依约芦花里。白鸟数行惊起。别来闲整钓鱼竿。思入水云寒。

——潘　阆

乌夜啼

双调,四十七字。前后段各四句,两平韵。另《相见欢》又名《乌夜啼》,与此不同。

||——|,+—||——(韵)+—+|——|,+||——(韵)

+|+−+|，+−+|−−（韵）+−+|−−|，+||−−（韵）

昨夜风兼雨，帘帏飒飒秋声。烛残漏断频攲枕，起坐不能平。

世事漫随流水，算来一梦浮生。醉乡路稳宜频到，此外不堪行。

——李　煜

又有前段起句六字者，如赵令畤“楼上萦帘弱絮”词。

楼上萦帘弱絮，墙头碍月低花。年年春事关心事，肠断欲栖鸦。

舞镜鸾衾翠减，啼珠凤蜡红斜。重门不锁相思梦，随意绕天涯。

——赵令畤

太常引

又名《太清引》《腊前梅》。

双调，四十九字。前段四句，四平韵；后段五句，三平韵。

+−+||−−（韵）+||−−（韵）+||−−（韵）|+|、−−|−（韵）

+−+|，+−+|，+||−−（韵）+||−−（韵）++|、−−|−（韵）

一轮秋影转金波。飞镜又重磨。把酒问姮娥。被白发、欺人奈何。

乘风好去，长空万里，直下看山河。斫去桂婆娑。人道是、清光更多。

——辛弃疾

有前段第二句多一字，作六字折腰句式者，如韩玉“荒山连水水连天”词。

荒山连水水连天。忆曾上、桂江船。风雨过吴川。又却在、潇湘岸边。

不堪追念，浪萍踪迹，虚度夜如年。风外晓钟传。尚独对、残灯未眠。

——韩　玉

少年游

又名《玉腊梅枝》《小阑干》。

双调，五十字。前段五句，三平韵；后段五句，两平韵。

＋—＋｜｜——（韵）＋｜｜——（韵）＋—＋｜，＋—＋｜，＋｜｜——（韵）

＋—＋｜——｜，＋｜｜——（韵）＋｜——，＋—＋｜，＋｜｜——（韵）

芙蓉花发去年枝。双燕欲归飞。兰堂风软，金炉香暖，新曲动帘帷。

家人拜上千春寿，深意满琼卮。绿鬓朱颜，道家装束，长似少年时。

——晏　殊

又有后段第二句添一字，作六字折腰句式者及前后段第二句俱添一字，作六字折腰句式者，如柳永“一生赢得是凄凉”“日高花谢懒梳头”词。此调句式、用韵不同者颇多，不多列举。此处选一例。

一生赢得是凄凉。追前事、暗心伤。好天良夜，深屏香被，争忍便相忘。

王孙动是经年去，贪迷恋、有何长。万种千般，把伊情分，颠倒尽猜量。

——柳　永

又一体

双调，五十一字。前段六句，两平韵；后段四句，两平韵。

｜——｜，———｜，—｜｜——（韵）———｜，——｜｜，—｜｜——（韵）

｜｜｜———｜，—｜｜——（韵）｜｜————｜，——｜、｜——（韵）

去年相送，余杭门外，飞雪似杨花。今年春尽，杨花似雪，犹不见还家。

对酒卷帘邀明月，风露透窗纱。恰似姮娥怜双燕，分明照、画梁斜。

——苏　轼

风光好

双调，三十六字。前段四句，四平韵；后段四句，两仄韵，两平韵。

｜——（韵）｜——（韵）+｜——｜｜—（韵）｜——（韵）

——+｜——｜（换仄韵）——｜（韵）+｜——｜｜—（归平韵）｜——（韵）

柳阴阴。水沉沉。风约双凫立不禁。碧波心。

孤村桥断人迷路。舟横渡。旋买村醪浅浅斟。更微吟。

——欧　良

风入松

又名《远山横》。

双调，七十四字。前后段各六句，四平韵。

＋－＋｜｜－－（韵）＋｜－－（韵）＋－＋｜－－｜，＋＋＋、＋｜－－（韵）＋｜＋－＋｜，＋－＋｜－－（韵）

＋－＋｜｜－－（韵）＋｜－－（韵）＋－＋｜－－｜，＋－＋、＋｜－－（韵）＋｜＋－＋｜，＋－＋｜－－（韵）

心心念念忆相逢。别恨谁浓。就中懊恼难拚处，是擘钗、分钿匆匆。却似桃源路失，落花空记前踪。

彩笺书尽浣溪红。深意难通。强欢殢酒图消遣，到醒来、愁闷还重。若是初心未改，多应此意须同。

——晏几道

又有前后段第二句皆五字者，如吴文英“听风听雨过清明”词；前后段第四句少一字各作六字句者，如赵彦端“传闻天上有星榆”词。此处列一例。

听风听雨过清明。愁草瘗花铭。楼前绿暗分携路，一丝柳、一寸柔情。料峭春寒中酒，交加晓梦啼莺。

西园日日扫林亭。依旧赏新晴。黄蜂频扑秋千索，有当时、纤手香凝。惆怅双鸳不到，幽阶一夜苔生。

——吴文英

凤凰台上忆吹箫

双调，九十五字。前段十句，四平韵；后段十一句，五平韵。

＋｜－－，＋－＋｜，＋－＋｜－－（韵）｜｜－－｜，＋｜－－（韵）＋｜－－＋｜，－＋｜、＋｜－－（韵）－－｜，－－｜｜，｜｜－－（韵）

——（韵）|—||，—+|——，+|——（韵）||——|，+|——（韵）+|——+|，—+|、+|——（韵）——|，——|—，||——（韵）

香冷金猊，被翻红浪，起来慵自梳头。任宝奁尘满，日上帘钩。生怕离怀别苦，多少事、欲说还休。新来瘦，非干病酒，不是悲秋。

休休。这回去也，千万遍阳关，也则难留。念武陵人远，烟锁秦楼。唯有楼前流水，应念我、终日凝眸。凝眸处，从今更添，一段新愁。

——李清照

水调歌头

又名《元会曲》《凯歌》。

双调，九十五字。前段九句，四平韵；后段十句，四平韵。

++++|，+||——（韵）+——|，++—||——（韵）+|+—+|，+|+—+|，+||——（韵）+++—|，+||——（韵）

+++，++|，|+—（韵）+—+|，+|+||——（韵）+|+—+|，+|+—+|，+||——（韵）+|+—|，+||——（韵）

落日绣帘卷，亭下水连空。知君为我，新作窗户湿青红。长记平山堂上，攲枕江南烟雨，渺渺没孤鸿。认得醉翁语，山色有无中。

一千顷，都镜净，倒碧峰。忽然浪起，掀舞一叶白头翁。堪笑兰台公子，未解庄生天籁，刚道有雌雄。一点浩然气，千里快哉风。

——苏　轼

又有前段第三句、第四句，后段第四句、第五句作六字、五字句式者，如周紫芝“岁晚念行役”词。

岁晚念行役，江阔渺风烟。六朝文物何在，回首更凄然。倚尽危楼杰观，暗想琼枝璧月，罗袜步承莲。桃叶山前鹭，无语下寒滩。

潮寂寞，浸孤垒，涨平川。莫愁艇子何处，烟树杳无边。王谢堂前双燕，空绕乌衣门巷，斜日草连天。只有台城月，千古照婵娟。

——周紫芝

又一体

双调，九十五字。前段九句，四平韵、两仄韵；后段十句，四平韵、两仄韵。

++++|，+||——（韵）+——|++，—||——（韵）+|+—+|（换仄韵）+|+—+|（韵）+||——（归平韵）+++—|，+||——（韵）

+++，++|，|+—（韵）+—+|，+|+||——（韵）+|+—+|（另换仄韵）+|+—+|（韵）+||——（归平韵）+|+—|，+||——（韵）

明月几时有，把酒问青天。不知天上宫阙，今夕是何年。我欲乘风归去。又恐琼楼玉宇。高处不胜寒。起舞弄清影，何似在人间。

转朱阁，低绮户，照无眠。不应有恨，何事长向别时圆。人有悲欢离合。月有阴晴圆缺。此事古难全。但愿人长久，千里共婵娟。

——苏　轼

又有除后段首句外，其余句句用韵者，且在同一韵部平仄韵通押。如贺铸“南国本潇洒”词。

南国本潇洒。六代浸豪奢。台城游冶。擘笺能赋属宫娃。云观登临清夏。璧月留连长夜。吟醉送年华。回首飞鸳瓦。却羡井中蛙。

访乌衣，成白社。不容车。旧时王谢。堂前双燕过谁家。楼外河横斗挂。淮上潮平霜下。樯影落寒沙。商女篷窗罅。犹唱后庭花。

——贺　铸

五　画

归自谣

双调，三十四字。前后段各三句，三仄韵。

—｜｜（韵）+｜+——｜｜（韵）+—+｜——｜（韵）
——+｜—+｜（韵）——｜（韵）+—+｜——｜（韵）

春艳艳。江上晚山三四点。柳丝如剪花如染。
香闺寂寞门半掩。愁眉敛。泪珠滴破胭脂脸。

——欧阳修

归去来

因柳永词中有“且归去”“好归去”句，故名。

双调，四十九字。前后段各四句，四仄韵。

—｜———｜（韵）—｜——｜（韵）—｜————｜（韵）——｜、｜—｜（韵）
—｜——｜（韵）——｜、｜——｜（韵）——｜｜——｜

（韵）——｜、｜—｜（韵）

初过元宵三五。慵困春情绪。灯月阑珊嬉游处。游人尽、厌欢聚。

凭仗如花女。持杯谢、酒朋诗侣。余酲更不禁香醑。歌筵罢、且归去。

——柳　永

又一体

双调，五十二字。前后段各四句，四仄韵。

｜｜——｜（韵）——｜、｜——｜（韵）——｜｜——｜（韵）｜——、—｜｜（韵）

｜——｜——｜（韵）｜—｜、｜——｜（韵）——｜｜——｜（韵）——｜、｜—｜（韵）

一夜狂风雨。花英坠、碎红无数。垂杨漫结黄金缕。尽春残、萦不住。

蝶稀蜂散知何处。殢尊酒、转添愁绪。多情不惯相思苦。休惆怅、好归去。

——柳　永

玉楼春

又名《惜春容》《西湖曲》《玉楼春令》。

《花间集》所载魏承班词《木兰花》与《玉楼春》二词体有别。至宋人词，《木兰花》《木兰花令》皆与《玉楼春》体同。此处依《花间集》，《木兰花》与《玉楼春》不作同一体。《木兰花》另列。

双调，五十六字。前后段各四句，三仄韵。

+｜+——｜｜（韵）+｜+——｜｜（韵）+——｜｜——，+｜

+——｜｜（韵）

+｜+——｜｜（韵）+｜+——｜｜（韵）+—+｜｜——，+｜+——｜｜（韵）

拂水双飞来去燕。曲槛小屏山六扇。春愁凝思结眉心，绿绮懒调红锦荐。

话别情多声欲颤。玉箸痕留红粉面。镇长独立到黄昏，却怕良宵频梦见。

——顾　夐

又有后段起句不押韵者，如顾夐“柳映玉楼春日晚”词。

玉蝴蝶

双调，四十一字。前段四句，四平韵；后段四句，三平韵。

———｜——（韵）—｜｜——（韵）｜｜｜——（韵）——｜｜—（韵）

———｜｜，—｜｜——（韵）—｜｜——（韵）｜——｜—（韵）

秋风凄切伤离。行客未归时。塞外草先衰。江南雁到迟。

芙蓉凋嫩脸，杨柳堕新眉。摇落使人悲。断肠谁得知。

——温庭筠

又一体

双调，九十九字。前段十句，五平韵；后段十一句，六平韵。

｜｜｜——｜，+—+｜，+｜——（韵）｜｜——，—｜｜｜——（韵）｜—+、+—+｜，+｜+、+｜——（韵）｜——（韵）｜——｜，+｜——（韵）

——（韵）——｜｜，｜——｜，｜｜——（韵）｜｜——，

|——||——(韵)|—+、+—+|,+|+、+|——(韵)|——(韵)|——|,+|——(韵)

望处雨收云断,凭栏悄悄,目送秋光。晚景萧疏,堪动宋玉悲凉。水风轻、蘋花渐老,月露冷、梧叶飘黄。遣情伤。故人何在,烟水茫茫。

难忘。文期酒会,几孤风月,屡变星霜。海阔山遥,未知何处是潇湘。念双燕、难凭远信,指暮天、空识归航。黯相望。断鸿声里,立尽斜阳。

——柳　永

玉漏迟

双调,九十四字。前段十句,五仄韵;后段九句,五仄韵。

+——||,+—+|,+——|(韵)+|+—,+|+——|(韵)+|——+|,+++、+——|(韵)—||(韵)++++,+——|(韵)

+++|——,++|——,|——|(韵)+|+—,+|+——|(韵)+|+—+|,++|、+——|(韵)—||(韵)++|——|(韵)

杏香飘禁苑,须知自昔,皇都春早。燕子来时,绣陌渐熏芳草。蕙圃妖桃过雨,弄碎影、红筛清沼。深院悄。绿杨巷陌,莺声争巧。

早是赋得多情,更遇酒临花,镇辜欢笑。数曲阑干,故国漫劳登眺。汉外微云尽处,乱峰锁、一竿斜照。归路杳。东风泪零多少。

——宋　祁

又有前段第四、五句之四言、六言作六言、四言,后段结句作八字折腰者，如程垓“一春浑不见”词；后段第五句作五言者，如史深“绿树深庭院”词；前段起句用韵者，如刘子寰“翠草侵园径”词。此处列一例。

翠草侵园径。阴阴夏木，鸣鸠相应。纵目江天，窈窈雨昏烟暝。屋角黄梅乍熟，听落颗、时敲金井。深院静。闲阶自长，花砖苔晕。

楼居簟枕清凉，尽永日阑干，与谁同凭。旧社鸥盟，零落断无音信。辽鹤追思旧事，向华表、空吟遗恨。萦念损。休怪暮年多病。

——刘子寰

永遇乐

双调。一百零四字。前后段各十一句，四仄韵。

+|——，+—+|，++—|（韵）+|——，+—+|，+|——|（韵）+—+|，+—+|，+|+—+|（韵）+——、——+|，++|+—|（韵）

+—+|，+++|，+|+—+|（韵）+|——，+—+|，+|——|（韵）+—+|，+++|，+|+—+|（韵）+—+、+++|，+—||（韵）

明月如霜，好风如水，清景无限。曲港跳鱼，圆荷泻露，寂寞无人见。紞如三鼓，铿然一叶，黯黯梦云惊断。夜茫茫、重寻无处，觉来小园行遍。

天涯倦客，山中归路，望断故园心眼。燕子楼空，佳人何在，空锁楼中燕。古今如梦，何曾梦觉，但有旧欢新怨。异时对、黄楼夜景，为余浩叹。

——苏　轼

六 画

如梦令

又名《忆仙姿》《宴桃源》《如意令》《无梦令》。

单调，三十三字。七句，五仄韵，一叠韵。

+|+—+|（韵）+|+—+|（韵）+||——，+|+—+|（韵）+|（韵）+|（叠）+|+—+|（韵）

曾宴桃源深洞。一曲舞鸾歌凤。长记别伊时，和泪出门相送。如梦。如梦。残月落花烟重。

——李存勖

江城子

又名《江神子》《村意远》。

单调，三十五字。八句，五平韵。

+—+||——（韵）|——（韵）|——（韵）+—+|，+||——（韵）+|+——||，—||，|——（韵）

鸡鹊飞起郡城东。碧江空。半滩风。越王宫殿，萍叶藕花中。帘卷水楼鱼浪起，千片雪，雨蒙蒙。

——牛　峤

又一体

单调，三十六字。七句，五平韵。

||——||—（韵）|——（韵）|——（韵）||——，|||——（韵）—|———||，——|||——（韵）

晚日金陵岸草平。落霞明。水无情。六代繁华，暗逐逝波声。空有姑苏台上月，如西子镜照江城。

——欧阳炯

又一体

双调，七十字。前后段各七句，五平韵。

＋－＋｜｜－－（韵）｜－－（韵）｜－－（韵）＋｜＋－、＋｜｜－－（韵）＋｜＋－－｜｜，－＋｜，｜－－（韵）

＋－＋｜｜－－（韵）｜－－（韵）｜－－（韵）＋｜＋－、＋｜｜－－（韵）＋｜＋－－｜｜，－＋｜，｜－－（韵）

老夫聊发少年狂。左牵黄。右擎苍。锦帽貂裘、千骑卷平冈。为报倾城随太守，亲射虎，看孙郎。

酒酣胸胆尚开张。鬓微霜。又何妨。持节云中、何日遣冯唐。会挽雕弓如满月，西北望，射天狼。

——苏　轼

伤春怨

见《能改斋漫录》，王安石梦中作。此调唯此一词。

双调，四十三字。前后段各四句，三仄韵。

｜｜－－｜（韵）｜｜－－－｜（韵）｜｜｜－－，｜｜－－－｜（韵）

｜－－－｜（韵）｜｜－－｜（韵）｜｜｜－－，｜｜｜、－－｜（韵）

雨打江南树。一夜花开无数。绿叶渐成阴，下有游人归路。

与君相逢处。不道春将暮。把酒祝东风，且莫恁、匆匆去。

——王安石

后庭花

又名《玉树后庭花》。

双调，四十四字。前后段各四句，四仄韵。

+－+丨－－丨（韵）丨－－丨（韵）++－+－+丨（韵）丨+－丨（韵）

+－+丨－－丨（韵）丨－－丨（韵）++－+－+丨（韵）丨+－丨（韵）

轻盈舞妓含芳艳。竞妆新脸。步摇珠翠修蛾敛。腻鬟云染。

歌声慢发开檀点。绣衫斜掩。时将纤手匀红脸。笑拈金靥。

——毛熙震

好事近

又名《钓船笛》。

双调，四十五字。前后段各四句，两仄韵。

+丨丨－－，+丨+－－丨（韵）+丨+－+丨，丨+－+丨（韵）

+－+丨+－+，++＋－丨（韵）+丨+－+丨，丨+－+丨（韵）

睡起玉屏风，吹去乱红犹落。天气骤生轻暖，衬沉香帷箔。

珠帘约住海棠风，愁拖两眉角。昨夜一庭明月，冷秋千红索。

——宋　祁

又有前后段第三句亦押韵者，如陆游“客路苦思归”词。

客路苦思归，愁似茧丝千绪。梦里镜湖烟雨。看山无重数。

尊前消尽少年狂，慵著送春语。花落燕飞庭户。叹年光如许。

——陆　游

西地锦

双调，四十六字。前后段各五句，三仄韵。

+|+—+|（韵）|+—+|（韵）——||，——||，+——|（韵）

+|+—+|（韵）++——|（韵）+—||，——||，———|（韵）

寂寞悲秋怀抱。掩重门悄悄。清风皓月，朱阑画阁，双鸳池沼。

不忍今宵重到。惹离愁多少。蓬山路杳，蓝桥信阻，黄花空老。

——蔡　伸

又有后段最后三句作七言、五言两句者，如周紫芝“雨细欲收还滴”词。

雨细欲收还滴。满一庭秋色。阑干独倚，无人共说，这些愁寂。

手把玉郎书迹。怎不教人忆。看看又是黄昏也，敛眉峰轻碧。

——周紫芝

西江月

又名《白蘋香》《步虚词》《江月令》。

双调，五十字。前后段各四句，两平韵，一仄韵。

+|+—+|，+—+|——（韵）+—+||——（韵）+|+—+|（押同部仄韵）

+|+—+|，+—+|——（韵）+—+||——（韵）+|+—+|（押同部仄韵）

凤额绣帘高卷，兽环朱户频摇。两竿红日上花梢。春睡厌厌难觉。

好梦狂随飞絮，闲愁浓胜香醪。不成雨暮与云朝。又是韶光过了。

——柳　永

又有前后段起句与结句俱押同部仄韵者，如苏轼“点点楼头细雨”词。

点点楼头细雨。重重江外平湖。当年戏马会东徐。今日凄凉南浦。

莫恨黄花未吐。且教红粉相扶。酒阑不必看茱萸。俯仰人间今古。

——苏　轼

又有后段换另部韵者，如吴文英“枝袅一痕雪在”词。

枝袅一痕雪在，叶藏几豆春浓。玉奴最晚嫁东风。来结梨花幽梦。

香力添熏罗被，瘦肌犹怯冰绡。绿阴青子老溪桥。羞见东邻娇小。

——吴文英

阮郎归

又名《碧桃春》《醉桃源》《宴桃源》《濯缨曲》。

双调，四十七字，前段四句，四平韵；后段五句，四平韵。

+——｜｜——（韵）+—+｜—（韵）+—+｜｜——（韵）+—+｜—（韵）

++｜，｜——（韵）+—+｜—（韵）+—+｜｜——（韵）+—+｜—（韵）

东风吹水日衔山。春来长是闲。落花狼藉酒阑珊。笙歌醉梦间。

春睡觉，晚妆残。无人整翠鬟。留连光景惜朱颜。黄昏独倚阑。

——李　煜

齐天乐

又名《台城路》《五福降中天》《如此江山》等。

双调，一百二字。前段十句，五仄韵；后段十一句，五仄韵。

+—+｜——｜，—+｜—+｜（韵）+｜——，+—+｜，+｜+—+｜（韵）+—+｜（韵）｜+｜——，+——｜（韵）+｜——，+—+｜｜—｜（韵）

+—+｜+｜，｜——｜｜，++—｜（韵）+｜——，+—+｜，+｜——+｜（韵）+—+｜（韵）｜+｜——，｜——｜（韵）+｜——，｜——｜｜（韵）

绿芜凋尽台城路，殊乡又逢秋晚。暮雨生寒，鸣蛩劝织，深阁时闻裁剪。云窗静掩。叹重拂罗裀，顿疏花簟。尚有练囊，露萤清夜照书卷。

荆江留滞最久，故人相望处，离思何限。渭水西风，长安乱叶，空忆诗情宛转。凭高眺远。正玉液新篘，蟹螯初荐。醉倒山翁，但愁斜照敛。

——周邦彦

曲玉管

双调，一百零五字。前段十二句，两仄韵，四平韵。后段十句，三平韵。

｜｜——，——｜｜，——｜｜——｜（仄韵）｜｜———｜，—｜——（押同部平韵）｜——（韵）｜｜——，———｜，｜—｜｜——｜（押同部仄韵）｜｜——，｜｜—｜——（押同部平韵）｜——（韵）

｜｜——，｜—｜、———｜，｜—｜｜——，——｜｜——（韵）｜——（韵）｜———｜，｜｜———｜，｜——｜，｜｜——，｜｜——（韵）

陇首云飞，江边日晚，烟波满目凭阑久。立望关河萧索，千里清秋。忍凝眸。杳杳神京，盈盈仙子，别来锦字终难偶。断雁无凭，冉冉飞下汀洲。思悠悠。

暗想当初，有多少、幽欢佳会，岂知聚散难期，翻成雨恨云愁。阻追游。每登山临水，惹起平生心事，一场消黯，永日无言，却下层楼。

——柳　永

七　画

诉衷情

又名《桃花水》。双调称《诉衷情令》，又名《渔父家风》《一丝风》。

单调，三十三字。十一句，五仄韵，六平韵。

—｜（韵）—｜（韵）—｜｜（韵）｜——（平韵）—｜｜（换仄韵）—｜（韵）｜——（归平韵）+｜｜——（韵）——（韵）———｜—（韵）｜——（韵）

莺语。花舞。春昼午。雨霏微。金带枕。宫锦。凤凰帷。柳弱燕交飞。依依。辽阳音信稀。梦中归。

——温庭筠

又一体

双调，四十四字。前段四句，三平韵；后段六句，三平韵。

+—+｜｜——（韵）+｜｜——（韵）++++—｜，+｜｜——（韵）

—｜｜，｜——（韵）｜——（韵）+——｜，+｜——，+｜——（韵）

青梅煮酒斗时新。天气欲残春。东城南陌花下，逢著意中人。

回绣袂，展香茵。叙情亲。此情拼作，千尺游丝，惹住朝云。

——晏　殊

又一体

双调，四十五字。前段四句，三平韵；后段六句，三平韵。

+—+｜｜——（韵）+｜｜——（韵）+—+｜—｜，+｜｜、｜——（韵）

—｜｜，｜——（韵）｜——（韵）｜——｜，｜｜——，｜｜——（韵）

清晨帘幕卷轻霜。呵手试梅妆。都缘自有离恨，故画作、远山长。

思往事，惜流芳。易成伤。拟歌先敛，欲笑还颦，最断人肠。

——欧阳修

诉衷情近

双调，七十五字。前段七句，三仄韵；后段九句，六仄韵。

｜—｜｜，｜｜——｜｜（韵）——+｜——，—｜｜—｜｜（韵）—｜｜——｜，+｜——，｜｜——｜（韵）

——｜（韵）｜｜——｜｜（韵）｜——｜，｜｜——｜（韵）——｜（韵）｜—｜｜，——｜｜，｜——｜（韵）｜｜——｜（韵）

雨晴气爽，伫立江楼望处。澄明远水生光，重叠暮山耸翠。遥认断桥幽径，隐隐渔村，向晚孤烟起。

残阳里。脉脉朱阑静倚。黯然情绪，未饮先如醉。愁无际。暮云过了，秋光老尽，故人千里。竟日空凝睇。

——柳　永

花非花

单调，二十六字。六句，三仄韵。

———，｜—｜（韵）｜｜—，——｜（韵）———｜｜——，｜｜———｜｜（韵）

花非花，雾非雾。夜半来，天明去。来如春梦不多时，去似朝云无觅处。

——白居易

巫山一段云

双调，四十四字。前后段各四句，三平韵。

+|——|，——+|—（韵）+—+||——（韵）+||——（韵）
+|——|，——+|—（韵）+—+||——（韵）+||——（韵）

雨霁巫山上，云轻映碧天。远风吹散又相连。十二晚峰前。

暗湿啼猿树，高笼过客船。朝朝暮暮楚江边。几度降神仙。

——毛文锡

又一体

双调，四十六字。前段四句，三平韵；后段四句，两仄韵，两平韵。

+|——|，——+|—（韵）+——||——（韵）++++—（韵）
+|+—+|（换仄韵）+|+—+|（韵）+—+||——（换平韵）+—|+—（韵）

蝶舞梨园雪，莺啼柳带烟。小池残日艳阳天。苎萝山又山。

青鸟不来愁绝。忍看鸳鸯双结。春风一等少年心。闲情恨不禁。

——李　晔

杏园芳

双调，四十五字。前段四句，四平韵；后段四句，三平韵。

——||——（韵）——||——（韵）——|||——（韵）|——（韵）
——||——|，——||——（韵）———||——（韵）|——（韵）

严妆嫩脸花明。教人见了关情。含羞举步越罗轻。称娉婷。

终朝咫尺窥香阁，迢遥似隔层城。何时休遣梦相萦。入云屏。

——尹　鹗

更漏子

双调，四十六字。前段六句，两仄韵、两平韵；后段六句，三仄韵、两平韵。

｜——，—｜｜（韵）+｜+—+｜（韵）+｜｜，｜——（换平韵）+—+｜—（韵）

—+｜（另换仄韵）++｜（韵）+｜+—+｜（韵）++｜，｜——（另换平韵）+—+｜—（韵）

柳丝长，春雨细。花外漏声迢递。惊塞雁，起城乌。画屏金鹧鸪。

香雾薄。透帘幕。惆怅谢家池阁。红烛背，绣帘垂。梦长君不知。

——温庭筠

又有后段起句不用韵者，如韦庄“钟鼓寒”词。

钟鼓寒，楼阁暝。月照古桐金井。深院闭，小庭空。落花香露红。

烟柳重，春雾薄。灯背水窗高阁。闲倚户，暗沾衣。待郎郎不归。

——韦　庄

苏幕遮

又名《鬓云松令》。

双调，六十二字。前后段各七句，四仄韵。

|——，—||(韵)+|——，+|——|(韵)+|+——||(韵)+|——，+|——|(韵)

|——，—||(韵)+|——，+|——|(韵)+|+——||(韵)+|——，+|——|(韵)

碧云天，黄叶地。秋色连波，波上寒烟翠。山映斜阳天接水。芳草无情，更在斜阳外。

黯乡魂，追旅思。夜夜除非，好梦留人睡。明月楼高休独倚。酒入愁肠，化作相思泪。

——范仲淹

声声慢

又名《胜胜慢》《人在楼上》《凤求凰》。

双调，九十七字。前段九句，五仄韵；后段八句，五仄韵。

——||(韵)||——，——||||(韵)||———|，|——|(韵)——||||，||—、|——|(韵)|||，|——、|||——|(韵)

||———|(韵)—||、——|——|(韵)||——，|||—||(韵)——|—||，|——、||||(韵)|||，|||、—|||(韵)

寻寻觅觅。冷冷清清，凄凄惨惨戚戚。乍暖还寒时候，最难将息。三杯两盏淡酒，怎敌他、晚来风急。雁过也，最伤心、却是旧时相识。

满地黄花堆积。憔悴损、如今有谁堪摘。守着窗儿，独自怎生得黑。梧桐更兼细雨，到黄昏、点点滴滴。这次第，怎一个、愁字了得。

——李清照

沁园春

又名《寿星明》《洞庭春色》《东仙》。

双调，一百十四字。前段十三句，四平韵；后段十二句，五平韵。

++−−，++++，+++−（韵）|+−+|，+−+|，+−+|，+|−−（韵）+|−−，+−+|，+|−−+|−（韵）+−|，++−+|，+|−−（韵）

+−+|−−（韵）++|、+−+|−（韵）|+−+|，+−+|，+−+|，+|−−（韵）+|−−，+−+|，+|−−+|−（韵）++|，|+−+|，+|−−（韵）

孤馆灯青，野店鸡号，旅枕梦残。渐月华收练，晨霜耿耿，云山摛锦，朝露漙漙。世路无穷，劳生有限，似此区区长鲜欢。微吟罢，凭征鞍无语，往事千端。

当时共客长安。似二陆、初来俱少年。有笔头千字，胸中万卷，致君尧舜，此事何难。用舍由时，行藏在我，袖手何妨闲处看。身长健，但优游卒岁，且斗尊前。

——苏　轼

八　画

定西番

双调，三十五字。前段四句，一仄韵，两平韵；后段四句，两仄韵，两平韵。

+|+−+|（韵）−||，|−−（换平韵）|−−（韵）

+|+−−|（归仄韵）+−+|−（归平韵）+|+−+|（归仄韵）|−−（归平韵）

汉使昔年离别。攀弱柳，折寒梅。上高台。

千里玉关春雪。雁来人不来。羌笛一声愁绝。月徘徊。

——温庭筠

又有后段第三句不用韵者，如温庭筠“细雨晓莺春晚”词。

细雨晓莺春晚。人似玉，柳如眉。正相思。

罗幕翠帘初卷。镜中花一枝。肠断塞门消息，雁来稀。

——温庭筠

定风波

又名《定风流》《定风波令》。

双调，六十二字。前段五句，三平韵，两仄韵；后段六句，四仄韵，两平韵。

+|−−||−（平韵）+−+||−−（韵）+|+−−||（换仄韵）+|（韵）+−+||−−（归平韵）

+|+−−||（换仄韵）+|（韵）+−+||−−（归平韵）+|+−−||（换仄韵）+|（韵）+−+||−−（归平韵）

暖日闲窗映碧纱。小池春水浸明霞。数树海棠红欲尽。争忍。玉闺深掩过年华。

独凭绣床方寸乱。肠断。泪珠穿破脸边花。邻舍女郎相借问。音信。教人羞道未还家。

——欧阳炯

又一体

双调，六十二字。前段五句，三平韵；后段六句，两平韵。

||−−||−（韵）|−−||−−（韵）|||−−||，

—丨，丨——丨丨——（韵）

—丨———丨丨，—丨，丨——丨丨——（韵）—丨丨——丨丨，—丨，丨—丨丨丨——（韵）

好睡慵开莫厌迟。自怜冰脸不时宜。偶作小红桃杏色，闲雅，尚余孤瘦雪霜姿。

休把闲心随物态，何事，酒生微晕沁瑶肌。诗老不知梅格在，吟咏，更看绿叶与青枝。

——苏　轼

又一体

双调，九十九字。前段十一句，六仄韵；后段十句，七仄韵。

丨——、丨丨——，——丨丨丨丨（韵）丨丨——，——丨丨，—丨——丨（韵）丨——，丨—丨（韵）—丨丨丨—丨（韵）—丨（韵）丨丨—丨丨，———丨（韵）

丨—丨丨（韵）丨——、丨丨——丨（韵）丨——、丨丨——丨丨，—丨——丨（韵）丨——，丨—丨（韵）—丨——丨—丨（韵）—丨（韵）丨丨—丨，———丨（韵）

自春来、惨绿愁红，芳心是事可可。日上花梢，莺穿柳带，犹压香衾卧。暖酥消，腻云亸。终日厌厌倦梳裹。无那。恨薄情一去，音书无个。

早知恁么。悔当初、不把雕鞍锁。向鸡窗、只与蛮笺象管，拘束教吟课。镇相随，莫抛躲。针线闲拈伴伊坐。和我。免使年少，光阴虚过。

——柳　永

又一体

双调，一百零五字。前段九句，四仄韵；后段十二句，五仄韵。

||——，|||—|（韵）|||、||——，|||—，|||——|（韵）|——||，——|—||（韵）|||、—|——，—|——|—|（韵）

—|（韵）||——，||——，|—||（韵）|||||，||||，|——|，|——|（韵）|——、||——，——||（韵）||—、—|—|，||——|（韵）

伫立长堤，淡荡晚风起。骤雨歇、极目萧疏，塞柳万株，掩映箭波千里。走舟车向此，人人奔名竞利。念荡子、终日驱驱，争觉乡关转迢递。

何意。绣阁轻抛，锦字难逢，等闲度岁。奈泛泛旅迹，厌厌病绪，迩来谙尽，宦游滋味。此情怀、纵写香笺，凭谁与寄。算孟光、争得知我，继日添憔悴。

——柳　永

河满子

又名《何满子》。

单调，三十六字。六句，三平韵。

+|+—+|，+—+|——（韵）+|+——|，+——|——（韵）+|+—+|，+—+|——（韵）

写得鱼笺无限，其如花锁春晖。目断巫山云雨，空教残梦依依。却爱熏香小鸭，羡他长在屏帏。

——和　凝

又有第三句多一字为七字句者，如孙光宪“冠剑不随君去”词。

冠剑不随君去，江河还共恩深。歌袖半遮眉黛惨，泪珠旋滴衣襟。惆怅云愁雨怨，断魂何处相寻。

——孙光宪

又一体

双调，七十四字。前后段各六句，三平韵。前后段均与前格三十七字者同。

怅望浮生急景，凄凉宝瑟余音。楚客多情偏怨别，碧山远水登临。目送连天衰草，夜阑几处疏砧。

黄叶无风自落，秋云不雨常阴。天若有情天亦老，摇摇幽恨难禁。惆怅旧欢如梦，觉来无处追寻。

——孙　洙

采桑子

又名《丑奴儿》。

双调，四十四字。前后段同，各四句，三平韵。

＋－＋|－－|，＋|－－（韵）＋|－－（韵）＋|－－＋|－（韵）

＋－＋|－－|，＋|－－（韵）＋|－－（韵）＋|－－＋|－（韵）

群芳过后西湖好，狼藉残红。飞絮濛濛。垂柳阑干尽日风。

笙歌散尽游人去，始觉春空。垂下帘栊。双燕归来细雨中。

——欧阳修

画堂春

双调，四十七字。前段四句，四平韵；后段四句，三平韵。

＋－＋||－－（韵）＋－＋|－－（韵）|－－||－－（韵）＋|－－（韵）

＋|＋－＋|，＋－＋|－－（韵）＋－＋||－－（韵）＋|－－（韵）

落红铺径水平池。弄晴小雨霏霏。杏园憔悴杜鹃啼。无奈春归。

柳外画楼独上，凭阑手捻花枝。放花无语对斜晖。此恨谁知。

——秦　观

另有前后段结句各添一字成五字句者，如黄庭坚“摩围小隐枕蛮江”词。

摩围小隐枕蛮江。蛛丝闲锁晴窗。水风山影上修廊。不到晚来凉。

相伴蝶穿花径，独飞鸥舞春光。不因送客下绳床。添火炷炉香。

——黄庭坚

武陵春

又名《武林春》。

双调，四十八字。前后段各四句，三平韵。

+|+——||，+||——（韵）+|——||—（韵）+||——（韵）

++++++|，+||——（韵）+|——||—（韵）+||——（韵）

风过冰檐环佩响，宿雾在华茵。剩落瑶花衬月明。嫌怕有纤尘。

凤口衔灯金炫转，人醉觉寒轻。但得清光解照人。不负五更春。

——毛　滂

又有后段末句添一字为六字折腰句者，如李清照“风住尘香花已尽”词。

风住尘香花已尽，日晚倦梳头。物是人非事事休。欲语泪先流。

闻说双溪春尚好，也拟泛轻舟。只恐双溪舴艋舟。载不动、许多愁。

——李清照

钗头凤

又名《撷芳词》《折红英》《清商怨》《惜分钗》。

双调，六十字。前后段各十句，七仄韵，两叠韵。此调前三句例用上去仄声，换韵例用入声，前后段同。

——｜（首仄韵）——｜（韵）｜——｜——｜（韵）—＋｜（换二仄韵）＋—｜（韵）＋——＋，｜——｜（韵）｜（韵）｜（叠）｜（叠）

——｜（押首仄韵）——｜（韵）｜——｜——｜（韵）——｜（押二仄韵）——｜（韵）＋＋—｜，｜——｜（韵）｜（韵）｜（叠）｜（叠）

红酥手。黄縢酒。满城春色宫墙柳。东风恶。欢情薄。一怀愁绪，几年离索。错。错。错。

春如旧。人空瘦。泪痕红浥鲛绡透。桃花落。闲池阁。山盟虽在，锦书难托。莫。莫。莫。

——陆　游

又有前后段结句处少一叠韵者，或最后三字无者。此处不列。

又一体

双调，六十字。前后段各十句，三仄韵，四平韵，两叠韵。

｜—｜（仄韵）——｜（韵）｜＋—＋—＋｜（韵）｜——（换平

韵）|——（韵）|+—+，+|——（韵）—（韵）—（叠）—（叠）

——|（归仄韵）——|（韵）|—+|——|（韵）|——（归平韵）|——（韵）|+—|，+|——（韵）—（韵）—（叠）—（叠）

世情薄。人情恶。雨送黄昏花易落。晓风干。泪痕残。欲笺心事，独语斜栏。难。难。难。

人成各。今非昨。病魂尝似秋千索。角声寒。夜阑珊。怕人寻问，咽泪妆欢。瞒。瞒。瞒。

——唐　婉

又有前后段结句处少一叠韵者。此处不列。

青玉案

又名《西湖路》《横塘路》。

双调，六十七字。前后段各六句，五仄韵。

+—+|——|（韵）|+|、——|（韵）+|+——||（韵）+—+|，+—+|（韵）+|——|（韵）

+—+|——|（韵）+|——|—|（韵）+|+——||（韵）+—+|，+—+|（韵）+|——|（韵）

凌波不过横塘路。但目送、芳尘去。锦瑟华年谁与度。月桥花院，琐窗朱户。只有春知处。

飞云冉冉蘅皋暮。彩笔新题断肠句。若问闲情都几许。一川烟草，满城风絮。梅子黄时雨。

——贺　铸

另有前后段第五句不押韵者，如辛弃疾"东风夜放花千树"词。

东风夜放花千树。更吹落、星如雨。宝马雕车香满路。

凤箫声动，玉壶光转，一夜鱼龙舞。

蛾儿雪柳黄金缕。笑语盈盈暗香去。众里寻他千百度。蓦然回首，那人却在，灯火阑珊处。

——辛弃疾

念奴娇

又名《大江东去》《酹江月》《千秋岁》《杏花天》《百字令》等。

双调，一百字。前后段各十句，四仄韵。

+—+|，|+—+|，++—|（韵）+|+——||，+|+——|（韵）+|——，+—+|，+|——|（韵）+——|，|——|+|（韵）

+|+|——，+—+|，++——|（韵）+|+——||，+|+——|（韵）+|——，+—+|，+|——|（韵）+——|，+——|—|（韵）

凭空眺远，见长空万里，云无留迹。桂魄飞来光射处，冷浸一天秋碧。玉宇琼楼，乘鸾来去，人在清凉国。江山如画，望中烟树历历。

我醉拍手狂歌，举杯邀月，对影成三客。起舞徘徊风露下，今夕不知何夕。便欲乘风，翻然归去，何用骑鹏翼。水晶宫里，一声吹断横笛。

——苏　轼

又一体

双调，一百字。前段九句，四仄韵；后段十句，四仄韵。

+—+|，|+—、+|++—|（韵）+|+—，—||、+|+—+|（韵）+|——，+—+|，+|——|（韵）+——|，|——|+|（韵）

+|+|——，+—+|+，+——|（韵）+|+—，—||、+|+——|（韵）+|——，+—+|+，|——|（韵）+——|，+——|—|（韵）

大江东去，浪淘尽、千古风流人物。故垒西边，人道是、三国周郎赤壁。乱石穿空，惊涛拍岸，卷起千堆雪。江山如画，一时多少豪杰。

遥想公瑾当年，小乔初嫁了，雄姿英发。羽扇纶巾，谈笑处、樯橹灰飞烟灭。故国神游，多情应笑我，早生华发。人间如梦，一尊还酹江月。

——苏　轼

又一体

双调，一百字。前后段各十句，四平韵。

＋－＋｜，｜－－－｜，＋＋－－（韵）＋｜－－－｜｜，＋＋－｜－－（韵）＋｜－－，＋－＋｜，＋｜｜－－（韵）＋－＋｜，＋＋＋｜－－（韵）

－＋＋｜－－，－－＋｜，＋＋｜－－（韵）＋｜－－－｜｜，＋｜－｜－－（韵）＋｜－－，＋－＋｜，＋｜｜－－（韵）＋－－｜，｜－＋｜－－（韵）

汉江露冷，是谁将瑶瑟，弹向云中。一曲清泠声渐杳，月高人在珠宫。晕额黄轻，涂腮粉艳，罗带织青葱。天香吹散，佩环犹自丁东。

回首杜若汀洲，金钿玉镜，何日得相逢。独立飘飘烟浪远，罗袜羞溅春红。渺渺予怀，迢迢良夜，三十六陂风。九嶷何处，断云飞度千峰。

——陈允平

雨霖铃

双调，一百零三字。前段十句，五仄韵；后段九句，五仄韵。

－－＋｜（韵）｜－－｜，｜｜－｜（韵）－－＋＋＋｜，－－｜｜，－－－｜（韵）｜｜－－＋｜，｜－＋－｜（韵）｜｜＋、－｜－－，｜｜－－｜－｜（韵）

＋－｜｜－－｜（韵）｜－－、｜｜－－｜（韵）－－｜＋＋｜，＋｜｜、｜－－｜（韵）｜｜－－，－｜－－，｜＋－｜（韵）｜｜｜、＋｜－－，｜｜－－｜（韵）

寒蝉凄切。对长亭晚，骤雨初歇。都门帐饮无绪，方留恋处，兰舟催发。执手相看泪眼，竟无语凝咽。念去去、千里烟波，暮霭沉沉楚天阔。

多情自古伤离别。更那堪、冷落清秋节。今宵酒醒何处，杨柳岸、晓风残月。此去经年，应是良辰，好景虚设。便纵有、千种风情，更与何人说。

——柳　永

九　画

南歌子

又名《春宵曲》《水晶帘》《碧窗梦》等。

单调，二十三字。五句，三平韵。

｜｜－－｜，－－｜｜－（韵）＋｜｜－－（韵）＋－－｜｜，｜－－（韵）

手里金鹦鹉，胸前绣凤凰。偷眼暗形相。不如从嫁与，作鸳鸯。

——温庭筠

又一体

单调，二十六字。五句，三平韵。

｜｜－－｜，－－｜｜－（韵）＋－＋｜｜－－（韵）＋｜＋－－｜，｜－－（韵）

柳色遮楼暗，桐花落砌香。画堂开处晚风凉。高卷水精帘额，衬斜阳。

——张　泌

又一体

又名《南柯子》《望秦川》《风蝶令》。

双调，五十二字。前后段各四句，三平韵。上下片首两句宜用对仗。

+|——|，——||—（韵）+—+||——（韵）+|+—+|、|——（韵）

+|——|，——||—（韵）+—+||——（韵）+|+—+|、|——（韵）

驿路侵斜月，溪桥度晓霜。短篱残菊一枝黄。正是乱山深处、过重阳。

旅枕原无梦，寒更每自长。只言江左好风光。不道中原归思、转凄凉。

——吕本中

南乡子

单调，二十七字。五句，两平韵，三仄韵。

||——（韵）+—+||——（韵）||+——||（换仄韵）—|（韵）||———||（韵）

岸远沙平。日斜归路晚霞明。孔雀自怜金翠尾。临水。认得行人惊不起。

——欧阳炯

又有第四句多一字者，如欧阳炯“路入南中”词。

路入南中。桄榔叶暗蓼花红。两岸人家微雨后。收红豆。叶底纤纤抬素手。

——欧阳炯

又一体

单调，三十字。六句，两平韵，三仄韵。

–||，|––（韵）+–+||––（韵）+|+––||（换仄韵）+–|（韵）+|+––||（韵）

归路近，扣舷歌。采真珠处水风多。曲岸小桥山月过。烟深锁。豆蔻花垂千万朵。

——李　珣

又一体

又名《好离乡》《蕉叶怨》。

双调，五十六字。前后段各五句，四平韵。

+||––（韵）+|––||–（韵）+|+––||，––（韵）+|––||–（韵）

+||––（韵）+|––||–（韵）+|+––||，––（韵）+|––||–（韵）

细雨湿流光。芳草年年与恨长。回首凤楼无限事，茫茫。鸾镜鸳衾两断肠。

魂梦任悠扬。睡起杨花满绣床。薄倖不来门半掩，斜阳。负你残春泪几行。

——冯延巳

秋风清

又名《秋风引》。

单调，三十字。六句，四平韵。

———（韵）—｜—（韵）｜｜｜—｜，———｜—（韵）———｜——｜，｜—｜｜———（韵）

秋风清。秋月明。落叶聚还散，寒鸦栖复惊。相思相见知何日，此时此夜难为情。

——李　白

又一体

又名《江南春》。

单调，三十字。六句，三平韵。

—｜｜，｜——（韵）———｜｜，—｜｜——（韵）———｜——｜，—｜———｜—（韵）

波渺渺，柳依依。孤村芳草远，斜日杏花飞。江南春尽离肠断，蘋满汀洲人未归。

——寇　准

又一体

又名《新安路》。

单调，三十字。六句，四仄韵。

——｜（韵）——｜（韵）｜—｜｜—，—｜——｜（韵）—｜——｜｜—，｜——｜——｜（韵）

新安路。人来去。早潮复晚潮，明日知何处。潮水无情亦解归，自怜长在新安住。

——刘长卿

秋蕊香

双调，四十八字。前后段各四句，四仄韵。

＋｜＋－＋｜（韵）＋｜＋－－｜（韵）＋－＋｜＋－｜（韵）＋｜＋－＋｜（韵）

＋－＋｜－－｜（韵）＋－｜（韵）＋－＋｜＋－｜（韵）＋｜＋－＋｜（韵）

梅蕊雪残香瘦。罗幕轻寒微透。多情只似春杨柳。占断可怜时候。

萧娘劝我杯中酒。翻红袖。金乌玉兔长飞走。争得朱颜依旧。

——晏　殊

相见欢

又名《秋夜月》《上西楼》《西楼子》《忆真妃》《月上瓜州》《乌夜啼》等。

双调，三十六字。前段三句，三平韵；后段四句，两仄韵，两平韵。前后段两结句宜作上六下三句法。

＋－＋｜－－（韵）｜－－（韵）＋｜＋－－｜｜－－（韵）

＋＋｜（换仄韵）＋－｜（韵）｜－－（归平韵）＋｜＋－－｜｜－－（韵）

无言独上西楼。月如钩。寂寞梧桐深院锁清秋。

剪不断。理还乱。是离愁。别是一般滋味在心头。

——李　煜

昭君怨

又名《宴西园》《一痕沙》《洛妃怨》等。

双调，四十字。前后段各四句，两仄韵，两平韵。

+|+—+|（韵）+|+—+|（韵）+||——（换平韵）|——（韵）

+|+—+|（韵）+|+—+|（韵）+||——（换平韵）|——（韵）

谁作桓伊三弄。惊破绿窗幽梦。新月与愁烟。满江天。

欲去又还不去。明日落花飞絮。飞絮送行舟。水东流。

——苏　轼

点绛唇

又名《点樱桃》《十八香》《南浦月》《沙头雨》《寻瑶草》等。双调，四十一字。前段四句，三仄韵；后段五句，四仄韵。

+|——，+—+|——|（韵）|——|（韵）+|——|（韵）

+|——，+|——|（韵）—+|（韵）|——|（韵）+|——|（韵）

蹴罢秋千，起来慵整纤纤手。露浓花瘦。薄汗轻衣透。

见有人来，袜铲金钗溜。和羞走。倚门回首。却把青梅嗅。

——李清照

柳含烟

双调，四十五字。前段五句，三平韵；后段四句，两仄韵，两平韵。

+—|，|——（韵）+|+—+|，+—+||——（韵）|——（韵）

||+——||（换仄韵）+|+—+|（韵）+—+||——（归平韵）|——（韵）

河桥柳，占芳春。映水含烟拂露，几回攀折赠行人。暗伤神。

乐府吹为横笛曲。能使离肠断续。不如移植在金门。近天恩。

——毛文锡

柳梢青

平韵体

又名《云淡秋空》《雨洗元宵》《玉水明沙》《早春怨》。

双调，四十九字。前段六句，三平韵；后段五句，三平韵。

+|——（韵）+—+|，+|——（韵）+|——，+—+|，+|——（韵）

+—+|——（韵）++|、——|—（韵）+|——，+—+|，+|——（韵）

岸草平沙。吴王故苑，柳袅烟斜。雨后寒轻，风前香软，春在梨花。

行人一棹天涯。酒醒处、残阳乱鸦。门外秋千，墙头红粉，深院谁家。

——仲　殊

另有前段起句不用韵者，如刘镇"干鹊收声"词。

干鹊收声。湿萤度影，庭院秋香。步月移阴，梳云约翠，人在回廊。

醺醺宿酒残妆。待付与、温柔醉乡。却扇藏娇，牵衣索笑，今夜差凉。

——刘　镇

仄韵体

又名《陇头月》。

双调，四十九字。前段六句，三仄韵；后段五句，两仄韵。

+——|（韵）+—+|，+——|（韵）+|——，+—+|，+——|（韵）

+—+|——，|+|、+—+|（韵）+|——，+—+|，+——|（韵）

子规啼血。可怜又是，春归时节。满院东风，海棠铺绣，梨花飞雪。

丁香露泣残枝，算未比、愁肠寸结。自是休文，多情多感，不干风月。

——贺　铸

另有前段起句不用韵者，如蔡伸“联璧寻春”词。

联璧寻春，踏青尚忆，年时携手。此际重来，可怜还是，年时时候。

阴阴柳下人家，人面似、桃花依旧。但愿年年，春风有信，人心长久。

——蔡　伸

临江仙

又名《谢新恩》《雁后归》《画屏春》《庭院深深》等。

双调，五十四字。前后段各四句，三平韵。

+—+|——|，+—+|——（韵）+—+||——（韵）+—+||——（韵）

+|+——||，+—+|——（韵）+—+||——（韵）+—

+｜｜——（韵）

海棠香老春江晚，小楼雾縠空濛。翠鬟初出绣帘中。麝烟鸾佩惹苹风。

碾玉钗摇鸂鶒战，雪肌云鬓将融。含情遥指碧波东。越王台殿蓼花红。

——和　凝

又一体

双调，五十八字。前后段各五句，三平韵。

+｜+——｜｜，+—+｜——（韵）+—+｜｜——（韵）+—+｜，+｜｜——（韵）

+｜+——｜｜，+—+｜——（韵）+—+｜｜——（韵）+—+｜，+｜｜——（韵）

柳外轻雷池上雨，雨声滴碎荷声。小楼西角断虹明。阑干倚处，待得月华生。

燕子飞来窥画栋，玉钩垂下帘旌。凉波不动簟纹平。水精双枕，傍有堕钗横。

——欧阳修

又有后段换韵者，如冯延巳“冷红飘起桃花片”词。

冷红飘起桃花片，青春意绪阑珊。高楼帘幕卷轻寒。酒余人散，独自倚阑干。

夕阳千里连芳草，风光愁杀王孙。徘徊飞尽碧天云。凤城何处，明月照黄昏。

——冯延巳

又一体

双调，五十八字。前后段各五句，三平韵。

+|+——|，+—+|——（韵）+—+||——（韵）+——||，+||——（韵）

+|+——|，+—+|——（韵）+—+||——（韵）+——||，+||——（韵）

饮散离亭西去，浮生常恨飘蓬。回头烟柳渐重重。淡云孤雁远，寒日暮天红。

今夜画船何处，潮平淮月朦胧。酒醒人静奈愁浓。残灯孤枕梦，轻浪五更风。

——徐昌图

又一体

双调，六十字。前后段各五句，三平韵。

+|+——||，+—+|——（韵）+—+||——（韵）+——||，+||——（韵）

+|+——||，+—+|——（韵）+—+||——（韵）+——||，+||——（韵）

夜饮东坡醒复醉，归来仿佛三更。家童鼻息已雷鸣。敲门都不应，倚帐听江声。

长恨此身非我有，何时忘却营营。夜阑风静縠纹平。小舟从此逝，江海寄余生。

——苏　轼

祝英台近

又名《宝钗分》《月底修箫谱》《燕莺语》《寒食词》。

双调，七十七字。前段八句，三仄韵；后段八句，四仄韵。

|——，++|，+|+—|（韵）+|——，++++|（韵）+++|——，+—+|，++|、+—+|（韵）

|+|（韵）+++|——，++++|（韵）+|——，+++—|（韵）|++|——，+—+|，+++、+—+|（韵）

坠红轻，浓绿润，深院又春晚。睡起恹恹，无语小妆懒。可堪三月风光，五更魂梦，又都被、杜鹃催攒。

怎消遣。人道愁与春归，春归愁未断。闲倚银屏，羞怕泪痕满。断肠沉水重熏，瑶琴闲理，奈依旧、夜寒人远。

——程　垓

又有前段第七句押韵者，后段第七句押韵者，前后段第七句俱押韵者；亦有前段第二句押韵者，前段第二句、后段第七句俱押韵者。史达祖、韩淲、张炎、刘过、辛弃疾俱有词例。此处仅列一例。

宝钗分，桃叶渡。烟柳暗南浦。怕上层楼，十日九风雨。断肠片片飞红，都无人管，倩谁唤、流莺声住。

鬓边觑。试把花卜归期，才簪又重数。罗帐灯昏，哽咽梦中语。是他春带愁来，春归何处。却不解、带将愁去。

——辛弃疾

又一体

双调，七十七字。前段八句，三平韵；后段八句，四平韵。

|——，—||，—||——（韵）—|——，—||——（韵）|—||——，——||，——|、—|——（韵）

|——（韵）—|—|——，|——|—（韵）—|——，—||——（韵）|——|——，———|，——|、—|——（韵）

待春来，春又到，花底自徘徊。春浅花迟，携酒为春催。可堪碧小红微，黄轻紫艳，东风外、妆点池台。

且衔杯。无奈年少心情，看花能几回。春自年年，花自为春开。是他春为花愁，花因春瘦，花残后、人未归来。

——陈允平

洞仙歌

又名《洞仙歌令》《羽仙歌》《洞中仙》《洞仙词》《洞仙歌慢》等。

双调，八十三字。前段六句，三仄韵；后段九句三仄韵。

＋－＋丨，丨＋－－丨（韵）＋丨－－丨－丨（韵）丨－－、＋丨－丨－－，－＋丨，－丨－－＋丨（韵）

＋－－丨丨，＋丨－－，＋丨－－丨－丨（韵）丨丨丨－－，＋丨－－，－＋丨、＋－＋丨（韵）丨丨丨、－－丨－－，丨丨丨－－，丨－－丨（韵）

冰肌玉骨，自清凉无汗。水殿风来暗香满。绣帘开、一点明月窥人，人未寝，攲枕钗横鬓乱。

起来携素手，庭户无声，时见疏星度河汉。试问夜如何，夜已三更，金波淡、玉绳低转。但屈指、西风几时来，又不道流年，暗中偷换。

——苏　轼

又一体

双调，一百二十三字。前段十一句，四仄韵；后段十四句，八仄韵。

－丨，－丨－－，丨丨－－－丨（韵）丨丨丨－－，丨丨－－丨（韵）丨－－丨，－－－丨，丨丨－－，丨丨丨、－－丨（韵）－丨丨，丨丨丨－－丨（韵）

－丨（韵）丨丨－－－丨，丨－－丨（韵）－丨丨丨－－，－丨－丨丨－－丨

（韵）|—||——，———||—，——|、——|（韵）—||——，—|—|（韵）——||（韵）|||、|——|（韵）——|，|||、|——|（韵）

乘兴，闲泛兰舟，渺渺烟波东去。淑气散幽香，满蕙兰汀渚。绿芜平畹，和风轻暖，曲岸垂杨，隐隐隔、桃花圃。芳树外，闪闪酒旗遥举。

羁旅。渐入三吴风景，水村渔浦。闲思更绕神京，抛掷幽会小欢何处。不堪独倚危楼，凝情西望日边，繁华地、归程阻。空自叹当时，言约无据。伤心最苦。伫立对、碧云将暮。关河远，怎奈向、此时情绪。

——柳　永

剑器近

双调，九十六字。前段八句，八仄韵；后段十二句，七仄韵。

|—|（韵）|||、———|（韵）|—|——|（韵）|—|（韵）|—|（韵）|||、——||（韵）——|——|（韵）|—|（韵）—|（韵）|——||（韵）——||，|||，||——|（韵）———||——，|——|—，|——|—|（韵）|——|（韵）||——，||——||（韵）|—||——|（韵）

夜来雨，赖倩得、东风吹住。海棠正妖娆处。且留取。悄庭户。试细听、莺啼燕语。分明共人愁绪。怕春去。

佳树。翠阴初转午。重帘未卷，乍睡起，寂寞看风絮。偷弹清泪寄烟波，见江头故人，为言憔悴如许。彩笺无数。去却寒暄，到了浑无定据。断肠落日千山暮。

——袁去华

贺新郎

又名《金缕曲》《金缕歌》《金缕词》《乳燕飞》《风敲竹》《貂

裘换酒》等。

双调，一百十六字。前后段各十句，六仄韵。

+|——|（韵）|——、+—+|，+——|（韵）—|————|，+|+—+|（韵）++|、+—+|（韵）+|+——||，|+—、+|——|（韵）+||，+—|（韵）

+—+|——|（韵）|++、+++|，+—+|（韵）—|————|，+|+—+|（韵）|+|、+—+|（韵）+|+——+|，|+—、+|——|（韵）+||，+—|（韵）

睡起流莺语。掩苍苔、房栊向晚，乱红无数。吹尽残花无人见，惟有垂杨自舞。渐暖霭、初回轻暑。宝扇重寻明月影，暗尘侵、上有乘鸾女。惊旧恨，遽如许。

江南梦断横江渚。浪粘天、葡萄涨绿，半空烟雨。无限楼前沧波意，谁采蘋花寄取。但怅望、兰舟容与。万里云帆何时到，送孤鸿、目断千山阻。谁为我，唱金缕。

——叶梦得

十　画

荷叶杯

单调，二十三字。六句，四仄韵，两平韵。

+|+——|（韵）—|（韵）|——（换平韵）|——||—|（换仄韵）—|（韵）|——（归平韵）

一点露珠凝冷。波影。满池塘。绿茎红艳两相乱。肠断。水风凉。

——温庭筠

捣练子

又名《深院月》。

单调，二十七字。五句，三平韵。

＋｜｜，｜——（韵）＋｜——＋｜—（韵）＋｜＋——｜｜，｜—＋｜｜——（韵）

砧面莹，杵声齐。捣就征衣泪墨题。寄到玉关应万里，戍人犹在玉关西。

——贺　铸

又一体

双调，三十八字。前后段各五句，三平韵。

—｜｜，｜——（韵）＋—＋｜｜——（韵）｜＋—，＋｜—（韵）
—＋｜，｜——（韵）＋—｜｜｜——（韵）｜—＋，＋＋—（韵）

斟别酒，问东君。一年一度一回新。看百花，飘舞茵。
斟别酒，问行人。莫将别泪裛罗巾。早归来，依旧春。

——李　石

酒泉子

双调，四十字。前段五句，两平韵，两仄韵；后段五句，三仄韵，一平韵。

＋｜＋—（平韵）＋｜＋—＋｜（换仄韵）＋＋—，—＋｜（韵）｜——（归平韵）

＋—＋｜＋—｜（换仄韵）＋＋—＋｜（韵）＋＋—，＋＋｜（韵）｜——（归平韵）

日映纱窗。金鸭小屏山碧。故乡春，烟霭隔。背兰釭。

宿妆惆怅倚高阁。千里云影薄。草初齐，花又落。燕双双。

——温庭筠

又一体

双调，四十一字。前后段各五句，两平韵，两仄韵。

—｜｜—（平韵）—｜｜——｜（换仄韵）｜——，—｜｜（韵）｜——（归平韵）

｜——｜｜——（韵）—｜｜——｜（换仄韵）｜——，—｜｜（韵）｜——（归平韵）

罗带惹香。犹系别时红豆。泪痕新，金缕旧。断离肠。

一双娇燕语雕梁。还是去年时节。 绿阴浓，芳草歇。柳花狂。

——温庭筠

浣溪沙

又名《浣溪纱》《减字浣溪沙》《浣纱溪》《小庭花》《满院春》《东风寒》《广寒枝》等。

双调，四十二字。前段三句，三平韵；后段三句，两平韵。

+｜+—+｜—（韵）+—+｜｜——（韵）+—+｜｜——（韵）

+｜+——｜｜，+—+｜｜——（韵）+—+｜｜——（韵）

一曲新词酒一杯。去年天气旧亭台。夕阳西下几时回。

无可奈何花落去，似曾相识燕归来。小园香径独徘徊。

——晏　殊

珠帘卷

双调，四十七字。前段五句，三平韵；后段五句，两平韵。

——|，|——（韵）——||——（韵）—|———|，———|—（韵）
—||——|，——||——（韵）—||——|，—||，|——（韵）

珠帘卷，暮云愁。垂杨暗锁青楼。烟雨濛濛如画，轻风吹旋收。

香断锦屏新别，人间玉箪初秋。多少旧欢新恨，书杳杳，梦悠悠。

——欧阳修

海棠春

双调，四十八字。前后段各四句，三仄韵。

+—+|——|（韵）++|、+—+|（韵）+||——，+|——|（韵）

+—+|——|（韵）|+|、——||（韵）|||——，||——|（韵）

流莺窗外啼声巧。睡未足、把人惊觉。翠被晓寒轻，宝篆沉烟袅。

宿酲未解宫娥报。道别院、笙歌宴早。试问海棠花，昨夜开多少。

——秦　观

烛影摇红

又名《忆故人》《归去曲》等。

双调，五十字。前段五句，两仄韵；后段五句，三仄韵。

｜｜——，｜｜—，｜｜｜、——｜（韵）———｜｜——，—｜——｜（韵）

—｜——｜｜（韵）｜——、——｜｜（韵）｜——｜，｜｜——，———｜（韵）

烛影摇红，向夜阑，乍酒醒、心情懒。尊前谁为唱阳关，离恨天涯远。

无奈云沉雨散。凭阑干、东风泪眼。海棠开后，燕子来时，黄昏庭院。

——王　诜

又一体

双调，九十六字。前后段各九句，五仄韵。

+｜——，｜—+｜——｜（韵）+—+｜｜——，+｜——｜（韵）+｜+—｜｜（韵）｜——、——｜｜（韵）｜——｜，+｜——，——｜｜（韵）

+｜——，｜—+｜——｜（韵）+——｜｜——，+｜——｜（韵）+｜+—｜｜（韵）｜——、——｜｜（韵）｜——｜，+｜——，———｜（韵）

香脸轻匀，黛眉巧画宫妆浅。风流天付与精神，全在娇波转。早是萦心可惯。更那堪、频频顾盼。几回相见，见了还休，争如不见。

烛影摇红，夜阑饮散春宵短。当时谁解唱阳关，离恨天涯远。无奈云收雨散。凭阑干、东风泪眼。海棠开后，燕子来时，黄昏庭院。

——周邦彦

浪淘沙

即《浪淘沙令》。又名《卖花声》《过龙门》等。

《浪淘沙》有七言绝句体，此处不录。

双调，五十四字。前后段各五句，四平韵。

+||——（韵）+|——（韵）+—+||——（韵）+|+——||，+|——（韵）
+||——（韵）+|——（韵）+—+||——（韵）+|+——||，+|——（韵）

帘外雨潺潺。春意阑珊。罗衾不耐五更寒。梦里不知身是客，一晌贪欢。

独自莫凭栏。无限江山。别时容易见时难。流水落花春去也，天上人间。

——李　煜

唐多令

又名《糖多令》《南楼令》《箜篌曲》。

双调，六十字。前后段各五句，四平韵。

+||——（韵）+—+|—（韵）|+—、+|——（韵）+|+——||，++|、|——（韵）
+||——（韵）+—+|—（韵）|+—、+|——（韵）+|+——||，++|、|——（韵）

雨过水明霞。潮回岸带沙。叶声寒、飞透窗纱。堪恨西风吹世换，更吹我、落天涯。

寂寞古豪华。乌衣日又斜。说兴亡、燕入谁家。惟有南来无数雁，和明月、宿芦花。

——邓　剡

破阵子

又名《十拍子》

双调，六十二字。前后段各五句，三平韵。

+|+—+|，+—+|——（韵）+|+——||，+|——+|—（韵）+—+|—（韵）

+|+—+|，+—+|——（韵）+|+——||，+|——+|—（韵）+—+|—（韵）

燕子来时新社，梨花落后清明。池上碧苔三四点，叶底黄鹂一两声。日长飞絮轻。

巧笑东邻女伴，采桑径里逢迎。疑怪昨宵春梦好，原是今朝斗草赢。笑从双脸生。

——晏　殊

十一画

渔歌子

又名《渔父》《渔父乐》。

单调，二十七字。五句，四平韵。

+|——||—（韵）+—+||——（韵）—||，|——（韵）+—+||——（韵）

西塞山前白鹭飞。桃花流水鳜鱼肥。青箬笠，绿蓑衣。斜风细雨不须归。

——张志和

渔家傲

双调，六十二字。前后段各五句，五仄韵。

+|+——||(韵)+—+|——|(韵)+|+——||(韵)—+|(韵)+—+|——|(韵)

+|+——||(韵)+—+|——|(韵)+|+——||(韵)—+|(韵)+—+|——|(韵)

画鼓声中昏又晓。时光只解催人老。求得浅欢风日好。齐揭调。神仙一曲渔家傲。

绿水悠悠天杳杳。浮生岂得长年少。莫惜醉来开口笑。须信道。人间万事何时了。

——晏 殊

又有前后段第四句作叠韵者，如周紫芝“遇坎乘流随分了”词；前后段第二句七字句作四言、五言两句者，如蔡伸“烟锁池塘秋欲暮”词。

遇坎乘流随分了。鸡虫得失能多少。儿辈雌黄堪一笑。堪一笑。鹤长凫短从他道。

几度秋风吹梦到。花姑溪上人空老。唤取扁舟归去好。归去好。孤篷一枕秋江晓。

——周紫芝

烟锁池塘秋欲暮。细细荷香，直到双栖处。并枕东窗听夜雨。偎金缕。云深不见来时路。

晓色朦胧人去住。香覆重帘，密密闻私语。目断征帆归别浦。空凝伫。苔痕绿印金莲步。

——蔡 伸

又一体

双调，六十二字。前后段各五句，两平韵、三仄韵。

—|——||—（韵）——|||——（韵）—||——||（押同部仄韵）—+|（韵）|—+|——|（韵）

—|——||—（归平韵）+—+||——（韵）+|+——||（归仄韵）——|（韵）|——|——|（韵）

疏雨才收淡净天。微云绽处月婵娟。寒雁一声人正远。添幽怨。那堪往事思量遍。

谁道绸缪两意坚。水萍风絮不相缘。舞鉴鸾肠虚寸断。芳容变。好将憔悴教伊见。

——杜安世

减字木兰花

又名《木兰香》。

双调，四十四字。前后段各四句，两仄韵，两平韵。

+—+|（韵）+|+——||（韵）+|——（换平韵）+|——+|—（韵）

+—+|（另换仄韵）+|+——||（韵）+|——（另换平韵）+|——+|—（韵）

天涯旧恨。独自凄凉人不问。欲见回肠。断尽金炉小篆香。

黛蛾长敛。任是春风吹不展。困倚危楼。过尽飞鸿字字愁。

——秦　观

菩萨蛮

又名《重叠金》《子夜歌》《花间意》等。

双调，四十四字。前后段各四句，两仄韵，两平韵。

＋－＋｜－－｜（韵）＋－＋｜－－｜（韵）＋｜｜－－（换平韵）＋－＋｜－（韵）

＋－－｜｜（另换仄韵）＋｜＋－｜（韵）＋｜｜－－（另换平韵）＋－＋｜－（韵）

平林漠漠烟如织。寒山一带伤心碧。暝色入高楼。有人楼上愁。

玉阶空伫立。宿鸟归飞急。何处是归程。长亭更短亭。

——李　白

谒金门

又名《空相忆》《花自落》《垂杨碧》《杨花落》《山塞》《东风吹酒面》《不怕醉》《醉花春》《春早湖山》等。

双调，四十五字。前后段各四句，四仄韵。

－＋｜（韵）＋｜＋－－｜（韵）＋｜＋－－｜｜（韵）＋－－｜｜（韵）

＋｜＋－＋｜（韵）＋｜＋－＋｜（韵）＋｜＋－－｜｜（韵）＋－－｜｜（韵）

空相忆。无计得传消息。天上嫦娥人不识。寄书何处觅。

新睡觉来无力。不忍把伊书迹。满院落花春寂寂。断肠芳草碧。

——韦　庄

清平乐

又名《忆萝月》《醉东风》。

双调，四十六字。前段四句，四仄韵；后段四句，三平韵。

＋＋＋｜（韵）＋｜－－｜（韵）＋｜＋－－＋｜（韵）＋＋＋－＋｜

（韵）

＋＋＋|——（换平韵）＋＋＋|＋—（韵）＋|＋—＋|，＋＋＋|——（韵）

春归何处。寂寞无行路。若有人知春去处。唤取归来同住。

春无踪迹谁知。除非问取黄鹂。百啭无人能解，因风飞过蔷薇。

——黄庭坚

此词另有前段结句六字折腰句式，如赵长卿“鸿来燕去”词。

鸿来燕去。又是秋光暮。冉冉流年嗟暗度。这心事、还无据。

寒窗露冷风清。旅魂幽梦频惊。何日利名俱赛，为予笑下愁城。

——赵长卿

眼儿媚

又名《小阑干》《东风寒》《秋波媚》。

双调，四十八字。前段五句，三平韵；后段五句，两平韵。

—＋—＋|——（韵）＋||——（韵）＋—＋|，＋—＋|，＋|——（韵）

＋—＋|——|，＋||——（韵）＋—＋|，＋—＋|，＋|——（韵）

杨柳丝丝弄轻柔。烟缕织成愁。海棠未雨，梨花先雪，一半春休。

而今往事难重省，归梦绕秦楼。相思只在，丁香枝上，豆蔻梢头。

——王　雱

望江怨

单调，三十五字。七句，六仄韵。

——｜（韵）｜｜——｜—｜（韵）———｜｜（韵）｜——｜——｜（韵）｜—｜（韵）｜｜｜——，｜——｜｜（韵）

东风急。惜别花时手频执。罗帏愁独入。马嘶残雨春芜湿。倚门立。寄语薄情郎，粉香和泪泣。

——牛　峤

望梅花

又名《望梅花令》

双调，三十八字。前段三句，两平韵。后段三句，三平韵。

｜——｜｜——（韵）｜｜｜、———｜，｜｜———｜—（韵）
—｜｜——（韵）—｜——｜｜—（韵）—｜｜——（韵）

数枝开与短墙平。见雪萼、红跗相映，引起谁人边塞情。

帘外欲三更。吹断离愁月正明。空听隔江声。

——孙光宪

望仙门

因晏殊有词结句“齐唱望仙门”而名。

双调，四十六字。前段四句，四平韵；后段五句，三平韵，一叠韵。此词后段第四句三字，例用叠句。

｜——｜｜——（韵）｜——（韵）+—+｜｜——（韵）｜——（韵）
+｜——｜，——｜｜——（韵）｜——｜｜——（韵）｜——（叠）—｜｜——（韵）

紫薇枝上露华浓。起秋风。管弦声细出帘栊。象筵中。

仙酒斟云液，仙歌转绕梁虹。此时佳会庆相逢。庆相逢。欢醉且从容。

——晏　殊

望江东

双调，五十二字。前后段各四句，四仄韵。

—｜——｜—｜（韵）｜｜｜、——｜（韵）——｜｜｜—｜（韵）｜｜｜、——｜（韵）

——｜｜——｜（韵）｜｜｜、——｜（韵）｜——｜｜—｜（韵）｜—｜、——｜（韵）

江水西头隔烟树。望不见、江东路。思量只有梦来去。更不怕、江阑住。

灯前写了书无数。算没个、人传与。直饶寻得雁分付。又还是、秋将暮。

——黄庭坚

望海潮

双调，一百七字。前段十一句，五平韵；后段十一句，六平韵。

+——｜，——+｜，+—+｜——（韵）—｜｜—，——｜｜，+—+｜——（韵）+｜｜——（韵）｜+++｜，+｜——（韵）+｜——，+++｜｜——（韵）

+—+｜——（韵）｜+—｜｜，+｜——（韵）—｜｜—，——｜｜，+—+｜——（韵）+｜｜——（韵）++—+｜，+｜——（韵）+｜——+｜，+｜｜——（韵）

东南形胜，三吴都会，钱塘自古繁华。烟柳画桥，风帘翠幕，参差十万人家。云树绕堤沙。怒涛卷霜雪，天堑无涯。市列珠玑，户盈罗绮竞豪奢。

重湖叠巘清嘉。有三秋桂子，十里荷花。羌管弄晴，菱歌泛夜，嬉嬉钓叟莲娃。千骑拥高牙。乘醉听萧鼓，吟赏烟霞。异日图将好景，归去凤池夸。

——柳　永

黄莺儿

双调，九十六字。前段十句，四仄韵；后段十句，五仄韵。

+——|——|（韵）+|——，—|——，++——，++—|（韵）—|||——，||——|（韵）|——|——，||——，—|—|（韵）

—|（韵）|||——，||——|（韵）|——+，||——，——++—|（韵）—|||——，||——|（韵）|++|——，+|——|（韵）

园林晴昼春谁主。暖律潜催，幽谷暄和，黄鹂翩翩，乍迁芳树。观露湿缕金衣，叶映如簧语。晓来枝上绵蛮，似把芳心，深意低诉。

无据。乍出暖烟来，又趁游蜂去。恣狂踪迹，两两相呼，终朝雾吟风舞。当上苑柳秾时，别馆花深处。此际海燕偏饶，都把韶光与。

——柳　永

十二画

晴偏好

单调，二十四字。四句，四仄韵。

———|——|（韵）——||——|（韵）——|（韵）——||——|（韵）

平湖千顷生芳草。芙蓉不照红颠倒。东坡道。波光潋滟晴偏好。

——李霜崖

朝中措

又名《照江梅》《芙蓉曲》《梅月圆》。

双调，四十八字。前段四句，三平韵；后段五句，两平韵。

＋－＋｜｜－－（韵）＋｜｜－－（韵）＋｜＋－＋｜，＋－＋｜－－（韵）

＋－＋｜，＋－＋｜，＋｜－－（韵）＋｜＋－＋｜，＋－＋｜－－（韵）

平山阑槛倚晴空。山色有无中。手种堂前垂柳，别来几度春风。

文章太守，挥毫万字，一饮千钟。行乐直须年少，尊前看取衰翁。

——欧阳修

又有后段起句添一字，作五字句者，如蔡伸“章台杨柳自依依”词。

章台杨柳月依依。飞絮送春归。院宇日长人静，园林绿暗红稀。

庭前花谢了，行云散后，物是人非。唯有一襟清泪，凭阑洒遍残枝。

——蔡　伸

又有后段一、二、三句十二字合为七字、五字两句者，如辛弃疾“年年金蕊艳西风”词。

年年金蕊艳西风。人与菊花同。霜鬓经春重绿，仙姿不饮长虹。

焚香度日尽从容。笑语调儿童。一岁一杯为寿，从今更数千钟。

——辛弃疾

喝火令

双调，六十五字。前段五句，三平韵；后段七句，四平韵。

｜｜——｜，——｜｜—（韵）｜——｜｜——（韵）—｜｜——｜，—｜｜——（韵）

｜｜——｜，——｜｜—（韵）｜——｜｜——（韵）｜｜——，｜｜｜——（韵）｜｜｜——｜，｜｜｜——（韵）

见晚情如旧，交疏分已深。舞时歌处动人心。烟水数年魂梦，无处可追寻。

昨夜灯前见，重题汉上襟。便愁云雨又难禁。晓也星稀，晓也月西沉。晓也雁行低度，不会寄芳音。

——黄庭坚

十三画

感恩多

双调，三十九字。前段四句，两仄韵，两平韵；后段五句，两平韵，一叠韵。此词后段第三句必用叠句。

|——||（仄韵）—|——|（韵）|——|—（换平韵）|——（韵）
||——||，|——（韵）|——（叠）||——，|——|—（韵）

两条红粉泪。多少香闺意。强攀桃李枝。敛愁眉。

陌上莺啼蝶舞，柳花飞。柳花飞。愿得郎心，忆家还早归。

——牛　峤

又有后段起句为七字句者。如牛峤“自从南浦别”词。

自从南浦别。愁见丁香结。近来情转深。忆鸳衾。

几度将书托烟雁，泪盈襟。泪盈襟。礼月求天，愿君知我心。

——牛　峤

虞美人

又名《玉壶冰》《忆柳曲》《一江春水》等。

双调，五十六字。前后段各四句，两仄韵，两平韵。

+—+|——|（仄韵）+|——|（韵）+—+||——（换平韵）+|+——||——（韵）

+—+|——|（另换仄韵）+|——|（韵）+—+||——（另换平韵）+|+——||——（韵）

春花秋月何时了。往事知多少。小楼昨夜又东风。故国不堪回首月明中。

雕栏玉砌应犹在。只是朱颜改。问君能有几多愁。恰似一江春水向东流。

——李　煜

又一体

双调，五十八字。前后段各五句，两仄韵，三平韵。

＋－＋|－－|（仄韵）＋|－－|（韵）＋－＋||－－（换平韵）＋－＋||－－（韵）|－－（韵）

＋－＋|－－|（另换仄韵）＋|－－|（韵）＋－＋||－－（另换平韵）＋－＋||－－（韵）|－－（韵）

宝檀金缕鸳鸯枕。绶带盘官锦。夕阳低映小窗明。南园绿树语莺莺。梦难成。

玉炉香暖频添炷。满地飘轻絮。珠帘不卷度沉烟。庭前闲立画秋千。艳阳天。

——毛文锡

鹊桥仙

又名《鹊桥仙令》《忆人人》《金风玉露相逢曲》《广寒秋》等。双调，五十六字。前后段各五句，两仄韵。

＋－＋|，＋－＋|，＋|＋－＋|（韵）＋－＋||－－，|＋|、－－＋|（韵）

＋－＋|，＋－＋|，＋|＋－＋|（韵）＋－＋||－－，|＋|、－－＋|（韵）

纤云弄巧，飞星传恨，银汉迢迢暗度。金风玉露一相逢，便胜却、人间无数。

柔情似水，佳期如梦，忍顾鹊桥归路。两情若是久长时，又岂在、朝朝暮暮。

——秦　观

又有前后段第二句亦押韵者，如卢炳“馀霞散绮”词；前后段第

一、二句俱押韵者，如辛弃疾“溪边白鹭”词。此处列一例。

溪边白鹭。来吾告汝。溪里鱼儿堪数。主人怜汝汝怜鱼，要物我、欣然一处。

白沙远浦。青泥别渚。剩有虾跳鳅舞。任君飞去饱时来，看头上、风吹一缕。

——辛弃疾

又一体

双调，八十八字。前段十句，四仄韵；后段八句，七仄韵。

|——，——|，——||——|（韵）|——，—|—|——|（韵）———|||，||——|（韵）—||，|||——，|——|（韵）

|||—||（韵）|——，|——|（韵）—||、|—|——|（韵）——||—|（韵）||——|（韵）|——|（韵）|———|（韵）

届征途，携书剑，迢迢匹马东归去。惨离怀，嗟少年易分难聚。佳人方恁缱绻，便忍分鸳侣。当媚景，算密意幽欢，尽成轻负。

此际寸肠万绪。惨愁颜、断魂无语。和泪眼、片时几番回顾。伤心脉脉谁诉。但黯然凝伫。暮烟寒雨。望秦楼何处。

——柳　永

满江红

双调，九十三字。前段八句，四仄韵；后段十句，五仄韵。

+|——，++|、+—+|（韵）+++、+—+|，+——|（韵）+|+——||，+++|——|（韵）|++、+||——，——|（韵）

—+|，—+|（韵）—+|，——|（韵）+—++|，++—|（韵）+|+——||，+—+|——|（韵）+++、+||——，——|（韵）

暮雨初收，长川静、征帆夜落。临岛屿、蓼烟疏淡，苇风萧索。几许渔人飞短艇，尽载灯火归村落。遣行客、当此念回程，伤漂泊。

桐江好，烟漠漠。波似染，山如削。绕严陵滩畔，鹭飞鱼跃。游宦区区成底事，平生况有云泉约。归去来、一曲仲宣吟，从军乐。

——柳　永

此调个别句式的押韵、字数不同者较多，此处不一一列出。

又一体

双调，九十三字。前段八句，四平韵；后段十句，五平韵。

+|——，++|、—+|—（韵）—+|、+—+|，+|——（韵）
+|———||，+—+||——（韵）|+—、+||——，—|—（韵）
—+|，+|—（韵）++|，|——（韵）|+—+|，+|——（韵）
+|+——||，+—+||——（韵）|+—、+||——，—|—（韵）

仙姥来时，正一望、千顷翠澜。旌旗共、乱云俱下，依约前山。命驾群龙金作轭，相从诸娣玉为冠。向夜深、风定悄无人，闻佩环。

神奇处，君试看。奠淮右，阻江南。遣六丁雷电，别守东关。却笑英雄无好手，一篙春水走曹瞒。又怎知、人在小红楼，帘影间。

——姜　夔

满庭芳

又名《满庭霜》《满庭花》《潇湘夜雨》《话桐乡》等。
双调，九十五字。前后段各十句，四平韵。

+|——，+—+|，+—+|——（韵）+—+|，+||——（韵）
+|+—+|，++|、+|——（韵）+—|，+—+|，+||——（韵）
+——||，+—+|，+|——（韵）|++，+++|——（韵）+|
+—+|，——|、+|——（韵）——|，+—+|，+||——（韵）

南苑吹花，西楼题叶，故园欢事重重。凭阑秋思，闲记旧相逢。几处歌云梦雨，可怜便、流水西东。别来久，浅情未有，锦字系征鸿。

年光还少味，开残槛菊，落尽溪桐。漫留得，尊前淡月西风。此恨谁堪共说，清愁付、绿酒杯中。佳期在，归时待把，香袖看啼红。

——晏几道

另有后段第四、五句作四字、五字句，后段开头一句分作两字、三字两句，且两字句要押韵。如周邦彦“风老莺雏”词。

风老莺雏，雨肥梅子，午阴嘉树清圆。地卑山近，衣润费炉烟。人静乌鸢自乐，小桥外、新渌溅溅。凭阑久，黄芦苦竹，疑泛九江船。

年年。如社燕，飘流瀚海，来寄修椽。且莫思身外，长近尊前。憔悴江南倦客，不堪听、急管繁弦。歌筵畔，先安枕簟，容我醉时眠。

——周邦彦

十四画

潇湘神

单调，二十七字。五句，三平韵，一叠韵。

—|—（韵）—|—（叠）|—+||——（韵）+||——||，———||——（韵）

斑竹枝。斑竹枝。泪痕点点寄相思。楚客欲听瑶瑟怨，潇湘深夜月明时。

——刘禹锡

十五画

醉太平

又名《凌波曲》《醉思凡》等。

双调，三十八字。前后段同，各四句，四平韵。

——|—（韵）——|—（韵）+—+|——（韵）|——|—（韵）
——|—（韵）——|—（韵）+—+|——（韵）|——|—（韵）

情高意真。眉长鬓青。小楼明月调筝。写春风数声。
思君忆君。魂牵梦萦。翠绡香暖云屏。更那堪酒醒。

——刘　过

醉花间

双调，四十一字。前段五句，三仄韵，一叠韵；后段四句，三仄韵。

——|（韵）|—|（叠）—|——|（韵）—||——，||——|（韵）
———||（韵）||——|（韵）——||—，—|——|（韵）

深相忆。莫相忆。相忆情难极。银汉是红墙，一带遥相隔。

金盘珠露滴。两岸榆花白。风摇玉佩清，今夕为何夕。

——毛文锡

醉花阴

双调，五十二字。前后段各五句，三仄韵。

+|+——||（韵）+|——|（韵）+||——，+|——，+|——|（韵）

+—+|——|（韵）||——|（韵）+||——，+|——，+|——|（韵）

薄雾浓云愁永昼。瑞脑销金兽。佳节又重阳，玉枕纱厨，半夜凉初透。

东篱把酒黄昏后。有暗香盈袖。莫道不消魂，帘卷西风，人比黄花瘦。

——李清照

醉春风

又名《怨东风》。

双调，六十四字。前后段各七句，四仄韵，两叠韵。

||——|（韵）———||（韵）——+||——，|（韵）|（叠）|（叠）+|——，|——|，|——|（韵）

||——|（韵）—+—+|（韵）+—+||——，|（韵）|（叠）|（叠）—|——，|—+|，|——|（韵）

陌上清明近。行人难借问。风流何处不归来，闷。闷。闷。回雁峰前，戏鱼波上，试寻芳信。

夜永兰膏烬。春睡何曾稳。枕边珠泪几时干，恨。恨。恨。惟有窗前，过来明月，照人方寸。

——赵德仁

踏莎行

又名《喜朝天》《柳长春》《踏雪行》等。

双调，五十八字。前后段各五句，三仄韵。

+|——，+—+|（韵）+—+|——|（韵）+—+||——，+—+|——|（韵）

+|——，+—+|（韵）+—+|——|（韵）+—+||——，+—+|——|（韵）

细草愁烟，幽花怯露。凭栏总是销魂处。日高深院静无人，时时海燕双飞去。

带缓罗衣，香残蕙炷。天长不禁迢迢路。垂杨只解惹春风，何曾系得行人住。

——晏　殊

蝶恋花

又名《鹊踏枝》《黄金缕》《卷珠帘》《明月生南浦》《凤栖梧》。

双调，六十字。前后段各五句，四仄韵。

+|+——||（韵）+|——，+|——|（韵）+|+——||（韵）+—+|——|（韵）

+|+——||（韵）+|——，+|——|（韵）+|+——||（韵）+—+|——|（韵）

庭院深深深几许。杨柳堆烟，帘幕无重数。玉勒雕鞍游冶处。楼高不见章台路。

雨横风狂三月暮。门掩黄昏，无计留春住。泪眼问花花不语。乱红飞过秋千去。

——欧阳修

十六画

鹧鸪天

又名《思佳客》《思越人》《翦朝霞》《醉梅花》《骊歌一叠》等。

双调，五十五字。前段四句，三平韵；后段五句，三平韵。

+|——+|—（韵）+—+||——（韵）+—+|——|，+|——+|—（韵）

—||，|——（韵）+—+||——（韵）+—+|——|，+|——+|—（韵）

扑面征尘去路遥。香篝渐觉水沉销。山无重数周遭碧，花不知名分外娇。

人历历，马啸啸。旌旗又过小红桥。愁边剩有相思句，摇断吟鞭碧玉梢。

——辛弃疾

十七画

霜天晓角

又名《月当窗》《踏月》《长桥月》。

双调，四十三字。前后段各四句，三仄韵。

+—+|（韵）+|——|（韵）—||——|，++|、——|（韵）

+——||（韵）+——||（韵）—||——|，++|、——|（韵）

吴头楚尾。一棹人千里。休说旧愁新恨，长亭树、今如此。

宦游吾倦矣。玉人留我醉。明日落花寒食，得且住、为佳耳。

——辛弃疾

又一体

双调，四十三字。前段四句，三仄韵；后段五句，四仄韵。

＋—＋|（韵）＋＋—＋|（韵）＋|＋—＋|，＋＋|、＋＋|（韵）

＋|（韵）＋||（韵）＋＋＋＋|（韵）＋|＋—＋|，＋＋|、＋＋|（韵）

冰清霜洁。昨夜梅花发。甚处玉龙三弄，声摇动、枝头月。

梦绝。金兽爇。晓寒兰烬灭。要卷珠帘清赏，且莫扫、阶前雪。

——林　逋

又一体

双调，四十三字。前段四句，三平韵；后段五句，四平韵。

—|——（韵）|——|—（韵）||——||，—||、|——（韵）

——（韵）—|—（韵）|——|—（韵）|||——|，—||、|——（韵）

人影窗纱。是谁来折花。折则从他折去，知折去、向谁家。

檐牙。枝最佳。折时高折些。说与折花人道，须插向、鬓边斜。

——蒋　捷